微笑

KeitAro
KoNdO

近藤啓太郎

P+D
BOOKS
小学館

目次

一章

目が覚めたとき、定宿のいつもの部屋ではないのでちょっと驚いたが、傍《そば》に寝ている女に気づくと、すぐに記憶が甦った。昨夜、私は銀座のバーの女を誘って、このホテルに泊ったのだ。女はまだ眠りこけている。腕時計を見ると、十時であった。

「十時……?」

とつぶやきながら、私は何か思い出さなければならぬことがあるような気がした。すぐには思い出せず、煙草に火をつけた。天井を眺めながら、煙草を吸っていると、不意に気がついた。寿美が今夜の十時、羽田空港に到着の予定であった。

昼前、私は定宿の野波旅館に帰り、女将《おかみ》の波ちゃんと暫《しばら》く雑談してから、南房州鴨川《かもがわ》のわが家へ帰る支度をはじめた。羽田に出迎えれば寿美が喜ぶのは目に見えているが、面倒臭い。といって、東京での用はすんでいて、私は遊んでいるだけなのだから、寿美が海外旅行から三週間ぶりに帰って来るとき、家を留守にしているのも、ちょっと具合が悪い。

夕方、私は南房州鴨川のわが家に帰って来た。昭和四十六年八月二十五日のことである。

東京から帰宅して、何よりの愉しみは、新鮮な魚の味である。私は風呂に入ってから、鰺《あじ》のたたきと平目《ひらめ》の煮つけで一杯飲み、飯を食った。食事が終って暫くすると、遊び疲れのせいか、たまらなく眠くなってきた。

夜中に、目が覚めた。腕時計を見ると、一時すぎであった。私は寝床の中で雑誌を読みながら、寿美の帰りを待った。

明け方近い三時すぎ、寿美は帰って来た。隣り町の天津《あまつ》に住む、寿美の姉と一緒の旅行だったので、その息子が羽田まで自動車で迎えに行き、送って来てくれたのである。

「啓坊さん、起きて待っていてくれたのね。ありがとう」

と寿美は玄関に入りながら、嬉しそうに私に言った。

五十一歳の私を、四十二歳の寿美が「啓坊さん」とは珍妙だが、二十年前の結婚以来、習慣となっているのだから、仕方がない。

結婚したとき、寿美はまともな呼び方が照れ臭く、当時まだ健在だった私の母親が子供の頃からの癖で、「啓坊さん」と呼んでいたのを、見習ったまま、今日に及んでいるのであった。

リビングルームに入って、寿美が荷物を置くと、私は煙草に火をつけながら言った。

「お茶をいれてくれ」

「はい」

と寿美はリビングルームに続いた食堂へ行き、茶の支度をした。

「文《あや》や啓坊を起して来い。お前が帰って来たら起してくれ、と言っていた」

間もなく、高校一年の長女の文、中学二年の長男の啓一郎、それから二十二歳の手伝いの恵美ちゃんも起きて来た。

寿美はみんなに土産物を渡した。私が頼んでおいたランバンのレインコートも買って来てくれた。

「このレインコートには、苦労しちゃった」

と言い、寿美はわれながらおかしそうに笑った。

寿美は私と同様、全く外国語が出来ないので、コートを買うとき、身振り手真似の連続だったという。

寿美は私の肩先から手首までの寸法を計って行ったのだが、首筋からの寸法でなければ駄目だと店員が告げ、残念そうに首をすくめ、両手をひろげて見せた。が、商売熱心な店員で、自分の肩幅より広いか狭いか、と改めて問いかけてきた。

寿美が両手を少しひろげて見せると、店員は自分よりも肩幅の広い同僚を連れて来た。背が低いと寿美が告げると、係りの店員はそれが癖のようにまた首をすくめて見せてから、今度は背の高い同僚を連れて来たが、これは痩せすぎている。寿美は係りの店員を連れて店内を物色し、私の背恰好に最も近い店員をつかまえて来た。

しかし、身長百七十八センチの私よりは少し背が低いので、その店員に爪立たせた上、とっかえひっかえコートを着せたあげく、買って来たという。

「二百二十ドルもしたわ。ふつう百ドルくらいだっていうでしょう。田舎者なので、ごまかされたのかしら……？」

「そんなことはないさ。ランバンの店員だって、さんざん苦労したんだもの、少しは高いのを売らなきゃあ、合わないよ。それにしても、二百二十ドルっていうと、八万円か。日本で買うと向うの倍以上の値段になるっていうから、ずいぶん高いコートだな。バーで酔っぱらって、忘れて来たら、大変だ」

「ほんとよ。着ないで、しまっておいた方がいいわ」

と寿美は冗談ではない口調で言った。

「え？」

と私は呆《あき》れて訊《き》き返し、寿美もつい本気でそう言った自分に気がついて、恥ずかしそうに笑った。

「お母さんらしいことを言うわ。お母さんたら、ほんとにケチね」

と文が横から言い、ついで気になったのか、

「わたしのカメオ、幾らだったの？」

「二万二千円もしたよ。イタリアに行ったら、円の切上げがどうのこうのって、一ドル、三百二十円になっちゃって、損したわ」

「ぼくのお土産は、万年筆だけかい」

と啓一郎が不満そうに言った。

「お前は男の子だもの、わざわざ買って来るようなものはなかったよ」

「お母さんは自分はセーターなんか買って来たんだもの、ぼくにだって、セーターを買ってくれば、いいじゃないか」

「お母さんはロンドンで急に寒くなったから、買っただけじゃないの。セーターなんか、わざわざ外国で買う馬鹿はいませんよ」

「じゃ、万年筆だって、同じことじゃないか」

「そんなこと言うんなら、返せ」

と寿美は啓一郎の手から万年筆を奪い取ろうとした。

「なんだい、よせよ！」

と啓一郎は怒ったが、相手が悪いと見て、文にあたり出した。

「やい、文。そのカメオ、おれによこせ」

「厭《いや》。助けて！」

と文は大げさに悲鳴を上げながら、飛び上って逃げ出し、啓一郎が追いかけた。

「相変らず、うるさいですね」

と寿美は私に言い、追いかけっこをする二人を愉しげに眺めやってから、啓一郎を叱った。

「啓坊、よしなさい。啓坊！」

私は「啓坊さん」で、啓一郎は「啓坊」か「啓坊ちゃん」である。

啓一郎は叱られても追いかけることをやめないが、土産が万年筆だけでは無理もない。文も恵美ちゃんも、カメオと手袋だけであった。

「お前も土産を、もう少し買って来てやったら、どうだ」

と私は寿美に小言《こごと》を言った。

「だって、もったいないですよ」

「もったいないも、ときによりけりだよ」

「そうだよ」

と啓一郎が割りこんで来た。

「お母さんのケチ！」

「うるさいよ」

と寿美は怒りながら、

「お父さんが無駄遣いばかりするから、お母さんがケチになるのよ」

「また、はじまりやがった」

と私は腹立たしげに言ったものの、帰朝そうそう夫婦喧嘩も煩わしいので、立ち上った。

「さ、ひと眠りしようぜ」

「おれもつまらないから、寝ようっと」

と啓一郎も立ち去ろうとすると、寿美は気分一転してからかいはじめた。

「啓坊ちゃん、そう怒るなよ。なんだよ、その顔は？」

「うるさいよ！」

「今、お土産に、フレンチカンカンを見せてやるよ」

「フレンチカンカンて、何だい？」

「見れば、分るよ」

と立ち上るなり、寿美は笑いながら活発に踊り出した。

「タンタン、タカタカ、タンタン、タカタカ……」

寿美は太っているが、全身が柔軟で、運動神経は良い。思いがけない高さまで、脚が交互に跳ね上った。太い股《もも》が、まる見えになった。

啓一郎は恥ずかしそうに、甲高《かんだか》い声を上げて笑い出した。文や恵美ちゃんも笑いころげた。

寿美は踊って人を笑わすのが、得意であった。大きな臀《しり》と敏捷《びんしょう》な動作とが、ちぐはぐな感じで、自ずからユーモアがあり、私もいつも笑った。暫く笑わせてから、寿美は踊りやめると、啓一郎に言った。

「啓坊。お前、お母さんみたいに、脚が上るか？」

「そのくらい、おれだって上らい」

と言って、啓一郎が脚を跳ね上げて見せると、寿美は大げさに驚いて見せた。

「お母さん、こういうの出来るか」

と啓一郎は得意になって、今度は後方へ見事に脚を跳ね上げて見せた。

「どうだ、凄い内股《うちまた》だろう。いつもこれで、みんな投げちゃうんだ」

啓一郎は柔道が抜群に強く、中学二年生のくせに初段の試験を受けたとき、高校生を二人も投げ飛ばした。身長百七十二センチ、体重七十五キロ、馬鹿力の持主で、年中、「腹が減った」と言い、トンカツなら三枚、コロッケなら十個は食べないと、満足しなかった。

啓一郎の母親だけあって、寿美も力は強い。あるとき、襖《ふすま》を開け放した部屋の敷居際に私が寝そべっていると、寿美がミシンを運ぶから手伝ってくれと言った。厭だと言うと、寿美は掛声もろとも旧式の重いミシンを持ち上げ、そのまま、寝そべっている私の上をまたいで、運んで行った。

私は一人っ子で育ったせいか、わがままで、人使いがあらい。寝そべっていて、煙草が喫みたくなると、台所で働いている寿美を呼ぶ。起き上って手をのばせば机の上に煙草も灰皿もあるのだが、それだけの動作が私は面倒臭くて、寿美を呼ぶのである。あまりにも人使いがあらいので、さすがの寿美もある日、私に文句を言った。

「啓坊さんは、全くいい身分ね。一日中、寝て暮してさ。たまにはわたしも、一日中、寝ていたいわ」

「寝たきゃあ、寝てりゃあいいじゃないか」

「何言ってるのよ。すぐ人に用を言いつけるくせに。寝たくったって、寝ていられませんよ」

「じゃ、用を言いつけないよ」

寿美は自室へ行って寝ころがった。一時間余り経った頃、私が寿美の部屋をのぞくと、姿がない。探してみると、庭の畠《はたけ》で働いていた。尻からげして、鍬《くわ》をふるい、大汗をかいている。

「なんだよ、お前は一日中寝ていたいって言ってたくせに」

と言って私が近づくと、寿美は声を上げて笑った。

「わたしは貧乏性に出来てるんだわ。一時間も寝そべっていたら、もう退屈しちゃって、躯中《からだ》がうずうずとして気持悪くなってきちゃって、じっとしていられないのよ。今、働いたら、躯中がさばさばして、気持がいいったらありゃあしない」

そう言って、また朗らかに笑った。

寿美は身長百六十センチ、体重六十キロ、二十年前の「ミス千葉」であった。

当時のミス・コンクールは、新聞社と保健所の共催であって、「将来の健全母性のため」という主旨だったのである。審査の主眼も心身の健康状態におき、容姿の美は二の次であった。師範学校を出たばかりの中学教員だった寿美は地元の保健所の職員にかり出されて参加した結果、ミス千葉に選ばれたのであるが、確かに健全母性の名に恥じなかった。

寿美は「快眠、快食、快便」と三拍子そろい、たまに風邪で高熱を発しても、薬や医者を嫌い、あたりまえに起きて働いているうちに、けろりと直ってしまう。子供の教育のモットーは「正直と努力」であり、私が面白半分に啓一郎に酒を飲ませて酔っぱらわせると、本気になって怒った。

寿美はその日、さすが長旅の疲れが出たせいか、夕方まで寝て暮した。

夜になって、館山《たてやま》から電話があった。私の美術学校時代の同級生で、山梨大学に勤めている加藤和夫の夫人からであった。

夏休みのアルバイトで、館山のホテルに働いている大学生の娘を、迎えに来た。ついでに鴨川へ寄って、久しぶりにみなさんとお目にかかりたい。

そういう電話に対して、寿美は翌朝自動車で館山まで迎えに行くと応えていた。

「今日、帰って来たばかりで、疲れているんだから、館山までの運転はやめておけ」

と私は言った。

「大丈夫ですよ。ひと眠りしたら、すっかり疲れがとれちゃったもの」

寿美は私を神経質で気が小さいと言って、よく笑う。私の方はそんな寿美に苛々《いらいら》する。如何《いか》にも農家育ちの丈夫な女らしい無神経さが、私にはやり切れない。

寿美はケチだが、食物にだけは金を惜しまず、毎日の食卓が盛沢山でなければ気に入らず、味は濃厚であれば佳《よ》しと信じて疑わなかった。若布《わかめ》や豆腐の味噌汁にも卵を落すので、私は怒るのだが、寿美にはとんと納得出来ぬらしい。鯛《たい》は佳しとして、季節はずれでも買って来る。

文句を言うと、鯛はやはり鯛の味がすると言う。そんなわけだから、手のこんだ料理には縁がない。ただ、寿美の取柄は、新しいものと古いものとの見分けがつくことである。野菜にしろ、魚にしろ、新鮮なものは妙に手を加えない方がうまいので、私は救われていた。

寿美は客のとき、さらに食卓が賑《にぎ》やかでなければ気がすまない。それだけに、食物のつましい家を嫌い、悪口を言う。

「昼ごはんに無理にひきとめておいて、素《す》うどん一杯とは、一体どんな気でいるのかしら。失礼だわ。ああいう家は、ふだん何を食べているんでしょうね」

「そのうどん、まずかったのかい？」

「わりにうまかったですよ。でも、いくらうまくっても、うどんはうどんだもの、知れてるわ」

「そこの家じゃ、素うどんが得意の料理で、わざわざ作ったのかも知れないよ」

「いくら得意でも、うどん一杯だなんて、第一、おなかが減って、やり切れないわ」

「昼飯は軽い方がいいっていう、考え方の家もあるよ」

「軽すぎますよ。だから、あそこの家の子供、みんなちんちくりんなんだわ。食物のつましい家の子って、みんな背がのびませんよ」

「そういうことを言うのはよせ」

寿美の言葉には身も蓋もなく、聞いているだけで私はやり切れない。が、そういう寿美の見方が案外にあたっていることが多く、その度に私はまた奇妙な腹立ちを感じた。

寿美が近所の人々に誘われて、岩躑躅《いわつつじ》を採りに行ったことがあった。庭に植えるというのである。

「せっかく自然に山に生えているものを、採って来るのはよせ」

「みんな採って来るんだもの、わたしだけが採らなくったって、同じことですよ」

「みんなが採って来るんだから、せめてお前だけはやめておけ」

「また、啓坊さんの屁理屈《へりくつ》がはじまったあ」

と寿美はてんから受けつけないので、私も切札を出す。

「第一、山っていったって、人のものだ。一種の泥棒じゃないか」

「啓坊さんだって、よく茸《きのこ》採りに行くじゃないか。あれだって、人の山のものじゃないの」

「茸と躑躅は違うよ」

「勝手なこと言ってらあ。それより、啓坊さんも一緒に行ってみない？　とっても、景色のいいところだっていうよ」

と寿美はからかい半分に言って、オートバイに乗って行った。

三時間ほどして、寿美は背負い切れないほどの岩躑躅をオートバイの荷台に乗せて帰って来たが、顔や手に怪我をしていた。岩をよじ登って転げ落ちたが、ひるまずにまた登り、採って来たという。

「お前は丈夫に任せて、乱暴なところがある。お前みたいのは病気では死なないかわりに、交通事故でやられるぞ。自動車の運転だけは、気をつけろ」

と私は常々寿美に注意していた。

自動車よりオートバイはさらに危険なので、私はその後、オートバイは寿美の弟にくれてしまった。

しかし、いくら注意してもほとんど効き目はなく、寿美は却《かえ》って私を神経質だと笑って、苛々させるのであった。

寿美は昼前、加藤夫人を乗せて館山から帰って来た。娘さんはアルバイトの契約が明日まであるので、今日は鴨川へ来られぬという。そんなところへ、作家仲間の庄野潤三親子が訪ねて来た。

庄野は数年前まで、夏になると隣り町の太海《ふとみ》へ、一家を引具《ひきぐ》して海水浴に来ていた。滞在中の一日を選び、寿美が作った弁当を持って、私の一家が太海へ出向き、庄野一家と仁右衛門島で遊ぶのを例としていた。

ところが、近年は南房州も湘南《しょうなん》なみの混雑となったので、庄野は敬遠して広島の海へ行くようになった。しかし、今年七月末に長女が初産した関係から、広島へ行けなかったので、手近な鴨川を選んで海水浴に来た。昨日から鴨川の旅館に泊っている庄野親子を、私が昼食に誘ったのであった。

寿美は手伝いの恵美ちゃんと汗を流しながら、さまざまな魚の料理を作った。きのう海外旅行から帰って来たばかりだということを知って庄野は恐縮したが、寿美は余裕綽々《しゃくしゃく》に振舞っていた。食事の用意が出来ると、寿美は一升壜《びん》をテーブルの上に置いて、庄野に見せた。

「これ、知合いからいただいたんですけど、初孫っていうお酒なんです。庄野さんに、ぴったりでしょう」

「ほほう、初孫か……！　これは、愉快や」

と庄野は目を見張って無邪気に喜んだ。

翌日、恵美ちゃんは天津の親元に帰って、三日間休むことになった。午後から、寿美は加藤夫人と一緒に娘さんを迎えに行き、フラワーラインをドライブして帰って来た。

その翌日、作家仲間の安岡章太郎親子が鴨川に遊びに来た。安岡は近頃、季節を問わず、ときどき鴨川に現われる。

安岡は以前、食物には大して興味を示さない男だったが、近頃は年齢のせいか、新鮮な魚の味が魅力らしい。それも旅館の料理ではなく、わが家の鰯《いわし》の煮つけや塩焼きや、鯵のたたきの方が気に入っているので、私も嬉しい。

安岡親子と談笑していると、突然、犬仲間の荻野親子が埼玉の深谷から自動車で遊びに来た。さらに、約束のあった新聞社のカメラマンたちが、わが家の紀州犬の撮影に現われた。

寿美は文を助手に奮闘したが、途中でグロッキーになり、休暇中の恵美ちゃんに電話をかけて、急遽助けを求めた。何しろ合計十数人の食事の支度だから大変には違いないが、今までにこの程度のことでグロッキーになる寿美ではなかった。

やはり、旅の疲れがまだとれないのであろう。明るいうちに、安岡、荻野、新聞社と帰って行くと、寿美は自室で暫く横になって休んだ。

夜になって、簡単な食事を摂ったが、寿美はいつに似ず食欲が無かった。

「どうも、胃の調子が悪くって」

「外国で食べ馴れないものばかり、食べたからさ」

と私は笑いながら言った。

「そうかも知れませんね」

と寿美も笑ってから、今度はつくづくと言った。

「でも、外国のホテルの食物のまずいのには驚いたわ。あんなひどいものを、みんなよく食べていますね」

「外国のホテルだって、うまいものはあるよ。団体旅行だもの、最低のものを食わされたのさ」

「そうかしら……？　それにしても、まずすぎたけどな」

と寿美はどうにも納得のゆかぬ顔であった。

食後、テレビを見ていたが、寿美は胃のあたりを片手で押えるようにしながら、

「どうも、胃が変に張っていけないな。わたし、悪いけど、お先にやすませていただくわ。どうぞ、ごゆっくり」

と加藤母娘に挨拶して、自室へひきとって行った。

翌日、加藤母娘は山梨へ帰って行き、一日置いて二学期が始まり、寿美は学校に通い出した。

寿美は二十年来、教員をつづけているのだが、ここ二、三年、そのことで迷っていた。

「ねえ、啓坊さん。わたし、来年は学校をやめようと思うんだけど、どうかしら?」

私がやめろと言うと、寿美は月給が惜しくなる。生活費は私の収入で一切まかなっているので、月給はまるまる寿美の自由になるのだから、魅力である。が、それだけではなかった。

寿美は最初、中学校で音楽と体操を教えていたが、数年後、自分から希望して小学校に転勤した。教科担当の中学校よりも、クラス担当の小学校の方が面白いという。それだけに、寿美はかなり積極的な意欲を持った教員であった。

夏になると、学校では生徒に水泳を指導するが、ほとんどの女子教員は水着姿になることを嫌い、プールサイドで見張っているだけである。寿美はプールに飛びこんで、生徒の手を取って教える。勉強の出来ない生徒は、放課後、教室に残して教えた。

寿美は明るく活動的なので、生徒に好かれた。父兄にも評判がよく、学年末になると、新学期からはうちの子供のクラスを受持ってくれと電話をかけてくる者も、二、三にとどまらない。

そんなわけだから、寿美は月給の問題だけではなく、教員生活に未練があることも確かであった。

そのくせ、私がやめるなと言うと、寿美は冷淡だと言って怒った。自分をいつまで働かせておけば気がすむのかという。自分だって人並みな家庭生活を愉しみたい。そういう気持を百も承知していながら、素知らぬ顔でいる私が、いっそう憎らしいと言うのである。

私は正直なところ、寿美にやめてもらいたくなかった。寿美が勤めをやめて家に落着くと、うるさくなるにきまっていた。

私は所謂《いわゆる》「飲む、打つ、買う」の三拍子そろった男で、生涯この性癖は直りそうもない。特に女癖が悪いが、寛容性に富んだ寿美は一種の病気と思ってあきらめており、素人と地元の女にだけは手を出さないでくれと言う。といって、東京での女遊びに、虚心坦懐なわけではない。ときどき、さぐりを入れることがある。皮肉を言って、腹癒《はらい》せをすることもあった。

「啓坊さん。このモデル、見てごらん」

と言いながら、寿美が私に週刊誌のグラビアを見せたことがあった。

私は見た瞬間、あわててグラビアから目をそらした。と同時に、素早い視線で、寿美の顔を盗み見た。が、それは単なる偶然にすぎなかった。

「混血児って、ほんとに綺麗ですね。特に啓坊さんはこういう子、好きなタイプでしょう?」

と言ってから、寿美は日頃の腹癒せに私をからかいはじめた。

「どう、啓坊さんも整形で鼻を高くしたバーの女ばかり相手にしないで、たまにはこういう本物の美人と仲良くなってみたら?　このくらい綺麗な女の子が相手なら、わたしも文句を言わないよ」

「じゃ、おれ、今度このモデル、ひっかけちゃうけど、文句言わないね?」

「啓坊さんは、自惚《うぬぼ》れが強いねえ。こんな綺麗な若い子が、啓坊さんみたいなまずい顔をした爺さんに、ひっかかるわけがないじゃないの」

と寿美は声を上げて笑い出した。

馬鹿にされて、私は女遊びに達者な自分をひけらかしたくなってきた。馬鹿な自慢であった。それに、寿美が傷つくにきまっている。と分っていながら、私は得意めいた感情を圧《おさ》えることが出来ぬまま、ずるく笑って殊更に念を押した。

「お前、ほんとに怒らないか?」

「絶対、怒らないよ」

「じゃ、白状するけど、おれ、その子とホテルに泊ったことあるよ」

「嘘言ってらあ」

と寿美は笑いつづけながら、私の顔を見返した。

が、暫くすると、私の表情に真実を感じ取ったらしい。寿美は気まずい顔で黙りこんだが、急に意地を張ってこう言った。

「へえ……! 啓坊さんも、なかなかやるじゃないの。見直したわ」

寿美はそれきり、そのことには触れなかった。

その替り翌日から、私が用を言いつけても、「いま忙しいよ」と、いうことをきかなかった。

物につまずくと腹を立て、「えい、こん畜生！　なんだ、こんなもの。ここの家のものは、どいつもこいつも、ろくなもんじゃないや。えい！」と男みたいな口をきいて蹴飛《けと》ばした。二、三日で、さっぱりと忘れてくれるが、これは寿美の寛容性のせいばかりではない。勤めているから、その忙しさにとり紛れているせいもある。勤めをやめて暇が出来ればエネルギーをもてあまして、東京の私に電話をかけて、さぐりを入れることも屢々《しばしば》あろう。ときには、適当な理由をつくって、不意に上京して来ることもあろう。

今までにも、寿美はさぐりの電話をかけてきたことがあった。二、三年前の夏休み中、私が一週間余り野波旅館に泊っていると、朝の八時頃、寿美から電話がかかってきた。私は睡眠中に起された上、用らしい用ではなかったので、いっそう腹が立った。

「くだらない用で、朝早くから電話をかけるな。昨日は麻雀《マージャン》が徹夜になって、六時頃までやってて、今やっとうまい具合に眠れたところだ。これで、おれは眠れなくなるじゃないか。また、不眠症になってもいいのか」

「すみません。ごめんなさい」

と寿美は途端に狼狽しながらあやまった。

かつて、私は不眠症で苦しんだことがある。毎晩のように魘《うな》され、悲鳴を上げて寿美に救いを求めた。明け方、目が覚めると、妙に気分が滅入《めい》って、死にたくなることもあった。私の父親が自殺しているので、寿美の心配はひと通りではなかった。私が不眠症から解放されても、寿美の心配は消え去らぬようであった。

あるとき、東京から帰って来た私の背広を寿美が片付けていた。寿美はポケットの物を整理していたが、急にただならぬ気配で私に詰め寄った。

「これ、何?」

寿美は薬を包んだ塵紙《ちりがみ》を開いて私に見せながら、さらに顔色を変えて問い詰めた。

「まさか、青酸加里じゃないでしょうね?」

「産児制限薬だよ。武士のたしなみで持っていたんだけど、長いあいだ用がなかったから、錠剤が粉になっちゃったのさ」

「なあんだ、そうか」

と寿美は安堵《あんど》の胸を撫で下ろすように、暫く目を閉じていた。

そんな素朴な寿美を、私はずるく利用することしか考えない。寿美がうるさいことを言い出すと、「ここんとこ、また眠れない」と眉間《みけん》に皺《しわ》を寄せて目を閉じながら、「死にたくなる」と私はつぶやいた。寿美はたちまち心配で一杯になり、嫉妬など、どこかへ吹っ飛んでしまった。

しかし、この手も年中使っていれば、嘘だとばれてしまう。寿美が教員をやめてひまになり、年中うるさくなると、私は困るのである。困ったあげくの果て、私の癇癪《かんしゃく》が爆発するかも知れない。わがままで向う見ずの私なので、寿美と別れる羽目にもなりかねなかった。

寿美のエネルギーを消耗させるだけのエネルギーが、私にはなかった。特に、ここ一、二年、私は寿美に対して欲望が感じられなくなっていた。結婚生活の年月が経つにつれて、私にとって妻は親や子より以上に肉親的な存在として感じられるようになり、それだけ欲望の対象として縁遠くなった。

私には妻とのセックスが、近親相姦のように感じられる。人によっては、長年苦労を分ち合った妻ほど可愛いものはなく、その可愛さが欲望につながるという。私も寿美は可愛い。可愛い相手を抱きしめたいという感情は私にもある。が、私のそれは可愛い我が子を抱きしめたいという気持に似ていて、欲望の感情にはつながらない。

今年になって、私は寿美と同衾《どうきん》したことが、一度しかなかった。寿美は人に倍して健康でエネルギッシュな女であるだけに、われながら私は残酷な良人《おっと》だと思う。私は欲望をかき立てようとして、ひそかに努力もしたが、却ってあせりを生むだけで逆効果になった。

私は寿美に酒をすすめてみた。幸い、寿美は酒を好み、その酔いにいくらかは不満も紛れるようで、毎晩、晩酌を愉しむようになった。今度の海外旅行も私が積極的にすすめたのだが、これも寿美の欲求不満緩和の一助になればと思ってのことであった。

寿美は学校へ通い出して一週間経っても、胃が張ると言って、酒は飲まず、食事もすすまなかった。今までにないことなので、寿美は学校の帰りに小田病院へ行ったが、胃カタルと診断され、薬をもらって帰って来た。

寿美は毎日欠かさずに薬を飲んでいたが、一向に胃の具合はよくならなかった。

「なんていうのかな。胃がキラキラするんですよ。そして、張る」

と言いながら、寿美はちょっと眉をしかめて、片手で胃のあたりをたたいて見せた。

「要するに、旅行から帰って来て、休む間もなく学校が始まったから、疲れがとれないのさ。いくらお前が丈夫でも、何しろ四十なんだからね」

「さすが丈夫なおかあちゃんも、年には勝てないか」

と言って、寿美は朗らかに笑った。

「ところで、お前、十万円ばかり貸してくれないか。二、三日うちに、東京へ行かなければならないんだけど、気がついたら、銀行に五、六万円しかないんだ」

「五万円もあれば、いいじゃありませんか」

と寿美は途端に掌を返したように不機嫌な顔になった。

「一週間ばかり滞在するから、五万円じゃ無理だよ」

「一週間も、何の用があるんですか」

「取材その他、いろいろとあるよ」

「何の取材ですか」

「いちいち、うるさい奴だな」

と私は癇癪が起ってきて、寿美を睨《にら》みつけた。

寿美は軽蔑の眼差《まなざし》で私を見返しながら、他人行儀な口調で言った。

「相変らず、男のくせに情けないですね。女房から、お金を借りるなんて」

私は手が出そうになったが、がまんした。金銭に執着の強い寿美の性質を、つい忘れていた自分の迂闊《うかつ》さが悔まれた。原稿料が入ったとき、私が返すことは分っていても、寿美はいっときでも自分の財布から金を出すことは厭なのであった。

十万円足りなければ、出版社から原稿料の前借りをするなり、親しい友人から借りるなりすればよい。他人から借金する良人の恥を、妻としてカバーしようとは思わない。むしろ、私が恥をかくことによって、日頃の浪費癖を反省した方がよいと考えている。借金の必要に迫られるまで浪費する私のだらしのなさが、寿美には腹立たしくてならない。

寿美は人に貸すのも厭なら、人から借りるのも嫌いであった。人に情けをかけられるよりは、人からケチとそしられる方がましである。ケチは美徳であって、一銭の無駄も許せない。

毎年、問題になるのは、年二回の恵美ちゃんのボーナスであった。

「恵美ちゃんのボーナス、ひと月分の月給とセーターを買ってやればいいでしょう？」

「恵美ちゃんはよく働くから、ふた月分、出してやれ」

「わたしだって、夏のボーナスはひと月半ですよ」

「恵美ちゃんは毎日、犬の運動もやってくれているじゃないか。今、犬の運動までしてくれる手伝いはどこにもいないよ。だから、ふた月分、出してやれ」

「犬は啓坊さんの趣味ですよ」

「分ったよ。じゃ、ひと月分は、おれが出す」

「恵美ちゃんに犬の運動代を出すんなら、わたしにも下さいよ。わたしだって、毎日、犬の運動、やってるもの」

「お前はおれの女房か手伝いか、いったいどっちなんだ」

「勝手なこと、言ってらあ。自分は東京でさんざんお金を使って、わたしには洋服ひとつ買ってくれないくせに」

「だから、毎月、お前に二十万円ずつ渡してるじゃないか」

「二十万円じゃ、足りないことだってありますよ」

「足りないときには、別に出してるじゃないか」

「へえ、そんなことあったかしらね。わたし、覚えていないよ」

「あさましい顔をするなよ。お前の欲の深そうなその顔を、いっぺん鏡に映して見ろ」

「なに言ってんだい。あさましいのは、そっちの方じゃないか。年に一度か二度、ちょっと余分に出したお金のことを、いつまでも覚えてるなんて、男らしくないね。ふん、ケチくさい話だね。あさましいや」

「うるさい。黙れ……！」

「ちぇっ、自分に都合が悪くなると、黙れか。なんだ、そんな顔。ちっとも、こわくないや。そんなに威張るんなら、ダイヤの指環《ゆびわ》でも買っておくれ。さ、早く買っておくれ」

「黙れって言っているのが、分らないのか」

と私はやっと癇癪を押えつけながら、陰にこもった声で言った。

寿美は私の険悪な気配を察してちょっと黙ったが、急に口惜しさがこみ上げてきたのか、今度は涙声になりながら、かき口説き出した。

「啓坊さんは、わたしをいつもケチだケチだって馬鹿にしながら、自分はさんざんお金を使って遊んでばかりいるくせに……！　わたしに何も買ってくれないで、こき使ってばかりいて、それなのに……」

私は手元にあった灰皿をつかむなり、寿美の背後の花瓶めがけて投げつけると、立ち上って タクシー会社に電話をかけた。私はリビングルームの隣りの自室に入って背広に着替えながら、タクシーで東京へ行ってしまう気であった。

「凄い音がしたけど、どうしたんだい？」

最初、啓一郎がリビングルームに現われ、続いて文や恵美ちゃんの心配の声も聞えてきた。

「お父さんの気違いが、また始まったのよ。お前たちは心配しないでいいから、勉強していなさい」

と寿美は追い返すような調子で言った。

「なんだい、お母さんは泣いてるじゃないか。喧嘩して、負けたのか。いやあい！」

と啓一郎は寿美の涙に気がつくと頓狂《とんきょう》な声を出し、興味本位に手を拍《う》ちながらはやし立てた。

「うるさいよ。向うへ行きなさいって言うのに……！」

と寿美は癇癪を起したが、啓一郎はいっそう面白そうにはやし立てた。

「負けたから、顔を見られるのが、恥ずかしいんだろう。いやあい！」

「お前は、馬鹿だね」

と寿美はその幼稚さ加減に呆れ返って、啓一郎の顔に見とれているようであった。

「お前は、お父さんとお母さんが喧嘩しても、心配じゃないのか」

「ごまかすなよ。負けたくせに、偉そうなこと言ったたって駄目だい。いやあい！　いやあい！」

と啓一郎は手を拍ちつづけながら、跳ねまわり出した。

「お前は、ほんとに馬鹿ねえ」

と寿美はもう一度呆れ返ってから、今度は気分一転して急に笑い出した。

「ああ、馬鹿々々しい。気違い相手に、泣いたり笑ったりして。ええい、面倒臭いや。こっちも、気違いになっちゃえ！」

と同時に、床を踏み鳴らす音が聞え出し、子供たちの笑い声が起った。寿美が得意の踊りをはじめたらしい。

「ヤッ、ホー！」

ときどき掛声をかけながら、激しく足踏みしつづけた。

「お母さん、よしなさいよ」

と文が言いながら、笑いころげている。

「啓坊、面白いだろう。お父さんにも見せてやるから、呼んで来い。ヤッ、ホー！」

「お父さん。面白いぞ」

と啓一郎が来て襖を開けた。

私は苦笑せざるを得なかった。寿美は私の苦笑を見ると、いっそう身振り面白く踊りつづけた。笑うまいとすると、却って笑いがこみ上げて来てならない。私はとうとう負けて、いっそう苦笑しながら寿美に言った。

「馬鹿。いい加減にしろ」

間もなく寿美は踊りをやめると、文の方に向って言った。

「さ、お前たちは部屋へ戻って、勉強しなさい」

「はい」

と文が恵美ちゃんと一緒に立って行くと、啓一郎も止むを得ず立ち去って行った。

「啓坊さん。ごめんなさい」

と寿美は私の傍に近づいて来た。

「あんまりお酒を飲まないで。軀をこわすといけないから」

長時間自動車に揺られて東京へ行く気は、もはや私にはなかった。無精者のことなので、実は町へ出ることさえも億劫《おっくう》であった。が、背広に着替えてしまった今、いったんは家を出ないと恰好がつかない。

私は料理屋で芸者を二、三人呼び、賑やかに酒を飲んだ。近頃、私は年齢のせいか、すぐに酔っぱらってしまう。酔っぱらうと、さらに賑やかでなければ気に入らず、芸者を連れて梯子《はしご》酒になる。家へ帰るときも、ひとりでは寂しい。

私が帰宅すると、寿美は玄関に出迎え、芸者たちに礼を言った。

「ご苦労さま。忙しいところを送って来てもらって、すまなかったわね。ちょっと待ってて」

寿美は奥へひっこんで行って、梨をひと抱え大きな紙袋に入れて持って来た。

「この梨、とってもおいしいから、うちへ持って行って食べて頂戴」

芸者たちは礼を言い、梨を持って帰って行った。

寿美は自分のケチに対して、反省がないわけではない。また、ときには、気前のよいこともあった。

恵美ちゃんは成人式のとき、振袖その他を買い整えるというので、私は寿美の反対を承知の上、その費用の半分は援助してやれと言った。ところが、寿美から意外な答えが返ってきた。

「どうせ、面倒を見るんなら、半分だなんてケチ臭いことを言いなさるな。わたし、全部出してやるよ」

「まさかお前、気が狂ったんじゃあ、ないだろうね」

と私は冗談半分に言った。

「恵美ちゃんは今年で五年勤めているし、よく働くから、わたし、清水の舞台から飛び下りたつもりで、褒美《ほうび》を出すよ。でも、わたし、ほんとに気が狂いそうだな。啓坊さん、助けてくれ」

と寿美は笑いながら、私に抱きついてきた。

私の留守中、美術学校時代の後輩の画家が絵を売りこみに来ると、寿美はあっさりと言い値で買い取った。その代金を、私に請求することもなかった。

寿美がそのような気前を見せはじめたのは、私が家を建ててからのことである。家を建てるとき、私は親しい友人たちから借金した。その借金返済のため、怠け者の私が中間小説を書きまくった。長年、銀座あたりで遊んでいたことが役に立って、書きまくれるだけの豊富な材料があった。想像以上の早さで返済完了したのを知って、寿美は浪費もあながち捨てたものではないと見直したらしい。

とにかく、以前より気前のよくなった寿美なので、つい私もその本性を忘れて十万円貸せと言ったのが、いけなかった。私は自分の甘さ迂闊さを責めることによって、寿美に対する腹立ちを押えつけた。寿美と口をきかぬまま、その翌日、私は上京した。

二章

一週間ぶりに東京から帰って来て、私が風呂から上ってほっとしていると、寿美はしきりに話しかけた。いつものことである。留守していた良人が懐かしく、何やかやと話しかける気持は分るが、私は疲れているので、うるさくてやり切れない。

「うるせえ。それより、黙って肩でも揉め」

「冗談じゃないや」

と寿美は怒って少し涙ぐんだ。

「相変らず胃が張って直らないのに、東京で遊んで来た人間の肩なんか揉めますか。肩を揉んでもらいたいのは、こっちだわ」

「まだ胃が変なのか」

と私は気になって寿美をふり向いた。

「小田さんなんか、藪《やぶ》医者だ。あんな薬、二週間も続けて飲んだけど、ちっとも直らないや」

寿美は丈夫なだけに、病気がはっきりしないと、えらく不機嫌になり、小田院長にまで、当り散らした。

六年前に現在の家を建てるまで、私たちは駅に近い小田病院の筋向うの貸家を借りていた。十年近くも住んでいたので、小田院長とは親しく、駅から二キロはなれた今の家に引越してからも、単なる医者と患者の関係ではなかった。

それだけに、小田院長はまさか寿美から藪医者呼ばわりされているとは、夢にも思うまい。六十歳をすぎて近頃めっきり髪の薄くなった小田院長の柔和な顔を思い浮べると、何かおかしくなってきて、私は少し笑った。大した病気ではないので、気休め程度の薬を与えているのであろう。私はそう思っていた。

が、寿美はどうにも気になるらしく、二、三日経つと、今度は胃腸専門の病院へ行った。結果はやはり、胃カタルという診断であった。

「でも、今までに胃がこんなに変になったことないな。ごはんを食べる気がしないし、第一、本当に胃が張っちゃってるんだもの。見てごらん」

寿美はセーターをたくし上げながら、薄い下着の上から胃のあたりを手でたたいて見せたが、私にはよく分らなかった。

「ずいぶん張ってるんだけどなあ。だって、おなかが大きくなっちゃって、スカートが窮屈で苦しいぐらいなんだもの」

「中年太りのせいじゃないのか。誰が診ても胃カタルなんだから、そんなに気にすることはないよ。それよりも明日、お天気だったら、久しぶりに金山ダムへ行って、犬を放してやりたいな。でも、お前、胃が張っていて、億劫か？」

「そんなことはないわ。ちょうど栗拾いが出来るかも知れないよ。明日はうんと早く行きましょうよ」

と寿美は急に愉しげに弾んで言った。

ここのところ、ぐずついたお天気がつづいていて、犬の運動が充分でなかった。山へ連れて行って、思い切り走らせてやりたい。いつものように、紀州犬の牡《おす》のゴリとチュウ、牝《めす》のヒメの三頭を、私は連れて行くつもりであった。

翌朝、久しぶりに東の空が透明に美しかった。啓一郎は起きなかったが、文は起きた。私が犬を三頭連れて行くと言うと、寿美が反対した。

ゴリとチュウは牡同士なので、同じ場所で放すと喧嘩する。で、山へ行くと、私がチュウを連れ、寿美はゴリを連れて、左右に別れなければならない。

「別々に栗拾いしたって、つまらないや。第一、啓坊さんなんか、どこに栗が落ちているか、分りゃあしないじゃないの」

と山村育ちの寿美は言った。

「わたしについて来れば、栗がいっぱい拾えるよ。いい場所を知ってるんだから」

私は寿美に巧みに誘われ、気に入りのチュウだけを連れて行くことにした。

わが家から寿美の運転で約十分、国道を右に曲って山道に入り、間もなく小さなトンネルを二つ抜けると、吊り橋があってダムの静かに光る水面が見えた。

いつもなら、吊り橋を渡ったところで、私はチュウを連れて下りるのだが、今日はそのまま先に進んだ。ダムに沿った崖《がけ》上の山道をゆっくり進んで行くと、早くも水際で釣りをする人の姿もちらほら見えた。

車を下りると、私はすぐにチュウを放した。紀州犬が山の中を走る姿、彳《たたず》む姿、それを見るのも、私の愉しみのひとつである。紀州犬に限らず、日本犬ほど山に似合う犬はいない。車から出ると、野鳥の囀《さえず》りがそこかしこから急に聞え、その鳴き声を聞くことによって、さらに山の冷気や静寂が感じられるのであるが、紀州犬もまた、その素朴な姿によって、山をいっそう感じさせるのであった。

ダムの反対側は小さな谷になっていて、丸太を組んだ素朴な吊り橋が掛っていた。寿美に従って吊り橋を渡り、山の奥へ入って行った。狭い山道を登り下りして、奥へ入って行ったが、一向に栗の木はなかった。麦藁《むぎわら》帽子をかぶり、大きな布袋を肩にかけて歩いて行く寿美の後姿を見ながら、私は文に言った。

「お母ちゃん、まるで大黒さまみたいな恰好して張切ってるけど、ほんとに栗が拾えるのかね」

「ほんと。ねえ、お母さん。大丈夫なの？」

「大丈夫だよ。こういう山には、かならず栗の木があるよ。坂本のライオンに任しておけ……!」

と寿美はふり向いて笑いながら、片手で胸をたたいて見せた。

寿美は清澄山麓《きよすみさんろく》の坂本という土地の、農家の生れである。八人同胞《きょうだい》の七番目で、貧しい暮しの中に育った。幼い頃から、玩具《おもちゃ》など買ってもらえず、自然と付近の山へ遊びに行くことが多かった。

木の実を採り、茸を探して山奥へ分け入り、襤褸《ぼろ》からむき出した手足や顔にひっ掻《か》き傷をつくって、血を流すこともある。寿美はさんばらに乱れた髪の下から大きな目を輝かし、敏捷な動作で茂みの中から山道へ飛び出し、出会った人々を驚かした。一見、男の子か女の子か分らず、学校の同級生たちから、「坂本のライオン」という仇名《あだな》をつけられたのであった。

寿美は子供の頃から、身にしみて生活の厳しさを知っている。それだけに、ケチになるのも無理がない。小説家はいつ原稿の注文が来なくなるか分らぬという不安から、教師をつづけている。私が女出入りを材料にした恥さらしの小説を発表しても、それが生活の糧になる以上、がまんすべきだという考えが強かった。いや、一応は名の知れた小説家の妻であることに、寿美は幸福を感じていた。

寿美は野鳥の囀りを口笛で真似しながら、愉しげに歩きつづけた。

「ほら、あった」

突然、寿美はその場にしゃがみこんだ。なるほど、寿美の足元に栗がころがっている。

「ほんと……!」

と文がいささか興奮して、寿美にかけ寄った。

毬《いが》ぐるみのがあると、寿美は器用に靴で踏んで、栗を押し出した。私も拾いはじめたが、草や落葉の陰から栗を見つけ出すことは、けっこう愉しかった。

栗を探しながら、傾斜面を這《は》うように登っていると、先走りして姿を消していたチュウが駆け戻って来て、私たちと一緒にうろつき歩いた。

「啓坊さん、どいて。早くどかないと、頭の上から栗の毬が落っこってくるよ」

と寿美は栗の幹に両手をあてがって、笑いながら言った。

私と文が山道まで逃げ下りると、寿美は幹をゆすぶり出した。樹上から、栗が落ちてくる。寿美が季節はずれの麦藁帽子をかぶっていた理由が、それで分った。落ちてきた栗が、チュウの鼻面にあたった。チュウの驚く表情を見て、私と文は笑った。

布袋いっぱいに栗を詰めて帰って来ると、啓一郎が残念がり、明日も栗拾いに行くことになった。が、翌日から、またぐずついた天気になり、四、五日経つと、私は用が出来て上京した。三、四日で帰って来たが、その翌々日、寿美は高熱を発した。胃の具合がいっそう変なので、寿美は気にして胃腸病院に寄ってレントゲンを撮り、それから学校へ行った。レントゲン透視の結果、胃潰瘍《いかいよう》その他、厄介な症状は見当らぬというが、その次の日、寿美はとうとう学校を休んだ。

寿美が学校を休むとは、よほど苦しいに違いない。どうもおかしい。ひょっとすると、胃ではないのかも知れない。ふと、そんな気もしながら、私は寿美の部屋へ様子を見に行った。

「苦しくって」

と寿美は高熱に疲れた力のない目で、私を見上げた。

「啓坊さん、見て。こんなに、おなかが張っちゃってるの」

寿美は腰紐《こしひも》を解いて、腹部を見せた。なるほど、腹全体が異常に膨脹している。醜悪感があって、私は視線をそらした。

私は小田病院に電話をかけ、市村先生に往診をたのんだ。

小田院長はかつて慶応大学の講師をしていた関係から、優秀な後輩をスカウト出来るようであった。市村先生は小田病院にスカウトされてから十年余りになるが、診断の確かなことで評判が高い。それに、四十になったばかりの年齢なので、さほどに往診も億劫がらない。特にわが家の場合、市村先生が独身だった頃、小田病院の前の借家によく遊びに来ていたので、すぐに来てくれた。

私は市村先生を寿美の部屋に案内してから、リビングルームで煙草をふかしていた。間もなく、市村先生の狼狽をかくせぬような切迫した調子の声が聞えてきた。

「これは、胃じゃありません。ええと、肝臓と胆嚢《たんのう》が悪い」

私は煙草を捨てて、寿美の部屋へ行った。

「肝臓と胆嚢？　相当に悪いの？」

「簡単なものじゃありません。すぐ入院させなきゃあ、いけない。わたしが亀田さんへ電話しましょう」

と市村先生は電話をかけにリビングルームへ行った。

急遽入院を要するような容態とは思っていなかったので、私はあわてた。容態をくわしく聞きたくて、市村先生の後を追ったが、亀田総合病院と電話中で、しきりに医学用語を使っていた。

なぜ、小田病院ではなく、亀田総合病院に入院させるのか。小田病院は内科と小児科であり、亀田総合病院は総合である。手術を必要とする病気なのか。

市村先生は電話を切ると、私に言った。

「亀田さんで、すぐに迎えに来てくれるそうです」

「そんなに緊急を要する病気なんですか？　手術をするような病気なんですか？」

「手術することになるかも知れません。とにかく、郁太郎先生によく話しておきましたから。わたしはこれから他にもまわらなければなりませんので、これで失礼します。お大事に……」

寿美の病状をくわしく聞きたかったが、どういうわけか市村先生は私と話をするのを避けるように、忙しそうに立ち去ってしまった。

寿美が恵美ちゃんと荷物をまとめ、着替えをすました頃、早くも亀田総合病院の寝台車で郁太郎先生が看護婦と一緒に来てくれた。郁太郎先生は、着替えした寿美を見て言った。

「苦しいのに、着替えたの。寝巻のままで、よかったのに……」

亀田総合病院は往診は受付けぬ方針である上に、郁太郎先生は外科を一手にひき受けていて、特に忙しい。その郁太郎先生がわざわざ迎えに来てくれた。

私は亀田総合病院とも懇意であった。去年亡くなった老院長とは碁仇《ごがたき》であり、葬儀のとき、私は友人代表ということで弔辞《ちょうじ》を読んだ。今は長男の俊孝先生が院長、次男の郁太郎先生が外科、三男の博行先生が内科、他に数人の専門医が各科を担当しており、亀田総合病院は私立では千葉県一の規模を持っていた。私は郁太郎先生とも碁仇であったし、お互いに犬好きなので、殊に親しかった。

寿美につき添って病院に行った恵美ちゃんが三十分足らずで帰って来ると私に言った。

「奥さん、二人部屋は厭なんですって。お金は自分が出すから、一人部屋にしてもらいたいそうです。そう言ってくれって、たのまれました」

私は郁太郎先生に、個室をたのんでおいたのだが、満員だったのであろう。私は苦笑しながら、恵美ちゃんに言った。

「寿美の奴、お金は自分で出すなんて、そんな馬鹿なこと言ってんのか」

恵美ちゃんは何を思い出したのか、急に笑い出した。暫く笑ってから、次のように説明した。

寝台車に乗って暫くすると、寝ている寿美が顔を起して恵美ちゃんに向い、口の中で何か言いながら、片手の指を三本見せたり、五本見せたりした。郁太郎先生と看護婦は、寿美に背を向けている。何を言っているのか分らないので、恵美ちゃんが耳を持ってゆくと、寿美がささやいた。

「看護婦さんと運転手さんのチップ、幾らにしようか」

恵美ちゃんは驚いて、訊き返した。

「三千円もあげるんですか?」

「違うよ。三百円か? 五百円か?」

「え、三百円?」

と恵美ちゃんがまた驚いて訊き返した。

「そうか、そうか。分った」

寿美はひとりで頷いていたが、その結果、千円ずつ包んだという。

如何にも寿美らしい話なので、私も笑った。

亀田総合病院へ行くと、私はすぐに郁太郎先生に会った。

「個室は満員?」

「明日、なんとかして、空けるよ」

「どのくらい、入院しなければならないの」

「さあ……?」

と郁太郎先生は眼鏡の中の目を神経質そうにしばたたいた。

「ひと月後に、仲人《なこうど》をたのまれているんだけど、それに出られるかしら?」

「とんでもない」

と郁太郎先生は途端に強く首を横に振った。

私はちょっと黙りこんだ。どうも私が漠然と考えているような病状とは、次元が違うらしい。

「いったい、寿美の病気は何?」

「それがね……」

と郁太郎先生は唾を嚥《の》みこむようにしながら、言いにくそうに言った。

「どうも、癌《がん》らしいんだよ」

「癌?」

と私は呆気《あっけ》にとられながら、変に少し笑って訊き返した。

私には実感がなかった。陽気で健康そのものの寿美と癌とが、どうしても結びつかない。郁太郎先生が他の言葉と取り違えて、うっかり癌と言ったのではないのか、とさえ思った。郁太郎先生はそんな私の顔を見返しながら、今度は早口になって言った。

「でも、これはぼくの勘なんだよ。検査をしてみなきゃあ、ほんとうのことは分らないんだ」

「勘て、どんな……?」

「寿美さんの顔が、どうもそういう顔なんだよ。七分通り、そんな勘がするんだ。長年の経験でね」

私は暫く黙りこんだ。

寿美と結婚して間もない頃、母親が食道癌の疑いで、千葉の大学病院へ行ったことがある。そのとき、私は多くの癌患者を見たが、しなびた菜っ葉のような顔色をしていた。寿美の顔色は、さほどに精気のないものとは思えない。

黙りこんでいる私に、郁太郎先生が慰めるような調子で言った。

「でも、はっきり癌ときまったわけじゃないんだからね。とにかく、大至急検査をするよ。問題はすべて、それからさ」

「検査は何日くらいかかるの」

「一週間はかかるんじゃないかな。とにかく、出来る限り、早くやるよ」

「じゃ、よろしくお願いします」

と言って、私は医局を出た。

病室へ行くと、寿美は私を手招きしてから、耳元にささやいた。

「わたし、この部屋でいいよ。隣りの人、おとなしくて、いい人なのよ。それに、ここの特別室、一日六千円だっていうから、もったいないよ」

隣りのベッドの女性は背を向けて、眠っていた。

「お前がそんなこと、心配しなくてもいいよ。それより、どんなふうに苦しい？」

「胃が張って苦しいんだけど、大したことないよ。啓坊さん、それより、忙しいでしょう。家へ早く帰って仕事をした方がいいんじゃないの。病気はお医者さんに任しておくより、仕方がないもの」

「そりゃ、確かにその通りだ」

私も内心、早く家に帰って、ひとり静かに考えてみたかったので、すぐに病室を出た。

私にはどうも、寿美が癌とは思えなかった。また、思いたくもない。そして、母親のことが思い出された。

母親のとき、小田院長が食道癌の疑いありとして、癌で有名な千葉の大学病院の中山外科を紹介した。病院に行った日、中山外科は休診だったので、つてを求めて鈴木教授にレントゲン写真を見てもらったところ、食道癌と診断された。

翌日、診察した中山教授が血色のよい母親の顔色を見て、首をかしげた。食道鏡で検査した結果、良性の腫瘍《しゅよう》と診断され、事実、母親は脳軟化症で倒れるまで、七、八年、元気に暮していたのである。

鈴木教授は長らく中山外科のメンバーだった人で、癌の診察には定評があった。その鈴木教授の診断さえ、覆ったのである。

私は神経質な一面、きわめて楽天的な性質もあるので、そういうことを思い出すと、明るい気分になった。そのくせ暫く経つと、ふと厭な予感がしないでもない。

すると、私は手術で助かる癌患者もいるということを思い出す。また、癌は半年後乃至《ないし》一年後に死ぬ場合が多いというが、そのあいだに特効薬が出来ぬでもない、と考える。いや、まだ寿美は癌ときまったわけではないのだ、と思い返しもする。

結局、いつまで考えていても、どうどうめぐりをするばかりで、郁太郎先生の言う通り、検査を待つよりほか仕方がない。こういうときは、仕事に集中する方が救われると思い、私は机に向った。

翌日の昼前、郁太郎先生から、電話がかかってきた。

「さっき、小田先生から電話でね、東京の病院へ入れた方がいいって言うんだよ。その方が検査や何かも早く出来ていいって言うんだ。だから、小田先生のところへ行って、相談して来てよ」

私はすぐに小田病院へ行って、院長と応接室で会った。

「亀田さんも大きいけど、また東京は違う。検査にしても、手術をするにしても、こういうときは、東京の方がいいよ。何しろ、厄介な病気だからね」

「郁太郎先生は癌だって言うけど、ほんとにそうなの？」

私は瞬間、緊張を感じながら、訊いてみた。すると、小田院長はいつもの柔和な顔に似ず、気むずかしい表情を示しながら、

「卵巣癌だよ。市村先生から聞いたけど、典型的な卵巣癌の症状のようだね。腹が異常に膨張しているのは、腹水がたまっているんだよ」

私は小田院長の顔をぼんやりと見返しながら、黙りこんだ。

昨日、市村先生があわてながら、「ええと、肝臓と胆嚢が悪い」と、いつに似ずあやふやな

調子で病名を口走ったことに対する謎が解けた。また、郁太郎先生が「ぼくの勘なんだ」と言ったのは、私の急激なショックを避けるための配慮にほかならなかった。

「困ったことになったもんだなあ」

と私は努めて平静な調子を保ちながら言った。

「全く、困ったことなんだよ」

と小田院長は頷き返してから、

「ぼくは手術も無理だと思ってるんだ。いや、手術はしない方がいいと思っている。腹水が溜《た》まっているとき手術をすると、死期を早める場合が多いからね。ただ、手術をしなかった場合、あのとき手術をしておいたなら、と悔みやすいものなんだ。正直言って、手術するかしないかの問題は、そこなんだよ。それは、君が決断するよりほか仕方がないけど……」

「おれ、手術しないよ」

「しかし、東京で専門の先生の意見もよく聞いた方がいいよ」

「ところで、寿美が駄目になるのは、大体いつ頃なの？　半年後？　それとも一年後？」

「君、冗談じゃないよ。ああいうのは、ひと月ぐらいのものだよ」

「ひと月？」

私は瞬間、顔色の変るのが、自分でよく分った。ひと月では、特効薬出現の儚《はかな》い希望さえ持てない。あっというまに、寿美は死んでしまう。

「ひと月……?」

と私はもう一度うめくように言った。

「子供には黙っていた方がいいよ。黙っていても、様子でだんだんと分ってくるものなんだからね。殊更にショックを与えない方がいい。子供に限らず、癌は誰にも言っちゃあ、いけない。ひょっとして、本人の耳に入ると、大変だからね」

と小田院長は言ってから、今度は目を落しながら悔むようにつぶやいた。

「寿美さんが最初にうちへ来たとき、何故《なぜ》ぼくに分らなかったのかなあ……?」

「先生のところへ来たのは、九月の初めだもの。まだ腹もほとんどふくれてなかったんじゃないの」

「それにしてもさ……」

と小田院長は己れの迂闊さをまだ暫く悔んでいたが、ふとわれに返ったように私に言った。

「ところで、東京の病院はどこにする? ぼくが紹介出来る病院は幾つかあるけど……」

「国立東京第二病院じゃ、いけないの。友達の木村忠っていうのが、第二外科医長をやってるんだけど」

「そりゃいい。トウニはうちの大学の連中が多いんだよ」

「トウニ?」

「国立東京第二病院だから、医者仲間じゃ、東二って言ってるんだよ。だけど、東二みたいな病院はなかなかベッドが空かないから、ある程度強引なことをしないと、無理かも知れない。今から亀田さんの寝台車で、いきなり東二へ運んじゃった方がいいんじゃないのかな」

「一応、木村に電話をかけてみるよ。たのみこんでみるよ」

小田病院で電話番号を調べてもらい、すぐ国立東京第二病院の木村に電話をかけた。幸運にも、きょう特別室が空いたばかりだという。木村が一切承知してくれて、明日、寿美を国立東京第二病院に入院させることになった。

私は亀田総合病院へ行き、郁太郎先生に会った。

「卵巣癌なんだってね。小田先生はひと月で駄目になるって言ってたけど、そんなに早いの？」

「ひと月ねえ……？」

と郁太郎先生はちょっと考えてから、

「ぼくは、二、三箇月と思うな。この暮あたりじゃないのかしら」

ひと月も二、三箇月も、大して変りがない。もはや、国立東京第二病院の検査によって、卵巣癌の診断が覆ることを、祈るよりほかなかった。

私は郁太郎先生と明日の打合せをすますと、寿美の病室へ行った。

「あら、啓坊さん、来てくれたの。仕事すんだの？」

「仕事はすまないけど、お前のことで急用が出来たんだ。小田先生が東京の病院へ行った方がいいって言うんだよ。その方が検査が早く出来ていいって言うんだ」

「わたしの病気、いったい何なの?」

と寿美は改めて訊いた。

「郁太郎先生は婦人科が悪いって言ってたけど、昨日、市村先生は肝臓と胆嚢が悪いって言ってたでしょう?」

私はいささかあわてた。市村先生と郁太郎先生との連絡が不充分で、寿美に疑いを持たせたわけだが、私は咄嗟にその疑いを逆用することを思いついた。

「だから、検査が大切なんだよ。正直なところ、市村先生にも郁太郎先生にも、肝臓か婦人科かよく分らないらしい。その両方が悪いのか、どっちか一つが悪いのか、分らないらしいんだよ。で、検査が何よりも大切だっていう小田先生の考えで、東京の病院へ行くことになったんだ。とにかく、明日の朝、六時にここの寝台車で、国立東京第二病院へ行く。さっき、電話で木村によくたのんでおいた。それから、おれはこれからすぐ東京へ行って手続きを取らなければならない。お前にはちゃんと看護婦をつけて上げるから安心してくれって、郁太郎先生が言ってたよ」

「そう。郁太郎先生は親切ですね」

「ありがたいことだよ。この看護婦不足の時代にさ。じゃ、明日、東京で会いましょう」

と私はちょっとふざけた口調で言って、寿美のベッドからはなれた。

「バイ、バイ」

と寿美も調子を合わせて、手を振って見せた。

汽車の時間にはまだ余裕があったが、私は寿美の顔が見ていられなかった。寿美も厄介な病気だとは自覚したようであるが、まさか癌とは思っていまい。「バイ、バイ」と手を振る寿美を見て、一瞬、胸が詰った。

良人が癌になった場合、医者によっては妻にも知らせないという。女はつい良人の前で涙を見せてしまうことが多いからだというが、さもあらん。小田院長も言っていたことだが、文や啓一郎はもちろん、恵美ちゃんにも知られてはならぬことだ、と改めて思った。

帰宅して、恵美ちゃんに簡単に事情を話してから、私は上京の支度をした。リビングルームの椅子に坐って煙草をふかしていると、迂闊だった自分が悔まれてきてならなかった。

今になってみると、医者嫌いの寿美が自分から病院へ行ったことが、そもそもおかしかった。そのとき、私が変だと敏感に気がついて、それなりの対策をとっていれば手遅れにならなかったかも知れない。

健啖家《けんたんか》の寿美が、食欲を失っていた。贅沢を言わない寿美が、外国の食物をしきりにまずいと言って貶《けな》していた。異常な食欲不振を、なぜ癌に結びつけることが出来なかったのか。寿美がセーターをたくし上げて腹部の膨脹を訴えたとき、なぜ確かめてみようとしなかったのか。膨脹を確かめて、私がそれを気にして、市村先生に頼んで診察してもらえば、そのとき発見されたに違いない。

寿美が最初に小田病院に行ったとき、院長ではなく、市村先生が診察したならば、発見されたかも知れない。小田院長は近頃、年のせいで耄碌《もうろく》しているのではないのか。と恨みがましい気持を抱いたが、私に向って発見出来なかった迂闊さを悩んだ小田院長を思い出すと、強く責める気にはなれなかった。勢い、私の憤りは胃腸病院に向けられた。

胃腸専門の病院とはいえ、異常な腹の膨脹を見ながら、素人と同様、全く卵巣癌の疑いを持たなかった医者も医者である。しかも、レントゲンまで撮ったというではないか。市村先生がひと目で分るものが全く分らぬとは、いったいどういうことか。藪医者め!

私は感情が激するままに、愚かなこととは知りながら、胃腸病院に対して文句を言わなければ気がすまなくなってきた。

私は恵美ちゃんが裏庭の物干し場に行っているのを確かめると、胃腸病院に電話をかけた。

「近藤ですが、うちの女房の病気は、典型的な卵巣癌だそうじゃないですか」

「卵巣癌?……へえ、そうですかねえ」

私は呶鳴《どな》り出しそうになる自分を感じながら、震える手で電話を切った。

私は椅子に戻って再び煙草に火をつけて気持を落着けようとしたが、興奮にまだ胸が喘《あえ》いでいた。気分転換しようと思い、庭先に寝ころんでいたゴリを呼んだ。

ゴリは尻尾を振りながら、私に近づいて来たが、妙に顔色を窺うような眼差を示し、耳を倒しながら、こわごわとした動作を示した。紀州犬は原始的な犬だけに、人の気配にも特に敏感なのであった。

「馬鹿だな、ゴリ。何をこわがっているんだい」

と私は笑いながら、ゴリの頭を撫でてやった。

それでもゴリは上目づかいに耳を倒しながら、かすかに尻尾を振って見せた。案外、犬どもは今の私の興奮だけではなく、昨日からのわが家の異変をも敏感に察知しているのかも知れなかった。

やがて、私は家を出て、駅へ向った。両国行の車内は、がらんとしていた。私はぼんやりと煙草をふかしていたが、そのうちに寿美の顔がしきりに目に浮んできた。

健康そのものの、如何にも正直そうな寿美の顔が、遠くから笑いかけていた。邪気のない大きな目を生き生きと輝かせながら、陽気に笑う寿美の顔が、大写しに近づいてきた。

寿美は素朴で健康な性格の女であるだけに、生命に執着が強く、長生きを願っていた。やがて子供たちが結婚して孫が出来る、そういう幸福を何よりの幸福と思っている女だけに、私は死を目前にした寿美が殊更哀れでならなかった。

寿美に対して横暴な良人だった自分にも、強い悔恨があった。もう一度、寿美を元気にしてやって、世間並みな幸福を味わわしてやりたかった。

何とか癌を直すことが出来ないものか。医者は手遅れの癌は絶望しかないと言うが、現代医学だけがすべてではない。世の中には人智を絶する不思議もあるではないか。

私はそんな自分が非常識だと知りながら、刻一刻と異常に思い詰めざるを得なかった。

三章

赤坂の野波旅館の女将の波ちゃんと、私は学生時代からのつき合いであった。波ちゃんの一人息子の満《みつる》が十一月に結婚することになり、その仲人を私たち夫婦がひき受けていた。

野波旅館に着くと、私はいつものように波ちゃんの部屋へ行った。電話の予告なしに現われた私を、波ちゃんはちょっと驚いたような顔で眺めた。

「すまないけど、満ちゃんの仲人、出来なくなっちゃったよ」

と私はいきなり言った。

「寿美が病気になっちゃったんだ」

「奥さんが病気?」

と波ちゃんは信じられないという顔で訊き返した。

「うん。それがねえ……」

と言ったまま、私は黙りこんだ。

明日、寿美が国立東京第二病院へ入院すれば、波ちゃんは見舞いに行くにきまっている。癌と知っていた場合、寿美に会ったときの表情態度が心配であった。

私は煙草をふかしながら、困っていつまでも黙りこんでいた。

「ね、近藤さん。ほんとのことを言って頂戴。満の仲人のことで、何か失礼なことでもあったの？」

「とんでもない」

と私はあわてた。

健康そのものの寿美が寝こむような病気になるとは、誰も考えられない。波ちゃんもつい誤解してしまったらしい。

その誤解を解くためには、打明けなければならなかった。それに、波ちゃんはかつて、波子という源氏名の下谷の名妓であって、厳しい修業生活を送ってきた人だけに、一般の女性と違って男勝りの性質もある。私は思い切って打明けた。

「寿美の奴、癌なんだよ」

「癌？」

と波ちゃんは瞬間、硬い表情になったまま、私を凝視しつづけた。

「医者の話じゃ、典型的な卵巣癌の症状だそうだ」

「卵巣癌？」

と波ちゃんは訊き返すだけで、その硬い表情は動かない。

「明日、柿の木坂の国立病院へ入院させることになった。それで、急に出て来たんだよ」

「柿の木坂の国立病院ていうと、木村先生のところね。その点は、心丈夫だけど……」

と波ちゃんはちょっと救われたような顔をしたものの、深い沈黙に陥った。

波ちゃんは木村を知っている。満が高校生のとき、喧嘩して同級生を投げ飛ばした。骨を痛めた同級生が国立東京第二病院へ入院したとき、ちょうど私は野波旅館に泊っていた。国立東京第二病院には友人の木村が外科医長をしていると話すと、波ちゃんが紹介してくれと言った。せめて相手の子供に充分な治療をしてもらえるよう木村に頼みたい、と言うのである。で、私は波ちゃんと一緒に国立東京第二病院へ行った。

木村と私とは、小学校の同窓である。数年に一度の同窓会以外、めったに会う機会もないのだが、木村は波ちゃんを連れて行ったとき、親切なあたたかい態度であった。

「明日、奥さん、何時に入院するの?」

と波ちゃんはわれに返って言った。

「十時頃だよ」

「わたしも病院へ行くわ」

「行ってくれるのは有難いけど、でも、女房に会って悲しい顔なんかしないでくれよ。癌と気がつくと、大変だからね」

「分ってるわよ」

と言ってから、波ちゃんは却って疑わしげに私を見返した。

「それより、近藤さんこそ、気をつけて頂戴。何しろ、近藤さんは嘘のつけない人だからね。でも、今度ばかりは、絶対に嘘をつき通さなきゃあ駄目なのよ。いいわね」

「大丈夫だよ。それより、麻雀でもやろう。その方が、気が紛れていい」

電話をかけると、小説家の阿川弘之、写真家の秋山庄太郎、漫画家の福地泡介が集まることになった。

最初に阿川が現われ、波ちゃんの部屋に入って来て、立ったまま私に言った。

「お前、なんで急に出て来たんだ？」

「女房がえらい病気になっちゃって、明日、国立病院へ入院させることになったんだ」

「お前の女房がえらい病気って、何だ？」

「それが、癌なんだ」

「何、癌？」

と阿川は鋭い目で私を見返してから、坐りこんだ。

「ほんとか？」

「ほんとらしい。医者は典型的な卵巣癌だと言っている」

「ふうん」

と阿川は溜息に似た声をもらしながら、うつ向いて黙りこんでしまった。

「秋庄や泡介には、黙ってた方がいいな。麻雀をしていても、みんな面白くなくなっちゃうからね」

「当分、見舞いには行かん方がいいんだろうな」

「見舞いには来てもらいたくないよ」

寿美が見世物になるようで、私は厭であった。友人たちは私のそういう気持を理解して、世間並みの義理立てで見舞いを強行するような者はいない。その点で、友人には打明けてもさしつかえなかった。

麻雀がはじまったが、寿美のことが頭からはなれぬらしい。

「コンケイ、今日は馬鹿に元気がないな」

と秋山が競技中も、終ってからも言った。

「どうも修業が足りんらしい」

と私は笑って見せながら、打明けた。

瞬間、秋山も福地も息を飲んだような顔になった。しんと鎮まり返ってしまう。お互いに目のやり場に困るような雰囲気である。今後、何回もこういうことをくり返すのは厭であった。

「吉行なんかには、お前から言っといてくれ」

と私は阿川に向って言った。

みんなが帰ると、私は波ちゃんの部屋へ行って、酒を飲んだ。

「奥さんのこと、満にはアパートへ電話をかけといたし、瞳《ひとみ》にも話したわ」

と波ちゃんが酒の相手をしながら言った。

「瞳ちゃん、寿美に会ったとき、大丈夫かな」

「大丈夫よ。よく言っておいたから。瞳ったらね、奥さんみたいないい人が癌になんかなるんなら、わたしも不良になっちゃうって、泣いてたわ」

波ちゃんは私と同様無精者だが、妹の瞳ちゃんは寿美と似ていて働き者で、明朗な正直者である。寿美と違う点は、おとなしすぎて、男性との交際が疎ましいのか、いっかな縁談に応じない。瞳ちゃんは今年四十歳になるが、所謂オールドミス的な厭らしさは微塵《みじん》もなかった。

寿美の入院が長引けば、瞳ちゃんの世話になることが目に見えている。瞳ちゃんには打明けない方がいいと思っていたのだが、といって、いつまでも内証にしておけるものではない。一つ屋根の下で、瞳ちゃんの目を盗みながら、私と波ちゃんがこそこそ話をするという事態は、そう長続きのするものではなかった。

「近藤さんも、今度ばかりは困ったわね。近藤さんにとって、奥さんはほんとうにかけがえのない人だもの」

と言って、波ちゃんは溜息をついた。

「おれは肉親に縁の薄い生れつきだな」

と私もちょっと溜息をつきながら、ひとりごとのように言った。

私が生れて半年後、父は死んだ。小学三年のとき、父の弟が二度目の父になったが、中学四年のときに死んだ。母は六十七歳で死んだが、生みの親ではなかった。母が生後半年の私をひき取って以来、生母とは別れ別れに暮してきた。啓一郎が生れた頃、母の同情で生母を呼び寄せた。生母は極端な現実主義、物質主義で、人の好さの微塵も感じられない女であった。不幸な境遇が生母を歪めたということは分るが、人の好い母に対する無礼な態度に、私はがまん出来なかった。私は怒って生母を追い帰したが、悔いはなかった。

確かに、私は肉親に縁が薄いが、今までに切実に感じたことはなかった。寿美の癌という死病に直面して、私は殊更にそういう感慨を持ったのである。

その夜、私はほとんど眠れなかった。

翌朝、私は波ちゃんと一緒に国立東京第二病院へ行った。波ちゃんは玄関で亀田総合病院の寝台車が着くのを待ち、私は受付をすましてから、外科医長室に木村を訪ねた。挨拶をすまして玄関へ行き、波ちゃんと一緒に寿美の到着を待った。

三十分余り経った頃、亀田総合病院の寝台車が着いた。扉が開いて運転手が出て来ると、入れ替りに私と波ちゃんが車内に入った。寿美は私と波ちゃんの顔を見ると、掛布団で顔をかくすようにしながら、嗚咽《おえつ》しはじめた。

「おばちゃんの顔を見たら、嬉しくなっちゃって……」

と寿美は言訳をしながら、またすすり上げた。

看護婦に寿美を任せ、私と波ちゃんと運転手とで荷物を病室に運んだ。病室は広く、冷蔵庫も浴室もあった。寿美はベッドに横たわって暫くすると、ほっとしたような顔になった。

「寝台車って、凄くゆれるんですよ。途中で吐いたりして、すっかりくたびれちゃった。でも、亀田病院の看護婦さんは実に親切ですね。感心しちゃった。啓坊さん、鴨川へ帰ったら、礼を言っておいて下さい。それから、郁太郎先生が奥さんと一緒に、朝の六時前に送って下さったの。奥さん、荷物を運んで下さったわ」

「そうか。とにかく、お前は暫く静かに寝ろよ。おれはこれから、姫のママの家へ行って、ちょっと頼んで来る」

「姫のママは忙しい人だから、悪いですよ。あんまり人に迷惑をかけないで下さい」

「お前がよけいな心配をすることはないよ。何か用が出来たとき、手をかりることがあるかもしれないから、ちょっと挨拶して来るだけだ。波ちゃん、一緒に出ようか」

「そうね。ほんとに奥さん、今日は一人でゆっくり寝た方がいいわ。じゃ、お大事に」

「おばちゃん。ほんとに、どうもありがとう。朝早く起きるの、大変だったでしょう。どうもありがとう」

私は波ちゃんと玄関で別れ、銀座のバー姫のママ、山口洋子の家へ行った。国立東京第二病院から歩いて、二、三分のところにある。

ママとのつき合いも、十数年になる。鴨川にも何回か遊びに来たことがあるし、わが家で生れた紀州犬と柴犬《しばいぬ》を、犬好きのママのお母さんが飼っている。お母さんが足をくじいたとき、木村を紹介したこともある。私は今までに何回か、犬のことでママの家に行ったことがあった。

私が病院に戻って来ると、寿美はうとうとしていたが、目を覚ました。

「さっき、木村先生が来て下さったわ。おなかを押されたら、苦しくって。ひと思いに、おなかをぱあっと切ってくれないかな。痛くはないけど、おなかが張っているのが、苦しくってやり切れないの」

と言ってから、寿美は激しく咳きこんだ。

「風邪をひかないように、気をつけろよ」

私は寿美と雑談してから、時間を見計らって木村に礼を言いに医長室へ行った。

夕方から、野波旅館で麻雀であった。吉行淳之介が早目に現われた。

「お前の女房が、癌とはなあ。まあ、なんだな、癌に効くっていうものは、なんでもかんでもやってみることだな」

吉行は一年近く、アレルギー症と抑鬱症に苦しんでいた。今度が初めてではない。二、三年おきのことで、吉行は仕事で精力を消耗しつくすと倒れるのであった。今夜も頸筋《くびすじ》から顔にかけて変に赤く、憔悴《しょうすい》していた。

阿川と生島治郎が現われ、麻雀がはじまった。生島も不眠症で、憔悴していた。阿川と私は健康だが、寿美のことを考えると、あてにならない。生島が牌《パイ》をいじりながら、不意にこう言った。

「ねえ、近藤さん。近藤さんの奥さんが癌だなんて、これは競馬なら、大穴だよね。こんな大穴、見たことない」

生島は月並みな見舞いの言葉は野暮と考え、むしろ私を笑わせて元気づけようとしている。吉行や生島に劣らず、私も今夜は憔悴した顔をしているのであろう。

翌日、私は午前中から按摩《あんま》を呼んだ。昨夜もほとんど眠れなかったので、午後もずっと寝床で横になっていた。夕方近くになってから、波ちゃんも一緒に国立東京第二病院へ行ってくれた。

病室に行くと、窓辺に薔薇《ばら》の花が美しかった。

「昨日の夕方、姫のママとお母さんがいろんなおかずを持って来てくれました。さっき中央公論の伊吹さんがお花、問題小説の菅原さんがメロンを持って、お見舞いに来てくれました」

と寿美は私に報告した。

「問題小説」に来月、七、八十枚の原稿を渡すことになっていたが、この状態では無理であった。約束の原稿を断わるためには、編集部の菅原さんに事情を打明けなければならなかった。

「中央公論」の方は今月から連載することになっていて、既に予告もしてあった。原稿の枚数を減らしてもらうため、編集部の伊吹さんに打明けた。

「今日、婦人科の診察を受けたけど、横柄な医長だったわ。鴨川からなんでここへ来たのか、なぜ外科へ入ったのか、外科なのになぜ婦人科へ来たのかなんて、不機嫌な顔でしつこく言うのよ。もの凄く威張った医長だったわ」

「医者にはそういうタイプの人、よくいるよ。知り合うと、そういう医者は案外、いい人かも知れないよ」

婦人科医長としては、卵巣癌であるのに縄張り違いの外科に入っているので、納得がゆかず不愉快だったのであろう。寿美の方は卵巣癌とは知らぬのだから、婦人科医長の不機嫌が納得出来ない。

木村から婦人科医長に事情を説明してもらった方がよい。私はそう思って、木村に会いに行った。

「昨日、今日と忙しかったものだから、婦人科にまだ連絡してなかったんだ。そうか」

と木村は苦笑した。

病室に戻ると、寿美は昨日と同じように咳きこんでいた。

「東京は空気が悪いからね」

と波ちゃんが窓外を見ながら言った。

窓からは、病院の裏庭が見える。雑草の生えるに任せた荒地で、心淋《うらさび》しい風景であった。ときどき、犬を連れた人が来る。放された犬が、軀ごと喜んで走りまわる姿が見えた。

野波旅館に帰ると、私は麻雀の電話をかけた。麻雀をしても浮かぬ気持だが、何もしていないよりは楽だからであった。

麻雀の仲間を待っていると、鴨川グランドホテル社長の鈴木政夫から、電話がかかってきた。政夫さんと私は、鴨川でいちばん仲が良い。政夫さんはいきなり、切迫した声で言った。

「今さっき、小田さんから聞いたけど、寿美さん、大変だって、ほんとかい？」

「うん。検査しないと、はっきりしないらしいけど、大体、癌に間違いないらしい」

「検査して、癌じゃないといいけど……。寿美さんが、あんまり可哀そうだよ」

と政夫さんは感情の籠《こも》った震えをおびた声で言い、誘われて私の胸も熱くなった。

「おれの出来ることなら、なんでもするから、もし困ったことがあったら、遠慮なく言ってくれよ」

「ありがとう」

「近藤さん。いつ帰って来る？」

「あさってあたり、帰ろうと思っている」

「そう。じゃ、帰って来たら、すぐお宅へ行くからね。こういう際だから、近藤さんも気をつけて」

政夫さんとの電話が終って間もなく、今度は丹羽文雄夫人からかかってきた。丹羽さんは私の師匠であり、仲人であった。

「中央公論の伊吹さんから聞いたけど、寿美さんが大変だっていうじゃないの。癌だって聞いたけど、あんた、ほんと？」

といささか興奮した口調であった。

「ええ、卵巣癌らしいです」

と応えてから、私は無理に笑って言った。

「あんまり好き勝手なことばかりしていたものだから、とうとうわたしも罰が当っちゃいました」

「冗談じゃないわ。罰の当る方向が違ってますよ。罰は直接あんたに当ればいいのに、寿美さんがそんな病気になるなんて、世の中が間違ってるわ。あんたが寿美さんの替りに、癌になればいいのよ」

大変な権幕であったが、私は却って救われた。不思議に、快かった。私が黙っていると、今度は落着きを取り戻しながら、

「でも、寿美さんがなんでまた癌になんかなるのかしらねえ。全く、世の中って分らないものだわ。ところで、あなた、困ったことがあったら、遠慮なく言って来て頂戴よ」

「ありがとうございます」

「見舞いには当分、行かない方がいいわね」

「そうなんです」

電話が終って間もなく、吉行と生島が現われた。相変らず、二人とも憔悴した顔であった。特に、吉行の顔色が昨日よりも悪かった。無理して、私の麻雀につき合ってくれているのであろう。

その夜、私は四、五時間の睡眠がとれて、翌日は昼前に国立東京第二病院へ行った。

「明日、鴨川へ帰ろうと思ってるんだ。中央公論の原稿が、まだ残ってるからね」

「わたしは、大丈夫ですよ。第一、啓坊さんが東京にいたって、役に立たないもの。お医者さんに任しておくより仕方がないでしょう」

と寿美は笑って見せてから、激しく咳きこんだ。

「すっかり風邪をひいちゃったようだな」

「熱は無いんですけどね。それより、昨夜は啓坊が電話をかけてきたわ。大丈夫か、見舞いに行ってやろうかだって。あれで、けっこう心配してるんですね」

「啓坊、呼んでやろうか」

「いいですよ。あれが来ると、うるさくってしょうがないもの」

「でも、退屈だろう。小型のテレビを買って来てやろう」

「いいですよ。もったいないもの」

昼休みの時間になると、私は木村に会いに行った。

「いったん明日、帰ろうと思うんだ。何分とも、よろしく頼む」

「検査の結果が分ったら、すぐに電話で知らせるよ。それから奥さん、やたらに咳をするが、あれ、気になるな。ひょっとすると、肺に転移してるんじゃないかと思うんだ」

肺に転移とは、素人の私には全く考えられなかった。小田院長の言う通り、いよいよひと月かも知れない。私は酒でも飲まなければやりきれない気持になった。

病院を出ると、銀座六丁目の鮨《すし》屋の菊鮨へ行った。二時頃で、場所柄夜の商売が目当てだからまだ開店していなかったが、主人夫婦で準備していた。

「おや、いらっしゃい。いつ出ていらっしたんですか」

「二、三日前に出て来た」

「今日はまた、馬鹿に早いですね」

「昼間から、やけ酒が飲みたくなってさ」

私は自棄《やけ》半分の気分で寿美の病気を打明けた。

「先生、そんな馬鹿なこと、絶対にないよ」

とおじさんは興奮して憤慨するように言った。

「そうですよ。奥さんがそんな病気にかかる筈、絶対にありませんよ」

とおばさんも甲高い声で言った。

「先生。そんなの、絶対に誤診だよ。見ててみなよ、検査したら、何でもなかったってことに、絶対になるから」

おじさんとおばさんが、「絶対」「絶対」と言うのを聞いていると、私も何だかそんな気がしてこないでもなかった。

菊鮨とのつき合いも十年近くで、おじさんとおばさんは鴨川に二、三度、遊びに来たことがある。

翌日、病院に寄ってから、鴨川に帰った。

「グランドホテルの社長さんから、まだ帰って来ないかって、何回も電話がありました」

と恵美ちゃんが報告した。

「じゃ、帰って来たって、電話してくれ」

文が笑いながら、そのくせちょっと私の顔を窺うような表情で言った。

「もうデマが飛んでるわ。お母さんは膵臓癌《すいぞう》で、千葉の大学病院へ入院したっていうけど、ほんとかって、学校のお友達から訊かれちゃった」

「膵臓癌で、千葉へ入院したってかい？」

と私はわざとおかしそうに笑いながら、文を見返した。

「そうなのよ。田舎の人って、デマが好きなのね。お母さんの病気、東京では何だって？」

「それが、まだはっきりしない。肝臓と婦人科の方が悪いらしいけど、いま検査中だ。いずれにしろ、お母さんのことだから、大したことはないよ」

「そうだと、いいけどなあ」

と啓一郎が不安気に言った。

「大丈夫だよ。お前たちは心配しないで、それより、勉強しなさい」

私は子供を追い払って、政夫さんを待った。恵美ちゃんは口にこそ出さないが、子供より以上に不審を持っていることが、私には察しられた。恵美ちゃんが文を相手に穿鑿《せんさく》し合う可能性は強い。子供たちに秘密を保つためには、むしろ恵美ちゃんに打明けた方が賢明かも知れなかった。

政夫さんが現われると、恵美ちゃんは茶を出して、部屋にひっこんだ。

「様子はどう?」

と政夫さんは眉間に皺をよせ、声をひそめた。

「それが、悪いんだ。東京の医者は肺にも転移してるんじゃないかって言ってるんだよ」

政夫さんは両手で頭を抱えこんでしまった。それから、黙ったまま茶を飲んでいたが、やがて顔を上げると、いささか非難めいた口調で言った。

「そんなに悪いのに、近藤さんは寿美さんを置いて、よく帰って来られたね」

「約束の原稿があるんだ。四、五日うちに、あと二十枚ほど書いて、仕上げなければならないんだよ」

「だけど、近藤さん、書ける?」

と政夫さんは不思議そうに私の顔を眺めた。

政夫さんは十数年前、家代々の旅館を火事で焼失した。それ以来、政夫さんは親に替って、再建に努力した。妻の康子さんと手を携え、苦心惨憺《さんたん》して、鴨川グランドホテルを千葉県一のホテルに仕上げた。政夫さんは康子さんへの愛情を頭に置いてみて、こんな場合にも仕事の出来る私が不思議でならぬらしかった。

私と政夫さんの性格の違いもあるし、作家は物事を客観的に眺める習性を身につけているということもある。

翌日、寿美の勤めている東条小学校、亀田総合病院、小田病院、市役所の教育長の順に、私は報告と挨拶をかねて廻った。

「政夫さんにだけは、ぼくが話しておいたよ」

と小田院長が言った。

私と政夫さんの親密な関係を知っているからであった。小学校の校長、教育長には寿美の後任の問題があるので、私は癌ということを打明けないわけにはゆかなかった。誰にも秘密にするというわけにはゆかない。その結果、世間にも知れてしまう。

その夜、私が仕事をしていると、机上の電話が鳴った。鴨川中学校で私が図工科教員をしていた頃の同僚二人からで、かなり酔った声であった。

「近《こん》ちゃんとこ、寿美さんが癌だっていうけど、ほんとかい? でも、なっちゃったものは、しょうがねえやなあ。それより、久しぶりに一杯飲むべえ。こっちへ出て来らっせえよう」

「いま、仕事してるから、駄目だよ」

「何言ってんだよう、近ちゃんらしくもねえ。たまに誘ってるんだもの、出て来らっせえよ」

私も酔っぱらって人に迷惑をかけることがあるので、酔っぱらいに対しては寛容に振舞わざるを得ない。腹が立ってもがまんして、怒ったことがなかった。が、今夜は酔っぱらいのしつこさと弥次馬気分に、だんだんとがまん出来なくなってきた。

「近ちゃんが来ねえっていうんなら、こっちから行くけど、いいんかい？　慰めてやるだよ」

「冗談じゃない。家の中で変なこと言われて、子供たちの耳にでも入ると、困るよ」

「何もそんなに神経質になることはねえだよ。近ちゃんも気がちいせえな」

とおかしそうに笑っている。

とうとう癇癪が爆発した。

「ふざけるな。こんなとき、面白半分に遊びに来られて、たまるか」

瞬間、相手もさすがに正気に返ったのか、ちょっと改まった言葉づかいで、弁解するように言った。

「いや、ほんとに近ちゃんを励ましに行きたいと思って」

「励ますだと……。親切ごかしの弥次馬根性は、いい加減にしろ！」

と私は電話を切った。

興奮がさめてくると、これが世間一般の偽らざる態度なのかも知れない、と私は思った。他人の不幸に対して同情を感じるよりも、興味を感じるのが世間というものである。他人の不幸を見て、喜ぶ者さえ多くいる。そう考えると、むきになって怒った自分が、みっともなく感じられた。といって、興味本位の態度を直接示す相手を許す気にはなれなかった。

「中央公論」の原稿を書き上げた翌日、木村から電話がかかってきた。

「気の毒だけど、やはりいけなかった。腹水の細胞検査の結果、クラス五、つまり癌に間違いがない」

「そうか。とにかく、おれ、これからそっちへ行くよ」

木村の電話を切ると、寿美に電話をかけた。

「今日、これから、そっちへ行くよ。原稿が出来上ったから、ちょっとお前の様子を見に行こうと思って」

「そう。嬉しいな」

と言いながら、寿美は電話口で咳きこんでいた。

五時過ぎ、国立東京第二病院に着くと、さっそく木村に会って、私は訊いた。

「手術、駄目かい？」

「気の毒だけど、婦人科の医長が、頼まれても手術は出来ないって、言ってるんだ。奥さんを鴨川へ連れて帰って、せいぜい看病してあげるよりほか手がないね」

「そうか。……急に飲みたくなってきちゃったな。用がなかったら、これから銀座あたりへつき合ってくれよ」

「そのつもりで、待っていてやったのさ。心細いんだろう。よく分るよ」

木村が帰り支度をするあいだ、私は病室へ行った。

「ほんとに、来てくれたのね」

と寿美は喜んで、上半身を起した。

「原稿、出来てよかったですね。何枚になりました?」

「百四十四枚になった」

「そう。早く読んでみたいな。今度は啓坊さん、久しぶりに熱中して書いてるものね」

だが、雑誌に原稿が掲載されたとき、寿美はもはやこの世の人ではないかも知れないのだ。

私は室内を眺めて、話題を変えた。

「花が大変だな」

「ほんと。花は代議士の山口敏夫さん、芦田伸介さん、リッカーミシンの平木証三さんからで、使いの人が持って来ました。満ちゃんのお嫁さんになる優子ちゃんも、お花を持って来てくれたわ。それから、さっき菊鮨のおばさんが、果物を持って来てくれました」

と寿美は几帳面に報告した。

「テレビも、来てるじゃないか」

「さきおととい、満ちゃんが持って来てくれたの。やっぱり退屈しなくていいわ」

「ところで、ここへ来る前、木村にちょっと会って来た。これから、一緒に飲みに行くんだ」

「木村先生に、たくさんご馳走してあげて。とても親切にして下さるの。毎日、二、三度、様子を見に来て下さるわ。ふつう、そんなことないんでしょう?」

「そうさ。こういう病院の医長っていったら、偉いものなんだからね。じゃ、木村が待っているから、これで帰るよ。明日、また来るからね」

と言って、私は寿美と握手をしてから、病室を出た。

木村と菊鮨に行って、私はコップで酒を飲んだ。木村が国立東京第二病院の医長だと分ると、おじさんもおばさんも改めて丁寧な挨拶をした。店は混んでいたが、おじさんはたちまち木村の注文をどの客よりも優先的に扱い、縞鯵《しまあじ》や平目の新しいのを冷蔵庫から出して卸し、最も美味な部分を切っては皿にのせた。

木村は酒が強かった。外科医には酒に親しむ者が多いと聞いているが、分るような気がする。人体をメスで切り裂き、臓器を傷つけぬよう、血膿《ちうみ》に汚れた患部を摘出する作業は、経験者といえども神経の疲労が甚だしいであろう。疲れた神経に、酒の刺戟《しげき》と酔いがほしくなるのは無理がない。

菊鮨を出るとき、おじさんとおばさんは再び木村に向って丁寧なお辞儀をした。

クラブ姫に木村を連れて行き、若い美人に囲まれたが、私の気持は一向に浮き立たない。ウイスキーを痛飲するのだが、変に酔って疲れを感じるばかりである。日頃めあてのホステスが傍に坐っても、人形を見るような気分でしか眺められず、私の感情に異変が起っていた。今まで大いに食指の動いたホステスに全く魅力が感じられず、実はその替り、波ちゃんに私はしきりと欲望を感じるのであった。

波ちゃんに欲望を感じるなど、今まで想像もつかなかった。波ちゃんは飛び切りの美人で四十半ばをすぎても容色衰えないが、長年親しくしているせいか、私にとっては妹に似たような存在でしかなかった。その波ちゃんが今や突如として、私に欲望を感じさせるのである。

深夜、野波旅館に帰ると、波ちゃんは起きて待っていた。私は酔った声で言った。

「バーへ行ったけど、ちっとも面白くねえや。ホステスなんかどいつもこいつも人形みたいに見えちゃったけど、これはいったい、どういうわけだい？」

「そりゃ、そうよ。男の浮気なんて、奥さんが家をちゃんと守っていればこそ、安心して出来ることなのよ。そりゃ、世の中には奥さんが気に入らなくて、浮気する人もいるけどさ。ほとんどの場合、男って奥さんたよりに浮気しているのよ。ふだんは、それに気がつかないだけ」

「なるほど、そうかも知れねえな。ところで、もっと不思議なのは、おれ、ここんところ、波ちゃんに変な気が起っちゃってしょうがないんだけど、これはいったい、どういうわけなんだい？」

「わたしに？」

と波ちゃんはあきれて笑い出し、ちょっと考えてから、

「近藤さんは気が弱いところがあるから、心細くって、奥さんの代用品がほしいのよ」

私は頷《うなず》きながらも、それとは別の感情もあると思っていた。

波ちゃんの息子の満は私を信頼していて、何でも相談する。私も昔からの癖でいまだに、「坊や、坊や」と呼んで可愛がっていて、仲人をひき受けた。私と波ちゃんが秘密な関係を持った場合、それだけに罪が深い。その罪深さに沈淪《ちんりん》したい異常な感情が、今の私にはあった。

「それからね。話は別だけど、お仲人は芦田さんがひき受けてくれたわ」

と波ちゃんが報告した。

満と優子は恋愛結婚であった。優子は財産家の一人娘なので、両親を説得するのが容易でないと思われた。世間知らずの私では話がぶちこわしになる恐れがあるので、世話役に野波旅館の麻雀仲間から俳優の芦田伸介と代議士の山口敏夫を頼んだ結果、めでたく纏《まと》まった。そんないきさつがあったので、仲人を年配者の芦田に頼むよう、私が波ちゃんに進言しておいたのである。

翌日、私は二日酔いで憂鬱で、寿美の顔を見る気になれず、病院に行かなかった。寝床で暮しながら、今後のことを考えていた。

寿美の癌が検査で証明された今、どんなことでも、たとえ迷信と嗤《わら》われようとも、おまじないみたいなことであろうとも、やってみるよりほか仕方がないと思った。

「癌が直る手を知っているわ。ほんとよ。実際に何人も直っているんだもの」

山梨の加藤夫人が夏の終りにわが家に泊ったとき、そう言っていたことを、私は思い出した。十数年ぶりに突然わが家に現われた人が、寿美の癌が発見される寸前に言ったのだということで、殊更その言葉に因縁めいたものが感じられた。私はさっそく電話番号を調べて、加藤宅に電話をかけた。加藤は留守で、電話口に出た夫人に私は言った。

「実は、うちの女房が癌になっちゃったんだ。奥さんがこないだ家へ来たとき、癌は直るって言っていたのを思い出して、電話をかけたんだけど、その方法を教えてもらいたい」

「臍《へそ》の緒が、特効薬なんです。臍の緒を粉にして、飲めばいいの。臍の緒ひとつを、十日に分けて飲むんです」

あまりにも簡単すぎて、私はがっかりした。全くおまじないのようなものだと思ったが、そのくせ、今となっては無視することが出来なかった。

翌日、病院へ行くと、寿美が言った。

「木村先生がね、もう鴨川へ帰っていいよって、言ってたけど……」

「おれにも言ってた。肝臓は長びくから、鴨川へ帰った方がいいって。治療法その他、くわしく亀田病院へ連絡するってさ」

「でも、ほんとに肝臓なんですか。だって、木村先生、肝臓のようだって、言ってましたよ。なんだか、はっきりしなかったわ。はっきりしないのに、帰るの厭ですよ」

「肝臓だけじゃなく、婦人科の方にも少し悪いところがあるそうだよ。それで、主たる病気は肝臓だっていう意味で、木村はそういう言い方をしたんじゃないのかい？」

「なんだか知らないけど、おなかがこんなになっちゃってて、変ですよ。肝臓って、こんなにおなかが張るものかしら……？」

と寿美は苛立って上半身を起しながら、寝巻の前を開いて見せた。

私は醜悪な腹を見るのが厭で、目をそらした。

「それに、さっき小田先生が見舞いに来て下さったんですけど……」

「小田先生が？」

「そう。東京に用があって来たついでだって、見舞いに来て下さったんで、わたし、ちょっと相談したんだけど、なるべくこっちの病院にいた方がいいって、言っていましたよ」

「小田さんは検査の結果を知らないからさ」

「それにしても、小田先生はこっちにいた方がいいって、しきりに強調していましたよ」

「小田さんがどんな考えでそう言っているのか知らないけど、病気が分って治療の方法もはっきりしたのに、東京の病院にいることはないじゃないか」

と言いながら、私は小田院長に腹を立てていた。

婦人科医長が頼まれても手術は出来ないと言って、見はなしている。そういう病人を、いつまでも東京に置いておいて、何の利益があるのか。すべての点で国立東京第二病院の方が亀田総合病院よりもすぐれていて、寿美の生命がいくらか延びるとしても、そこに何の価値があるのか。卵巣癌は悪化するにつれて、激烈な苦痛を伴うという。苦痛を長びかせるだけのことである。その上、会いたい子供にも会えない精神的な苦痛もあるではないか。

医者の中には生命の尊厳を金科玉条に、患者の苦痛を無視して延命策をとる者が意外に多いが、一種の思い上りであろう。そういう医者を見て、私は今までにも無性に腹の立ったことがあった。

あるテレビの番組で、安楽死の問題を論議していた。安楽死反対のキリスト教の医者はこういうことを言った。

「卵巣癌の激痛たるや、筆舌につくし難いものがあり、しかも、現代医学では絶対に助かる見込みはありません。しかしながら、安楽死はもちろんのこと、激痛を取り去るための麻薬の使用も、絶対にいけません。麻薬を使用すれば激痛からは救われますが、死を早めることになるからです。人の生命ほど尊いものはありません。人は苦痛に耐え抜いて、一刻でも生きながらえることが、何よりも大事なのであります」

その医者はキリスト教の信仰に生きる自己をひけらかして、得々たる表情態度であった。

私から見れば、こういう医者は狂信者としか思えない。卵巣癌の母親の凄まじい苦悶《くもん》のさまを見て、看護の娘の頭がおかしくなった例もあるという。母親は苦悶しつづけながら死んでしまい、残った娘は精神病院に入院する結果となった。キリスト教の医者はこれもまた、母親の生命を一刻でもながらえることが何よりも大事なのだから、やむを得ぬことだと言うのであろうか。

キリスト教の医者はそれが正しいと思っていても、私には正しいとは思えない。人にはそれぞれの思想がある。医者がどのような思想を持とうと自由だが、それを現実に患者に押しつけることは、どうかと思う。私には一種の暴力のようにさえ思われてならなかった。

医者でも木村は現に、寿美を鴨川に帰して肉親の手厚い看護をうけることがよいという考えを示している。小田院長の気持が、どうも私には分らない。ひょっとすると、寿美が小田病院ではなく亀田総合病院に入院することが、小田院長は面白くないのではないのか、とさえ私は疑った。そうだとしたら、とんでもないことであるが、もちろん、そんなケチな人物とは思えない。

「啓坊さんが帰れって言うんなら、帰るけど……。でも、木村先生は帰ってもいいって言うし、小田先生は帰らない方がいいって言うし、何だかはっきりしないな」

「今度の検査や何か、木村がいちばんよく知ってるんだもの、木村の言うことが正しいんじゃないのかい?」

「それはそうだけど、ほんとにわたしの病気、はっきりしているのかしら? はっきりしているんなら、こんなおなかになっちゃってるんだもの、手術でも何でもしてくれればいいじゃないの」

「手術をしなくてすむ病気なら、手術をする馬鹿はいないじゃないか」

「それはそうだけど、なんだかはっきりしないなあ。わたし、変な病気じゃないの」

「変な病気って、どういうことだよ?」

寿美は応えず、目をそらしながら黙りこみ、急に顔をかくして嗚咽しはじめた。癌だと疑っているらしい。私はなんと言っていいのか分らず、煙草に火をつけて、やたらとふかしつづけた。変に顔が熱くなって、汗が出てきた。寿美は涙を溜めた目で、私を見返した。

「わたし、この病院で見はなされたんじゃないの。変な病気だから、手術も出来ないんじゃないの」

「馬鹿なことを言うなよ」

と私は無理に笑い飛ばしながら、

「変な病気なら、それこそ手術をするよ。お前、おふくろのときのことを忘れたか。おふくろも検査の結果、変な病気じゃなかったから、手術しないですんだじゃないか」

「じゃ、わたし、やっぱり変な病気の疑いがあったんですか」

「違うよ。お前が変な病気って盛んに言うから、おふくろの例を出したまでのことだよ。お前のは最初から、肝臓の疑いだったじゃないか」

「じゃ、なぜ木村先生は肝臓だって、はっきり言わないの」

「知らないよ。そんなこと、木村に訊いてみなければ分らない。おれには肝臓だって、はっきり言ってたんだから、間違いないよ」

寿美は私に背を向けて、再び嗚咽しはじめた。私は腹が立ってきた。

「お前はなんで、泣くんだよ」

「だって、啓坊さん、怒ってばかりいるんだもの。ちっとも優しくしてくれないんだもの」

「お前があんまり、わけの分らないことばかり言うからだよ」

と言って、私は靴をぬいで、長椅子にあぐらをかいた。

私も寿美も「変な病気」という言葉ばかり使っていた。「癌」と口に出せない点に、却って暗示が強いのだと分っていながら、どうしても私には「癌」と言えなかった。寿美もまた、「癌」と自分で言ったら最後、とり返しのつかぬ判決を聞くようで、こわくて口に出せぬらしい。

寿美は泣きやむと、ちょっと照れ臭そうな顔で私をふり向いた。それから、突然こう言った。

「ねえ、啓坊さん。お金が無いんなら、わたし、持ってるから、安心して使って」

私は呆気にとられて、寿美の顔を見返した。私が金を惜しんで中途半端な治療のまま、鴨川に帰すことにしたのではないか、と疑っているらしい。現代医学は癌に無力なのだから、無駄な金を使う必要はないとして、私が一切の治療をあきらめてしまったのではないか、と寿美は思っているのかも知れなかった。

「お前はまさか、おれがお前の病気に金を惜しんでると思ってるんじゃないだろうね」

と私は腹を立てながら言った。

「そんなこと、思ってないよ。だけど、啓坊さんがわたしのためにいろんなところから借金して苦労するの、可哀そうだもの。啓坊さんに、悪いよ」

と寿美は言ったが、この言葉もまんざら嘘ではないようであった。

「お前は今までおれのために苦労ばかりしてきたんだから、たまにはおれがお前のために苦労するのも、いいんじゃないのかね。お前は今までの仇でもとるつもりで、大威張りでおれに苦労させればいいのさ。それにバーへ行くのをやめれば、大して借金しなくったってすむよ」

「ほんと、啓坊さん。嬉しいな」

と言って、寿美はまた泣き出した。

「おい。泣くのは、もういい加減にしろよ」

と私は照れ臭くなって笑った。

寿美を鴨川に帰すためには、木村に改めて説得してもらう必要があったが、今日は日曜なので、明日を待たなければならなかった。

翌日、木村は私と一緒に病室に行き、笑いながら寿美に言った。

「ぼくが肝臓のようだって言ったんで、気にしてるそうだけど、ぼく、そんなこと言ったかな。はっきりと、肝臓ですよ。そのときの言葉のはずみで、ぼくもそんなことを言っちゃったのかも知れない。それから、馬鹿に手術、手術って言ってるそうだけど、手術がそんなに好きですか」

寿美は首をすくめて笑い、照れ臭そうにちょっと舌を出したりした。

「手術っていうものは、しなくてすむものなら、それにこしたことはないんですよ。人間の軀を切っていいことは、ひとつもありませんからね。手術は万止むを得ないときだけのこと。ぼくがいくら外科の医者だからって、なんでも切っちゃうっていうわけにはゆかないんですよ」

「分りました。分りました」

と寿美はいっそう照れ臭そうに笑った。

「昨日はわけの分らないことを言い出されちゃって、おれ、弱っちゃったんだよ」

と私も笑いながら、木村に言った。

「奥さんみたいに、ふだん丈夫な人っていうのは、病気に弱いんだ。ちょっと病気らしい病気にかかると、もの凄く神経質になって、ひとり相撲を取っちゃうものなんだよ」

と木村は私に向って言ってから、病室を出て行った。

私は野波旅館に帰ると、亀田総合病院に電話して、郁太郎先生に事情を説明した。

「分りました。それじゃあ、明日、こないだ行ったときと同じ頃、迎えに行きます」

と郁太郎先生はあっさりとひき受けてくれた。

翌朝、九時前に私は波ちゃんと国立東京第二病院へ行った。姫のママも睡眠不足の顔で、手伝いに来てくれた。寿美は病室を出るとき、面倒臭いと言って車椅子には乗らず、苦しそうな顔をしながらも、玄関まで歩いて行った。

私も午後、鴨川へ帰り、駅からすぐに亀田総合病院へ行った。亀田総合病院も今度は特別室で、窓から海の見晴らしが素晴らしかった。

「帰って来て、よかったわ。この病室、ホテル並みで、素晴らしいじゃないの。東二より、ずっといいわ。でも、高いんでしょうね」

と寿美は相変らずの心配をした。

「お前はよけいな心配をしなくてもいいって言ってるのに。困ったもんだなあ。とにかく、今日は何も考えずに、ひとりで静かに寝ろよ。子供たちも、明日でいいだろう?」

「その方が、いいわ。寝台車はやっぱり揺れて、すっかりくたびれちゃった。何回も吐いたしね」

私も鴨川に着いた途端、どっと疲れが出るのを感じた。郁太郎先生に簡単に礼を言って、わが家に帰った。風呂に入り、軽く酒を飲んで飯を食うと、寝床に入るなり眠りに落ちた。

翌日の昼前、安岡章太郎から電話がかかってきた。

「お前んとこの奥さん、大変だっていうじゃないか」

「ああ、困ったよ」

「何を言っても、慰めにならないけどさ。とにかく、金のかかることだろうから、もし困ったら言ってくれよ。おれも今、家を建てていて楽じゃないけど、出来るだけのことはするからさ」

「ありがとう」

安岡は黙りこんでしまった。私も黙っていた。

「じゃあな」

と言って、安岡は電話を切った。

間もなく、また電話が鳴った。今度は、遠藤周作からで、安岡と同じ内容の電話であった。

亀田総合病院へ行き、私は郁太郎先生に会った。

「昨日は疲れていたもんで、ろくに挨拶も出来ないで、すみませんでした」

「とんでもない。先生、ほんとに疲れたでしょう。いや、疲れるものなんだよ。癌ばかりは打つ手がないからね。駄目になってゆくのを、黙って見ているよりほか仕方がない。だから、医者にとっても、癌ほど厭な病気はないんだよ。抗癌剤の注射なんかやったって、一種の医者の気休めでしかないからね」

「何もしてやれないか……」

と私はつぶやくように言ってから、

「寿美の奴、馬鹿に咳をするけど、東二の木村は肺にも転移してるんじゃないかって、言うんだけど……」

郁太郎先生はちょっと首をかしげながら言った。

「ぼくは、そうは思わないな。腹水の圧迫のせいだと思うけど」

「そうですか。もっとも、肺に転移していてもいなくても、大して変りはないやね」

「そうなんだよ。腹水を取るのはよくないことなんだけど、あんまり苦しいようだったら、取るより仕方がないね」

「それで寿美が楽になることなら、なんでもやってもらいたいな。もう、それ以外に手がないと思っている。それから、癌に効くっていうものなら、たとえ迷信でもなんでもやってみたいと思うんだけど、いいかしら?」

「どうぞ、おやりなさい。ただし、人体に害のあるものは駄目だよ。それからね、先生」

と郁太郎先生はちょっと言いにくそうな表情をしながら言った。

「失礼なことを言うようだけど、部屋代や何かのこと、気にしないでね。ぼくたち兄弟三人のお見舞いとして、そうしてもらいたいんですよ」

「とんでもない」

と私は驚いて郁太郎先生の顔を見た。

「いやね、先生。部屋なんてものは、いくら使ったって減るものじゃなしさ。これはほんとに、ぼくたち兄弟の気持なんだよ。院長が近藤先生にはいろいろ世話になっているから、ぜひそうしてもらってくれって言ってるんだよ」

「こっちはいつも世話になってるけど、こっちが世話したことなんて、何もないじゃないか」

と私は笑いながら言った。

「いや、父の葬式のときも弔詞《ちょうし》を読んでもらったし、他に目に見えない世話にいろいろとなっているよ。それに寿美先生にも、うちの子供も博行んとこの子供も、学校でずいぶん世話になっているからね」

「世話なんてほどのことじゃないですよ。確かに、わたしはお金が無いから、そのうちに困って部屋代も払えなくなるかも知れない。そのときはお願いして、貸していただくけど、それまではそんな心配しないで下さいよ」

「ねえ、先生」

と郁太郎先生は私の顔を見詰めながら、改めて言った。

「ぼくたちの気持を、もっとあっさりと綺麗に受け取ってよ」

郁太郎先生にそう言われると、私は折角の好意を無にするのも申訳ない気がしてきて、曖昧《あいまい》な表情で黙ってしまった。すると、郁太郎先生はすかさず立ち上った。

「先生。寿美さんの部屋へ、一緒に行ってみない」

「困ったな」

と言いながら、釣られて私も立ち上った。

「もう駄目だよ」

と郁太郎先生は不意に言って、笑いながら歩き出した。

病室に行くと、寿美はうとうとしていたようだが、目を覚ました。

「どうですか」

と郁太郎先生がベッドの傍に行った。

「やっぱり、こっちへ帰って来てよかったですわ」

「それはいい」

と言ってから、郁太郎先生は脈をとり、腹を圧えてみた。

「別に、異状はないですね。じゃ、ぼくは診察があるから」

郁太郎先生が病室を出て行くと、私は寿美に言った。

「困ったことになっちゃったよ」

「どうしたの？」

「この部屋代、とらないって言うんだ」

「どうして？」

「郁太郎先生や博行先生の子供が、お前の世話になっているから、恩返しだって言うのさ」

「わたしのことよりも、ほんとは啓坊さんとのつき合いの関係じゃないの。だって、啓坊さん、随筆なんかで、ときどき亀田病院のこと書くでしょう。いつかも、吉行さんなんかと血液検査してもらったこと、面白可笑しく書いていたじゃないの。そういうことが、病院の宣伝になっているからじゃないのかな」

「そういうこともあるかも知れないけど、この部屋代、一日六千円だっていうじゃないか。肝臓は長いっていうから、ずっとただだっていうと、大変なことだよ」

「それも、そうですね。ありがたいことだけど、啓坊さんとしては気が重いか。啓坊さんも貧乏人に見られたもんだけど、日頃の行いが悪いんだから、仕方がないわ。だから、無駄づかいはしないでって言ってるのに、ちっとも言うことを聞いてくれないから、こういうことになるのよ」

「返す言葉がないよ」

事実、私は身にしみて、そう思っていた。

亀田総合病院に限らず、友人や知人たちからも、私は経済的な援助の手を差しのべられている。こういう同情を示す人は、世の中にそう多くはいない。嬉しいし、ありがたい。私は良い友人知己を持ったと思う。が、めったにない同情を多く示される点に、私という人間のだらしなさが、いみじくも浮彫りにされていた。

何を思い出したのか、寿美が笑い出した。

「なに笑ってるんだ？」

「チンク・サーレよ」

私も思い出して、寿美と一緒になって笑った。

吉行と阿川が鴨川へ来たとき、私が誘って亀田総合病院で血液検査を受けた。検査の結果が分らぬうちに私は上京したが、数日後、寿美から野波旅館に電話がかかってきた。

「血液検査のことで、郁太郎先生から電話があったけど、啓坊さんだけがちょっと変だって話よ」

「ほんとか？」

と私は途端に憂鬱になった。

私は性病に対して、異常な恐怖心を持っている。中学生の頃、衛生博覧会で見た性病の凄まじい患部の模型が頭に焼きついていて、幾つになってもはなれない。

「疑わしい点があるんだそうですよ」

と寿美は報告をつづけた。

「こんなときは、とりあえずチンク・サーレっていう薬を飲んでおくといいって」

「チンク・サーレか？」

「そう。薬局で売っているそうですよ」

私はさっそく瞳ちゃんに薬局へ行ってもらったが、どこにも売ってなかった。

「今、瞳ちゃんに薬局へ行ってもらったけど、どこにも売ってない。チンク・サーレの製薬会社は、どこだか分らないのか」

と私が折返し電話をかけると、寿美が声を上げて笑い出した。

「馬鹿だね。啓坊さんは、本気にしてたの。チンク・サーレなんて薬、あるわけがないじゃないの。チン・クサーレよ。小説家の癖に、そんなことが分らなかったの」

「馬鹿野郎……！」

と呶鳴りながら、私も自分の間抜けさ加減に思わず吹きだした。

その時のことを思い出して寿美と一緒になって笑っているうちに、私は不意に哀しみに胸を衝かれ、目頭が熱くなってきた。あわてて、煙草に火をつけながら、窓辺へ行って海を眺めた。

何もしてやれない……！　そう胸の中で叫ばずにはいられなかった。

海は静かに光っていた。無数の波が太陽を反射して、ひっきりなしに燦《きら》めきつづける海を眺めていると、私は軽い眩暈《めまい》のようなものを感じた。白昼夢を見ているような、気の遠くなるような気分でもあった。

四章

翌日、子供たちが学校へ行くと、私は恵美ちゃんに打明けた。

「実は、うちの寿美、癌なんだよ。今年一杯で、駄目らしい。それで、癌の特効薬は臍の緒だっていうことなんだが、恵美ちゃんの家にないか」

「さあ……？　家へ行って聞いてみます」

「文や啓坊に、寿美が癌だっていうこと、絶対に言っちゃあ、いけないよ」

「はい。分りました。でも、厭だなあ……」

と言いながら、恵美ちゃんは涙ぐんだ。

「それから、寿美の前では絶対に涙を見せたりしちゃあ、いけないよ。いいね？」

恵美ちゃんは頷きながら、片手で涙を拭いた。

私は慶子ねえやんにも、臍の緒を頼もうと思った。慶子ねえやんは私の教員時代の教え子で、啓一郎が生れた頃、一年余り手伝いに来ていた。その頃、文が「ねえやん」と呼んでいたのを私たちも真似したまま、いまだにそう呼んでいるのである。私たち夫婦の媒酌で結婚して、今は漁師の良人とのあいだに二人の子供を持った三十女であった。

電話をかけると、慶子ねえやんが出た。

「ねえやんかい」

「お父さんですか」

慶子ねえやんは私たちが仲人親のせいか、「お父さん」「お母さん」と呼んでいた。

「ねえやんは、寿美が病気で入院しているの、知ってるかい」

「え？　お母さんが入院？　全然、知らなかったけど、どこが悪いんですか」

「それが、大変な病気なんだよ」

「大変な病気って、何？」

「癌なんだ」

「癌？　ほんとかいよう……！」

と慶子ねえやんは突如として切羽《せっぱ》詰った声を出した。

「でも、手術すりゃあ、助かるんだっぺね？」

「それが、今年一杯で駄目らしい」

「今年一杯？　ほんとかいよう！」

と慶子ねえやんは今度は狂ったような声を出して、声を上げて泣き出した。

「そんな馬鹿な！　あのお母さんが死んじゃうだなんて……！」

臍の緒を頼むどころではない。泣き声がいくらか納まるのを待って、私は言った。

「あんまり泣いて騒いじゃ、いけないよ。世間に癌ということが知れると、まずいからね」

「あたし、これからお父さんとこへ行くよ」

と慶子ねえやんはやっと言い、ひときわ高く泣き声を上げながら、電話を切った。

慶子ねえやんが来れば、目の前で泣かれるにきまっている。泣かれるのは苦手なので、慶子ねえやんに臍の緒を頼んでおくよう私は恵美ちゃんに言って、亀田総合病院へ行った。

一時間ほどして、私が帰って来ると、恵美ちゃんが言った。

「さっき、前の家へ電話をかけて、おっかやんを呼び出して訊いたら、臍の緒があるそうですから、これから取りに行って来ます。それから、慶子ねえやんは三石《みついし》さまへ拝みに行くって言って、帰りました」

「慶子ねえやん、泣いてたかい？」

「もう泣いてませんでした。でも、奥さんの顔を見たら泣いちゃうから、当分見舞いには行かないって、言ってました。じゃ、うちへ行って来ます」

恵美ちゃんが家を出た後、清澄山麓坂本の寿美の生家に私は電話をかけ、長兄にわが家へ来てくれるようにたのんだ。ここ一、二年、坂本に行ったことのない私が、表立った用もないのに不意に訪れ、長兄と密談をすれば、老母が心配すると思ったからである。

一時間ほど経って、恵美ちゃんは帰って来た。

「おっかやんが、癌は伝染しねえのかって、心配してたあ」

と笑いながらも、恵美ちゃん自身、ちょっと気になる表情であった。

「癌は伝染しないよ。癌患者の家で、家族が次々に癌になったっていう話、聞いたことがないもの」

「そうですね。ところで、この臍の緒、どうやって粉にするんですか」

と恵美ちゃんは臍の緒を取り出して眺めながら、おかしそうに笑った。

小さな紙箱の中に、折りたたんだ臍の緒が二つ入っていた。黒ずんでひからびた臍の緒であったが、一部分に付着した赤チンの色だけが妙になまなましい。どうもこれが癌に効くとは思えないが、ためしてみるよりほか仕方がない。

「ナイフか何かで、丹念に刻んでいけば、粉みたいになるだろう」

「そうですね。やってみます。それから、おっかやんが言ってたけど、癌には梅の木に生えた椎茸《しいたけ》を煎《せん》じて飲ますといいんだって。うちの方じゃ、昔からそれが癌の特効薬だって、言い伝えられてるそうです」

「そうか。あとで坂本の兄貴が来るから、たのんで探してもらおう」

と言って、私は書斎に入った。

坂本の長兄は昼すぎ、野良着姿で車を運転して現われた。長兄は六十に近いが、年齢よりは若く見え、さっぱりした性格の気前のいい人であった。

「牛の飼葉を刈《か》ってたもんで、おそくなってすみません。話って、何ですか」

「実は、寿美が大変な病気になっちゃった。寿美の奴、卵巣癌で、あと二、三箇月しか、もたないっていうんだ」

長兄は目を見開いて私の顔を凝視しながら、見る見る顔色が青ざめた。私が今までの経過を説明すると、長兄は二、三度、頷き返してから、妙に甲高く笑いながら言った。

「あの寿美野郎が、癌とはねえ。あの元気な寿美野郎がねえ……！」

「全く、世の中、分らんものだ」

「うちの叔父と叔母が一人ずつ、癌で死んでるですよ。血統かも知れねえですね。でも、よりによって、寿美とはねえ」

「ほかの同胞には、まだ知らせない方がいいと思う。特に女は見舞いに来て、泣いたりすると、寿美が気をまわす恐れがあるからね」

「でも、きみだけには知らした方が、いいんじゃねえかしら？」

「おきみさんねえ……？　そうかも知れないな。じゃ、寿美の前ではとり乱さぬよう、念を入れて言っておいて下さい」

同胞の中で、寿美は姉のおきみさんといちばん仲が良い。八月の海外旅行も、一緒であった。隣り町の天津で、おきみさんは美容院、良人は電気屋を営んでいた。

「それから、梅の木に生えた椎茸が癌の特効薬だっていう話があるんだけど、この際、癌に効くっていうものは、なんでもやってみたい。梅に生えている椎茸を、探してもらえないかしら？」

長兄が帰ると、恵美ちゃんが書斎に入って来て、うんざりしたような顔で言った。

「これで、いいですか。なかなか粉にならないや」

切り刻んだ臍の緒を紙片にのせて、恵美ちゃんは私に見せた。粉とは言えないが、相当にこまかくなっている。

「上等、上等。大変だったね。じゃ、おれはこれを持って病院へ行くから、タクシーを呼んでくれ」

亀田総合病院へ行き、私は郁太郎先生に会って、切り刻んだ臍の緒を見せた。

「臍の緒ねえ」

と言って、郁太郎先生はがまん出来ずに笑い出した。

「近藤先生。いくらなんでも、こんなもの効かないよ」

「おれもそう思うけどさ。でもさ……」

さすがに私も恥ずかしくなって苦笑した。

「分ったよ。別に、害になるものじゃないからね」

郁太郎先生は私の説明を聞くと、看護婦を呼び、臍の緒を十包に分けてから、亀田総合病院の薬として寿美の病室に持って行くよう命じた。

私は寿美に会わずに、帰宅した。一日に二度もなぜ来たのかと訊かれたとき、返答に困るからであった。

その夜、仕事をしていると、机上の電話のベルが鳴った。

「もしもし、槇田《まきた》ですけど……」

「英子《ひでこ》ねえさん？……久しぶり」

「すっかり、ご無沙汰していて、ごめんなさいね」

「こちらこそ」

「あのね、ちょっとたのみたいことがあるのよ。実は、元生《もとお》が会社の人たちと、鴨川の方へ旅行に行くんですって。元生が幹事なの。どこかいい旅館を教えてやってくれない。ちょっと、元生と替るわ」

息子の元生が出て、旅行についての打合せをすますと、また英子ねえさんに替った。

「どうもありがとう。わたしたちも、また鴨川へ行って、新しいお魚が食べたいわ。奥さんやみなさん、お元気なんでしょうね」

「いや、それが……」

と私が口籠ると、英子ねえさんは敏感に訊き返した。

「あなた、何かあったの？」

「実は、寿美が大変なことになっちゃってるんだ。癌になっちゃって、医者が今年一杯だって言うんだよ」

「まあ……！」

と言って、英子ねえさんは絶句した。

私は病状を説明してから、電話を切った。

英子ねえさんは、中学時代から私と親しい画家の大智経之の姉である。私は中学生のときも美校生のときも、大智の家にはよく遊びに行った。夏になると、内房州保田の別荘にも長く滞在して、その度に英子ねえさんの世話になった。「英子ねえさん」と呼んでいたので、その癖がつづいたまま、今日に及んでいる。

英子ねえさんは現在、日本鋼管の槇田久夫社長の夫人であるが、ざっくばらんで、おおらかな性格の女性であった。夏になると、槇田一家は私の家へ遊びに来ていた。

翌日、私は病院へ行って、寿美が臍の緒を飲んでいるかどうか、枕元のテーブルの薬にそれとなく目をやった。すると、寿美の方から、臍の緒の包みを出して見せた。

「この薬、いったい何かしら？　変な薬。昨日、看護婦さんが持って来たんだけど、東二ではこんな薬、なかったですよ」

「郁太郎先生が東二の指示のほかにも、いろいろと考えて良い薬を飲ましているのさ。それよりも、具合はどうだ？」

「相変らず、食欲がないし、おなかが張ってるんですよ。それに、だるくって」

寿美の顔に血の気がなく、目にも力がなかった。

帰宅して一時間ほど経った頃、坂本の長兄が現われて、弾んだ調子で言った。

「梅に生えた椎茸があったですよ。これ」

と持参の紙箱の中の茸を見せた。

無気味な茸であった。太さも長さも割箸《わりばし》大の柄が、黒光りしていた。黒いエナメルを塗ったように光っていて、自然のものとは思えない。笠は半径三センチほどの半円形で、裏は白、表は薄茶色で艶がない。異様な茸だけに、猛毒かさもなくば薬効顕著なもののように感じられた。

「毒茸じゃないだろうな」

「さあ？……でも、椎茸そっくりの匂いがするですよ。ほら」

私は鼻先に差し出された茸を手に取って、匂いを嗅《か》いでみた。かすかながら、椎茸の匂いがする。

「この茸ばかりは、わたしも生れて初めて見たですよ。こんな茸があるとは、知らなかった。さっき、きみが来て、一緒にうちの梅畑を探したですが、この茸を見つけたときは、わたしも驚いたな。おふくろの話じゃ、三十年前にもこれと同じ茸が村で採れて、そのときは庚申《こうしん》さまにお供えしたって、言ってたですよ」

「ひょっとすると、これはほんとに効くかも知れない。毒茸じゃないと、いいけど」

私は長兄が帰ると、教育委員会に電話をかけ、植物にくわしい教員がいないかと訊いた。その結果、地元の高校に電話をかけたところ、茸は多種多様であって、自信のある返答は出来ぬという。

私は毒かどうか、確かめる方法に困った。一向によい知恵が浮ばぬまま、家中が寝鎮まると、私は冷蔵庫の奥から茸を取り出して、改めて眺めずにはいられなかった。私は首をかしげながら眺めつづけたが、見れば見るほど、無気味な茸であった。

翌朝、私は早くから目が覚めた。リビングルームに行き、テレビのスイッチを入れ、六時のニュースを見ていると、庭に放してあったゴリとヒメが私の姿に気がついて、テラスに来た。ガラス戸ごしに尻尾を振り、しきりに鼻声で鳴きながら、朝の運動の催促をした。その表情は、親に遊び相手をせがむときの幼児の愛らしさに似ている。顔だちの整ったヒメよりも、こういうときは団子っ鼻のゴリの方が却って可愛らしい。

ゴリは生き生きとした陽気な表情で、尻尾を振りつづけ、鳴きつづけた。私がふり向いて笑いかけると、ゴリはもうがまん出来ずに、片手でガラス戸をひっ掻きながら、吠え立てた。ゴリの表情も動作も、如何にも生きものらしい活気に満ち満ちていた。その活気が、今の私には却って儚いものにも感じられた。

不意に思いついたことがあった。私は吠え立てるゴリの人なつこい顔を凝視しつづけた。

昼前、恵美ちゃんが煎じ薬が出来たと私に知らせながら、心配そうに言った。

「でも、あの茸、毒じゃないんでしょうね」

「おれも、それが心配なんだ。だから、ゴリにでも飲まして、ためしてみようと思うんだ」

「ゴリに飲ますんですか。厭だあ……！　ゴリが死んだら、可哀そうだ。厭だあ……！」

と恵美ちゃんは今にも泣き出しそうな顔で言った。

私は二、三年前の出来事を思い出した。

ある日、私が仕事をしていると、突然、台所の方で恵美ちゃんの泣き声が聞えた。庖丁《ほうちょう》で手を切ったのかと思い、私は書斎から飛び出して行った。

「雀の子が、雀の子が……！」

と恵美ちゃんはやっと言い、両手を目にあてながら、声を上げて泣きつづけた。

冷蔵庫の上に置いた鳥籠を見ると、雀の子が落ちていた。十日前、巣から庭に落ちた雀の子を恵美ちゃんが拾い、育てていた。恵美ちゃんは炊事のひまに、何か話しかけながら雀の子に餌をやり、愉しそうであった。十日も育ったから、もう大丈夫だと喜んでいた矢先の出来事であった。

「そうか。雀の子が死んだのか」

「可哀そうに……！　可哀そうに……！」

と恵美ちゃんはしゃくり上げながら言い、泣きつづけた。

そういうことを思い出すと、やっと思いついた実験もあきらめなければならず、さて、どうしたものか、と私は考えこんでしまった。すると、恵美ちゃんが言った。

「犬の替りに、金魚じゃ駄目なんですか」

聞いた途端、私はぽかんとした。こんな簡単なことに、なぜ気がつかなかったのか。

わが家の庭の一隅に、小さなプールがある。縦横、二メートルと六メートルのプールで、夏に犬を泳がせるために作った。犬が嫌って泳がなかったので、金魚や鯉が放してある。

私はたもとパン屑《くず》を持って、プールに近づいた。ふだん、パン屑をやるとき、プールの縁《ふち》を掌でたたくと、手元に金魚が寄って来る。が、今日はいくらたたいてもパン屑を撒《ま》いても、寄って来ない。危機を知る本能が、金魚にあるのか。

いつまでも寄って来ない金魚に、私は苛立った。プールの中ほどに群れている四、五尾の金魚に向って、たもを突き出したが、敏捷に逃げられた。向う側の縁に近い水面に金魚が群れていると、私は走って行ってたもを突き出した。

裏庭へ洗濯物を干しに行く恵美ちゃんが、私の姿を見て笑った。大男の私が着物姿でたもを持ち、羽織の裾を翻しながら、プールの周囲を走りまわる恰好がおかしいらしい。

三、四回、たもを突っこむと、金魚は水面に出て来なくなった。水面近くまで泳ぎ上って来ても、すぐに潜ってしまう。プールの一角に小さな木があって、私はその葉かげにかくれて、金魚が水面に浮ぶのを待った。大男の私は軀を小さくしようと蹲《しゃが》みこんで、プールを見守っていた。

裏庭から戻って来た恵美ちゃんが私を見て、また笑い出した。

「旦那さん。そんなところにかくれて、何してるんですか」

「金魚に見つからないように、かくれてるんだ。おかしいか」

するると、恵美ちゃんはいっそう笑いころげた。

「あ、出た……！」

私は立ち上って走り寄り、たもを突き出して掬《すく》い上げたが、途端に柄が折れた。見ると、柄の竹が虫に食われて、白い粉を吹き出している。

「畜生！」

と私はプールの中にたもを突っこんで、腹癒せにかきまわした。

「旦那さん」

笑いやめた恵美ちゃんが、私を呼んだ。

「金魚、町の金魚屋で買って来ちゃあ、いけないんですか」

私はまたぽかんとした。何故、こんな簡単な手に気づかなかったのであろう。私は情けなさそうな顔で苦笑しながら、恵美ちゃんをふり向いた。

「そんならそうと最初から言ってくれよ。なるべく、弱そうな金魚を買って来てくれ。弱い奴が死ななければ、大丈夫だっていうわけだからな」

恵美ちゃんは自転車で町へ行き、百円で四尾の貧弱な金魚を買って来た。小さな洗面器に煎じ薬をコップ一杯入れ、水を足した中に金魚を放した。洗面器をテラスに置き、私は蹲みこんで金魚を眺めた。

薄茶色の水の中で、金魚は力なく泳いでいた。貧弱な金魚はビニールの小さな袋の中で、自転車にゆられて来たので、弱ってしまったのであろうか。あるいは、煎じ薬のせいで弱っているのか、よく分らない。いずれにせよ、気息奄々《えんえん》という感じである。

私は蹲みこんだまま、迷って首をかしげ、思い詰めた顔で金魚を眺めつづけた。またもや、恵美ちゃんが笑い出した。

「あたいが仕事しながら、ときどき様子を見ますから、旦那さんは見てなくていいですよ」

私は書斎へひき揚げてから、三十分も経つと、恵美ちゃんを呼んで訊いた。

「金魚、まだ生きてるのかい？」

「まだ、生きてます。さっきより、元気がよくなったみたい」

「そうか。じゃ、タクシーを呼んでくれ」

私は煎じ薬を入れたガラス製の容器を持って、亀田総合病院へ行った。先ず郁太郎先生に会って、煎じ薬についての打合せをすましてから、寿美の病室に行った。

寿美は寝返りを打って私に眼を向けたが、昨日よりも生気のない眼差であった。

「軀中がだるくって、どうにもならないわ。軀の置き場がないみたいで、やり切れなくって……」

がまん強い寿美が訴えるように言うのだから、私などには想像も出来ぬだるさに違いない。

癌は食欲を奪うと同時に、営養も奪うという。私は黙ったまま、慰めるような眼差で、寿美を見返すよりほか仕方がなかった。煎じ薬を枕元に置きながら言った。

「これ煎じ薬だけど、肝臓には漢方薬が、意外に効くっていうんだ。でも、病院で作るわけにはゆかないから、家で作ってくれって、郁太郎先生に言われたんだよ」

「あとで飲むわ」

と言って、寿美はだるそうな表情で目を閉じた。

夕方、食事をしていると、おきみさんが台所から飛びこんで来た。手に大きな茸を持っていた。茸というよりも木の瘤《こぶ》のような感じのもので、俗に「猿の腰掛」と言われているものであった。

「これだよ、これだよ。梅に生えたこれがあった……！」

とおきみさんは猿の腰掛を私に向って差し出した。

おきみさんの興奮状態と異様な茸を見ては、子供たちも変に思う。私は椅子から立つと、おきみさんの足を軽く踏み、目くばせしながら言った。

「どうもありがとう。これが肝臓に効くっていう茸か」

「あいよ。これが効くんだってよう」

とおきみさんは興奮を納めようにも急には納まらぬという調子で、房州弁で言った。

「きょう一日、山を探しまわって、やっと見つけて来たさ。ほかの木に生えてるのはいくらもあるけど、梅の木のはなかなかなくってよう。見つけたときは、嬉しくって……！」

「どうもありがとう。ところで、これ、どうやって煎じるのかな」

「これを先ず、適当な大きさに割ってさ、鰹節《かつおぶし》かきで削って、煎じるのがいいって。恵美ちゃんの仕事がふえて大変だけど、たのむわね」

とおきみさんはようやく落着きを取り戻しながら、恵美ちゃんに向って笑いかけた。

翌日の午後、猿の腰掛の煎じ薬を持って病院へ行くと、寿美が言った。

「昨日は不思議だったわ」

「何が？」

「あの煎じ薬を飲んだら、口の中がさっぱりとしたのよ。ここ二、三日、口の中がねばねばして仕方がなかったの。いくら、水で嗽《うがい》をしても、どうしてもねばねばがとれないんですよ。それが、あの煎じ薬を飲んだら、嘘みたいにさっぱりしちゃった。それからね。夜になったら、急に軀中がかっかと熱くなってきて、だるいのが直って、便所へも楽に行けたわ」

「そうか」

と言いながら、私の胸はときめいていた。

「でも、今はまただるいけど……」

「飲んだばかりだもの、いっぺんには快《よ》くならないさ。飲みつづけているうちに、だんだん快くなってくるよ」

私は胸をときめかせる反面、黒光りのする茸の入手法に悩んでいた。坂本の長兄やおきみさんだけではなく、ほかの人にもたのんで探してもらわなければならない。地元だけではなく、犬の仲間にもたのむことだ。犬の仲間には狩猟する者が多いので、山にくわしい者も多い。寿美の病気を打明けてたのむよりほか仕方がなかった。

「今日は土曜日だもんだから、さっき文と啓坊が来たわ。啓坊さんと入れ替りに帰って行ったところだけど、あの二人が来ると、うるさくって。ここへ来ても、二人で喧嘩ばかりしてるんだもの」

「困ったもんだな」

と苦笑しながら、私は内心、ほっとした。

病室で喧嘩するようでは、二人とも寿美の病気を深刻なものとは思っていない。昨夜のおきみさんの興奮状態にも、さほどの疑いを持たなかった証拠である。

恵美ちゃんから、私に電話がかかってきた。

「週刊ポスト」の編集者が見舞いに来ているという。新年号から連載の約束なので、その打合せも兼ねて見舞いに来たのであろう。

帰宅すると、デスクの柴田さんが見舞いの果物籠のほかに、週刊誌の記事のコピーを持参していた。

「こういう記事があるんですけど、一度、お読みになって下さい。もし、必要でしたら、わたしの方で手配して、お届けしますから」

それは「丸山ワクチン」という癌の特効薬についての記事であった。

今の私にはこういう見舞いが、何よりも有難い。

毎朝、私は寿美に電話をかけて容態を訊き、必要な品物があると、それを持って病院へ行った。病院へ行く時間は、仕事の都合で一定していない。

寿美が亀田総合病院に戻ってから十日ほど経った昼前、英子ねえさんから電話がかかってきた。弾んだ声であった。

「あのね、昨日、槇田が旅行から帰って来たのよ。奥さんのことを話したら、とても効く癌の薬があるんですって。槇田が知ってる呉羽《くれは》化学っていう会社で研究中の薬が、凄く効くんですって。今、槇田が会社から電話をかけてきてね、その薬を秘書の樋口さんに持たせて、鴨川へ向わしたからって。だから、待っていて」

「ほんと?」

「あなたも大変だけど、頑張ってよ」

「ああ」

と私は嬉しさに声もはかばかしく出ない。

「もっと元気を出しなさいよ。案外、だらしがないわね」

と英子ねえさんは笑ってからかうように言った。

槇田さんは寿美が気に入っていた。長男の嫁には寿美のような女性がよいとよく言っていたが、それは私の目から見れば、槇田さんが英子ねえさんに惚れているからであった。英子ねえさんと寿美は外見的にも性格的にも、共通点が多かった。女にしては気持が大きく、さっぱりとして明るく、出しゃばらない。槙田さんは、惚れた女房に寿美が似ているから気に入っているということに気がついていない。親密な夫婦にはそのような迂闊な面があるものだが、私は寿美がほめられる度に、槙田さんの惚気《のろけ》を聞いているようで、気持がこそばゆかった。

四時間近く経った頃、秘書の樋口さんを乗せた自動車が着いた。樋口さんは折目正しい感じの、三十すぎの人であった。挨拶をすますと、持参の風呂敷包みを解き、薬の入った紙箱をテーブルの上に置いた。

樋口さんは薬について、簡単な説明をした。

呉羽化学はビニールなどの製造会社で、製薬会社ではない。呉羽化学の社員に、滋賀県甲賀地方の出身者がいた。その社員の隣家の六十すぎの爺さんが胃病になり、阪大へ行った結果、胃癌と診断された。爺さんは手術を拒否して帰って来て、自分で薬を作って飲んだ。爺さんは甲賀流忍者の末裔《まつえい》であって、癌にはカワラタケの煎じ薬が特効ありという家伝にたよったのであるが、それ以来、六、七年も元気で暮している。その事実に注目して研究し、精製した薬であって、現在、国立がんセンターにおいて、臨床実験中である。

「この薬、冷蔵庫へ入れておいて、使用するんだそうです。それから、薬がなくなる一週間前に、恐れ入りますが、手前どもまでお電話を下さいませ。呉羽化学さんからいただいて来て、会社の冷蔵庫に保管しておきますので、よろしくどうぞ。では、これで失礼いたします」

と樋口さんは茶を一杯飲むと、もう立ち上った。

樋口さんが帰ると、私はすぐに薬を持って、亀田総合病院へ行った。郁太郎先生は薬に添えてあった書類に目を通してから、看護婦を呼んで命じた。

「この薬、冷蔵庫へ入れておいて、毎日一本ずつ、飲ましてくれ」

私は期待に胸を弾ませながら、郁太郎先生に言った。

「こないだの変な茸の煎じ薬も効いたし、これもカワラタケから作った薬だっていうし、効くんじゃないかな。それに、がんセンターでも使ってるっていうくらいだからさ」

「がんセンターなんかでは、いろんな薬を実験的に使ってるんだよ。ずいぶんいろんな薬を使ってるけど、なかなか効かないんだから、あんまり期待しない方がいいよ」

郁太郎先生にたしなめられ、私は苦笑を浮べながら黙りこんだ。

「ここんとこ、ラシックスの注射をしても小便が出なくなってきた。近いうちに腹水を取ろうと思ってるんだ。腹水を取ると、衰弱してよくないんだけど、止むを得ない。ずいぶん苦しそうだからね」

私の期待はすっかり萎えてしまった。

帰宅してリビングルームの椅子に坐り、煙草を吸いながら、私は改めて溜息をつき、庭の方をぼんやりと眺めた。

庭のすぐ前には、一町歩余りの農業用の堰《せき》が水を湛《たた》えている。堰の向うには田畑が連なり、それから嶺岡《みねおか》山が横たわっていて、房州らしいのんびりとした風景である。殊に嶺岡山に朝《あさ》霞《がすみ》がかかった景色は美しいが、それももう寿美は見ることが出来ないのだ。

堰から、鴨の鳴き声が聞えてきた。立ち上って、堰を眺望すると、鴨が二羽、連れ添って泳いでいた。

十一月一日の狩猟解禁日に近い頃になると、毎年、堰に鴨が飛んで来た。鴨が泳ぎ、水浴びをする姿は可愛くて、愉しいものである。が、解禁日になると、ハンターが向う岸に現われて、鴨を撃つ。近頃のハンターは乱暴で、わが家にまともに銃口を向ける者が多く、堰の水面に当って跳弾《ちょうだん》となった散弾が飛んで来て、啓一郎の部屋の窓ガラスを破損したことさえあった。

私も猟銃を持っている。犬を山へ連れて行くと、近くの藪から鳥が飛び立つことがある。そんなとき、銃を持っていたならば面白かろうと思いついた程度のことなので、私にとって堰の鴨の場合、撃つよりも眺めていた方が遙かに愉しいのだが、といって、危険からわが家を守らなければならない。向う岸から撃たれるより先に、心ならずも私が鴨を射止めるよりほか手がなかった。

私は今年、特に殺生を避けたかったが、その反面、そんな弱々しい気持でこの難関が乗り切れるか、という思いの方がさらにまた強かった。

解禁日の朝、私は暗いうちに起き、夜明けを待って、庭から堰の岸辺に出た。堰の中ほどに小さな島があって、その近くで二羽の鴨が連れ添って泳いでいた。狙いながら、この鴨を撃ちそこなうと、縁起が悪いという気が強くした。逸《はや》る胸を押えながら、狙いを定めて引金を引いた。水しぶきが上るところを、つづいて二発、三発と撃った。水しぶきが納まったとき、二羽の鴨は身を横たえて、静かに水面に浮んでいた。二羽、いっぺんに射止めたのは、初めてのことであった。ついている、と思った。

銃声に啓一郎が目を覚まして、窓を開けながら、私に向って訊いた。

「当った？」

「二羽、いっぺんに撃った」

「凄《すげ》え！　かっこいい！」

と啓一郎は興奮して、すぐに家から飛び出して来た。

朝風がわが家の方に向って吹いていて、鴨の死骸は水面を漂いながら、少しずつ近づいて来る。その鴨を見て燥《はしゃ》ぎつづける啓一郎が、私はふと哀れであった。

「啓坊。棹《さお》を持って来て、あの鴨をひき寄せろ」

私はそう命じると、家に戻って猟銃の後始末をした。啓一郎が鴨を持って来るのを待ってから、今度は犬の運動であった。

私がチュウ、啓一郎がヒメを連れて、裏手の田んぼの中の農道を朝露に濡れながら、歩いて行った。五百メートルも歩くと、西条小学校の下の堰に出、私はいつものようにチュウを放した。放した途端、いつもならチュウはすっ飛んで走り去るのだが、今朝は珍しく何かに戸惑ったようにちょっと立ち止り、二、三歩、うろついた。いや、そう思うまにチュウは突然、空中に見事に跳躍し、岸辺の葦の中に躍りこんだ。激しい羽ばたきが暫くしたかと思うと、全身に水を浴びたチュウが口一杯に大きな鴨をくわえて、私の目の前に躍り出て来た。先刻、私が射止めた鴨の倍近い立派な鴨であった。

「チュウ、偉いぞ。よし、よし」

と私はチュウの頭を撫でながら、鴨を取り上げた。

「チュウの奴、凄いな。驚いたな、こいつ。お前、馬鹿じゃないのか、こいつ！」

と啓一郎は興奮しつづけた。

私は鴨を調べたが、チュウに噛まれた首根っこ以外、傷は見当らなかった。無傷の野鳥は、絶対に犬に獲られないと言われている。奇跡に近いことであった。

チュウは日頃から、変ったところがあった。一見、動作が鈍そうでいて、いざとなると電光石火の素早さを示す。夏は田畑に蛇が多く、他の犬は発見すると、吠え立てて襲いかかる。チュウは無表情にのそりと近づき、蛇が邀撃《ようげき》する寸前に素早く噛んで、空中に放り上げた。他の犬は蛇に鼻面を噛まれて血を流したが、チュウはいつも無傷であった。それにチュウは、ふだんから抜群の跳躍力を示した。食餌《しょくじ》や運動をせがむとき、チュウはなんの助走もなく、垂直に二メートル近くも跳ね上る。それにしても、鴨を獲るとは、想像も出来ないことであった。

解禁日怱々《そうそう》、二羽いっぺんに射止めたと思ったら、今度はチュウが獲るとは……！　こいつは、縁起がいい。世の中には、やはり奇跡ということがある。癌だって、絶対に直らないとは限らない。

私は寿美の癌が直る予感をしきりに感じながら、鴨を片手にチュウを連れて家に帰った。

午後になって病院に行くと、寿美が苦笑しながら言った。

「さっき、おきみさんが来てね。昼前、拝みに行ったら、そこの先生にこの病気は奇跡的に直るって言われたんだって。おきみさん、喜んでたけど、奇跡的って、変なこと言うわね」

「奇跡的ねえ?……おそらく、肝臓は長い病気だけど、それが奇跡的に早く直るっていう意味じゃないのかい」

寿美は頷いて見せたが、そのくせ、不安げな寂しげな表情で目をしばたたいた。

帰宅すると、原田さんから電話がかかってきた。原田さんは私の碁仲間で、新興宗教の信者であるが、極端な狂信者ではない。遊び好きの、面白い人であった。

「昨日、ちょっとお見舞いに行って来ましたけどさ。奥さんにゴジョウレイをして上げたいんだけど、どうでしょうかね」

「ゴジョウレイって、何?」

「霊魂を浄《きよ》めるんで、御浄霊っていうんだけどさ。ほんの二、三分、わたしの手から出る光で、奥さんを浄めたいんだけど……。先生は信仰心がないから、笑うだろうけど、まあ、だまされたと思って、御浄霊をやらしてみてくれないかな。癌だって、直るよ」

「そういうことはね、祈禱を受ける本人に信心があれば、精神的なプラスがあるかも知れないけど、うちの寿美はおれと同じだから、無駄だよ」

「いや、そんなものじゃないんだけどな」

「第一、原田さんが病室へ行って、御浄霊なるものをやった場合、寿美が自分はよっぽど大変な病気にかかったと思うんじゃないのかね。癌じゃないかと寿美が疑うことが、いちばん悪いことなんだよ」

「なるほど。そう言われてみれば、そうだよねえ」

と原田さんは素直に納得したが、今度はこう言った。

「それからね、癌には農薬を使った米や野菜は、いけねえですよ。自然栽培の米や野菜がいいです。うちの信者が自然の米や野菜を作ってるから、それを病院へ持って行こうと思うけど、どうだろう?」

「農薬を使わない米や野菜は、確かに軀にいいと思うよ。でもね、亀田病院ではうちの寿美のためにだけ、特別に米を炊き、野菜を煮るなんてことは、出来っこないよ。第一、今は何を食べさせようと思ったって、全然食欲がないんだから、駄目だよ」

「なるほど、そうか。困ったな。じゃ、わたし、陰ながら、毎日お祈りをするよ」

原田さんの好意は嬉しいが、その反面、私は苛々とし、同時に不安を感じた。もし原田さんが一人合点の善意で私に相談もせず、寿美の病室へ行って御浄霊なるものを演じた場合のことを考えると、冷汗の出る思いであった。

おきみさんも放っておいたら、何をするか分らない。私はおきみさんに電話をかけずにはいられなかった。

「寿美んとこへ行って、奇跡的に直るなんて言ってくれちゃあ、困るよ。奇跡的なんて言うから、寿美が癌じゃないかって、すっかり疑っちゃったじゃないか」

と私は相手が他人ではないので、かまわず叱りつけるように言った。

「すみませんよ。あんまり嬉しかったもんで、つい口をすべらしちゃって」

「いくら嬉しくっても、もう少し慎重に振舞ってくれなければ困るよ。第一、拝み屋の言うことなんか、いくらなんだって馬鹿々々しいじゃないか」

「そりゃ、近藤さんは信心がないから、そんなことを言うのよ。そんな罰当りなこと、言わねえでくらっせ。寿美の病気が直らなくなると、困るからさ。この世の中には、近藤さんなんかの知らない不思議なことが、いっぱいあるんだから」

「冗談じゃないよ。拝み屋に拝んでもらって、病気が直るんなら、医者も薬もいらないじゃないか。とにかく、寿美のところへ行って、馬鹿なことを言わないでもらいたいよ」

と私は苛々として、いつのまにか喧嘩腰になっていた。

原田さんの新興宗教と違って、おきみさんは土地の拝み屋みたいなものを、以前から信じている。妹思いのおきみさんの人の好さにつけこんで、拝み屋は多額の祈禱料をせしめているに違いない。おきみさんほど寿美を助けたい一心の者はほかになく、私にとってこれほど嬉しいことはないのだが、そういう拝み屋の予言を信じ、喜び勇んで迂闊なことを口走り、私たちを困らせるのだから、苛々とする。嬉しさと腹立ちとで、私は自分自身の気持を扱いかねるのであった。

鳥屋から肉にした鴨を持って帰って来た恵美ちゃんが言った。

「小さい方の鴨には、ずいぶん弾が入ってたって。二発も三発も撃ったんだっぺって、鳥屋のおじさんが笑ってましたよ。その反対に、大きい方の鴨には一発も弾が入ってなくって、太った、いい鴨だけど、どうやって獲ったんだって言ってた。犬が獲ったって言ったら、そんなことがあるのかなって、鳥屋のおじさん、びっくりしてましたよ」

「そうだろう。驚いていたろう。犬が鴨を獲るなんて、奇跡的なことだからね。縁起がいいよ。寿美の病気も、奇跡的に直るかも知れない」

私は拝み屋の予言は馬鹿にしていながら、自分の予感はあてにしていた。しかも、その矛盾に気がつかない。

翌日、病院へ行くと、寿美が昨日より元気な顔で、笑いながら言った。

「昨日、啓坊さんが帰ってから、慶子ねえやんが来てくれたわ。慶子ねえやん、ひまさえあれば三石さまへ拝みに行ってるんだって。下の子の寝小便も三石さまへ拝みに行ってたら、奇跡的に直ったから、わたしの病気も奇跡的に直るって言ってたわ。おきみさんの奇跡的も、確かに啓坊さんが言ったような意味なのね」

「まあ、そんなことさ。ところで、具合はどうだ？」

「今日は不思議に食欲があるんですよ。その替り、少し食べすぎたせいか、よけいにおなかが張って苦しいわ。明日、腹水を取るって、郁太郎先生が言ってらしたけど、ずいぶん時間の掛るものなんですって」

「じゃ、邪魔になるといけないから、明日は来ないよ」

私は、毎日欠かさず病院に行くのが、実は億劫であった。寿美の苦痛を見るのが、つらくて厭でならなかったが、がまんして通っていたのだ。

翌々日の夕方近く、寿美から電話がかかってきた。

「ずっと出なかったおしっこが、今日の二時すぎから急に出てきて、久しぶりに気持がいいわ。それに、食欲もますます出て来たんだけど、どういうわけかしら？」

声も元気がいい。私はすぐに病院へ行った。寿美の顔色は一昨日と別人のように良くなり、目にも力が出ている。私は郁太郎先生に会いに行った。

「寿美の奴、馬鹿に元気になったけど、どういうわけかね」

「腹水を四千も取ったからね」

「四千ていうと……？」

「四リットル。一升壜、二本以上の量だからね。圧迫がとれて、楽になるわけさ。でも、二、三日経つと、すぐにまた四千くらい増えちゃうんだ。そして、また取る。それをくり返しているうちに、ばたばたと悪くなっちゃうんだよ」

「だけど、小便も出てきたし、食欲も出てきたって、言ってたけど……」

郁太郎先生はいささか煩わしげに私から視線をそらし、煙草に火をつけながら黙っていた。

翌日、「週刊ポスト」の女性編集者の百瀬さんが来た。既に郁太郎先生の了解を得て、柴田デスクに頼んでおいた、丸山ワクチンを手に入れて、届けに来てくれたのである。

「丸山先生って、日本医大の教授で、もうお年寄りでしたけど、とても優しくて、いい先生でしたわ。卵巣癌も今までに二人直っているから、あきらめないようにって、おっしゃってました」

「私用で百瀬さんに面倒をかけて、すまなかった。それで、ワクチンは幾らだった？」

「ワクチンはただなんです。丸山先生、これは研究だし、一人でも助かってくれれば、それでいいんですって」

「丸山先生って、そういう人か……」

私は百瀬さんと酒を飲んだ。東京で一度、一緒に飲んだことがあるので、強いことを知っている。私は中座して、ワクチンを届けに亀田総合病院へ行った。

郁太郎先生にワクチンを渡してから病室に行くと、寿美は私の顔を見るなり、弾んで言った。

「啓坊さん。今日は急に熱が下ったわ。昼も今も、三十六度。嘘みたい。嬉しくって。それに、ごはんがおいしいのよ」

「それは、よかった」

と言いながら、私の胸はときめいた。

この調子がつづけば、いよいよ奇跡が起るかも知れない。

翌日、私の家から三キロほど山の方の和泉《いずみ》の関さんが猿の腰掛を持って来てくれた。関さんは農家の主人で、わが家で生れた紀州犬を飼って猟に使っていた。私は黒光りのする茸を、関さんにもたのんでおいたのである。

「先生にたのまれた茸は、いくら探しても無《ね》えだよ。だっけんが、猿の腰掛も癌の特効薬だって聞いたから、見つけて持って来たですよ。成田の方じゃあ、猿の腰掛で癌が直った人間が何人もいるってよ。成田の市役所に勤めている知合いが、そう言ってた。黒い柄の茸もまた探してみますっけんが、とりあえず猿の腰掛の煎じ薬を飲ましてみちゃあ、どうだろうか?」

「実は、女房がここんとこ、急に快くなってきてね……」

と私は関さんに呉羽化学の薬のことを話した。

「茸には癌に効く何かがあるだね、きっと」

「おれも、そういう気がする」

黒い柄の茸は、誰も探せなかった。が、黒い柄の茸の煎じ薬を飲まなくても、寿美は快くなっているのだから、今はさほどに必要を感じない。

午後、恵美ちゃんが病院へ洗濯物を取りに行って帰って来ると、顔中で驚いて見せながら言った。

「おったまげたあ……！　奥さん、凄え元気になっちゃって、あたいが行ったら、花瓶の水を取っ替えて、花を活けてた。じっとしていられないんだって。腹がへって仕方がないから、今度来るときはむすびを持って来てくれだって。いったい、奥さん、どうなっちゃってるのかしら？」

私はいろんな人に電話をかけたくなってきた。今までは見舞いの電話をもらっても、憂鬱な気分が先に立って、返事をするのも億劫であった。それが急に、誰彼なしに話したくてならない。先ず英子ねえさんに報告しよう。そう考えている矢先に、電話のベルが鳴った。安岡からであった。

「奥さん、その後、どうだ？」

「それがお前、二、三日前から、急によくなってきたんだ」

と私は喜びに弾みながら、今までの経過を話した。

「それはお前、猿の腰掛が効いたんじゃないのかね。ソルジェニツィンの『ガン病棟』にもやはり白樺の猿の腰掛を苦労して探しに行く場面が描いてある。おれはどうも、呉羽化学の薬よりも猿の腰掛の方が、効いたような気がするな。でも、そんなこと、どっちでもいい。よくなりゃあ、いい。よかった、よかった。そのうち、見舞いに行くよ」

「ぜひ、来てくれ」

私は今まで、見舞いは一切断わっていた。土地の人は勝手に見舞いに来るので、断わりようがなく、私は困っていた。私の感情問題だけではなく、見舞客が来ると、寿美が疲れるからである。それに、見舞客がいつ、とんでもないことを言ったり、涙を流したりするか、分ったものではない。

「面会謝絶にしようか」

と提案したこともあったが、寿美が反対した。

「せっかく来てくれた人に、悪いよ」

「この際、お前が人に気を使うことはないよ。病気のときは、病気を直すことさえ考えていれば、それでいいんだ」

「大丈夫ですよ。どうしても億劫になったら、わたしがたのんで面会謝絶にしてもらうから、啓坊さん、勝手なことしないで頂戴」

無理に面会謝絶にすると、寿美の気持が暗鬱になりかねないので、私はそのままにしておいた。が、今やむしろ、見舞客歓迎であった。奇跡的に元気回復した寿美を見せて、何か自慢でもしたいような浮いた気分であった。

私はその日、次から次へと電話をかけつづけた。

翌日の日曜日、さっそく新庄得甫が見舞いに現われた。新庄は中学時代の同級生で、現在は新大手町ビルで歯科医院を経営している。新庄は中学の頃から、自分は歯科だけではなく、大学の医学部も卒業すると言っていたが、その通り実行した努力家で、今でも欧米に新しい技術が開発されると、見学に行く。怠け者の私とは正反対だが、そのくせ馬鹿にのんびりとした一面もあるので馬が合い、中学の同級生の中で最も親しくつき合っていた。

新庄歯科には丹羽さんの家族が通院していたので、新庄は寿美の病気を知り、しばしば見舞いの電話や品物をよこしていた。

私と新庄が病院へ行くと、寿美はベッドに腰かけてテレビを見ていた。私の顔を見て、あわててベッドに横たわった。

「お前、また起きてたな。お調子に乗るなって、あれほど言ってるのに」

私は叱りつけた手前、自分で茶をいれなければならなかった。寿美が新庄に向って喋《しゃべ》っていた。

「わたし、三、四日前までは、てっきり癌だと思っていたんですよ。食欲はないし、顔色は悪いし……」

と言っているところを見ると、寿美は癌の疑惑から全く解放されたらしい。癌は悪くなるばかりで、決して快くはならない、という知識によるものであろう。すっかり朗らかになって喋りつづける寿美を見ていると、まさに「知らぬが仏」という感じで、私は笑いをこらえるのに苦労した。

「それにこの前、この病院から東二へ入院するとき、こちらの先生の奥さんまでも、朝早く見送って下さったものだから、これは変だ、癌で駄目なんじゃないかって、思っちゃったんです」

そうか、それで国立東京第二病院へ着いたとき、車の中で泣いていたのか、と私はそのときの情景を思い出した。と同時に、寿美が永久に癌の疑惑から解放されることを切望した。

病室を出て、廊下を歩きながら、私は新庄に訊いた。

「うちの女房を見て、どう思った？」

「昨日、電話で聞いたときは、そんなに快くなったとは信じられなかった。君の贔屓目《ひいきめ》だと思っていた。でも、今お会いして、想像以上に元気なので、驚いたよ。うちの親父も癌だったけど、第一、顔色が全然違う」

「ここの先生は、腹水を取ったので、圧迫がとれ、それをきっかけに一時的に機能が回復したっていう意見なんだけど、新庄はどう思う？」

「僕は専門じゃないから、なんとも言えないけど、腹水を取っただけで、顔色も食欲も小便も、すべての点が急に回復するっていうことも、ちょっと不思議だよね」

「そうなんだよ。おれもそう思うんだ」

と私は新庄が専門外ではあっても医者であるだけに、意見の一致がいっそう嬉しかった。

「ここの先生は、癌に効く薬はないって頭からきめこんでいるので、素直な目で物事が見られないんじゃないのかな」

「そういうこともあるかも知れない。でも、君も手放しで喜ばない方がいいよ。ひょっとして、また悪くなったとき、がっかりするからね」

私は新庄の心づかいに却って不満を感じた。結局のところ、新庄も医者なので、癌は直りっこないと思いこんでいる。そういう先入観で寿美を見ている医者全体に対して、私は不満を感じるのであった。

翌日から、東京の見舞客が二、三人ずつ現われた。私は見舞客を案内して、亀田総合病院へ行くのが愉しかった。誰もみな、元気な寿美を見て驚いた。

野波旅館の波ちゃんが見舞いに来たとき、私は亀田総合病院の廊下で市村先生に出会った。市村先生は今までにも往診の途中、亀田総合病院に寄って、寿美の容態を見てくれた。その度に、私は市村先生の家へ行って、診察の結果を聞いていた。私は波ちゃんに先に病室へ行ってもらい、市村先生と立ち話をした。

「寿美を見て来てくれた？」

「見て来ました。馬鹿に調子がいいですね。いや、驚きました」

と市村先生は今までにない笑顔で私に言った。

「あの調子が、今月一杯もつづいてくれれば、何か期待出来そうですね。まあ、大事にして下さい」

私はもっと話したかったが、市村先生は忙しげに立ち去って行った。

病室へ行くと、寿美と波ちゃんが笑い合っていた。寿美が笑いをおさめて、私に向って言った。

「市村先生、忙しいのにわざわざ寄って下さって、ほんとにありがたいわ。何か、お礼をしておいて」

「分ってるよ」

「郁太郎先生も物凄く忙しいんですよ。小田病院とここの外科は、もう一人、先生が必要だわ。ああ忙しくっちゃあ、二人とも太るひまがないわよ。誠実な、ほんとにいいお医者さんね。二人は、よく似てるわ」

郁太郎先生は私より四つ年下で、背が高く、眼鏡をかけている。市村先生は私より十も年下で、小柄で、眼鏡をかけていない。二人は顔だちも違うのだが、寿美の言う通り、痩せていて誠実な人柄という点が共通していた。

私は茶を一杯飲むと、病室を出た。ナース・ステーションに寄り、郁太郎先生の所在を確めてから、二階の医局へ行った。

「さっき、市村先生に会ったらね、寿美が快くなったって、驚いていたけど……」

「市村先生、ここへも今、寄って行ったところだよ。確かに、ちょっと不思議なんだ。腹水を取ってから、もう一週間になるのに、増えるどころか、どんどん減ってるんだからね。それに、食欲の増進がめざましい。顔色もすっかりよくなった。小便もラシックスの錠剤で出るようになっちゃった」

と郁太郎先生は視線を落して暫く首をかしげていたが、今度は笑って私の顔を見ながら、不意にこう言った。

「でも、先生は熱心だね」

「熱心って、何が？」

「だって、先生は毎日欠かさず、見舞いに来てるだろう。先生みたいに夢中な人って、見たことないよ」

私は自分がそれほど夢中とは、全く考えてもみなかった。

「だけどさ、おれみたいに自由業だったら、誰でも毎日欠かさずに様子を見に来るんじゃないのかね」

「いや、毎日っていうだけのことじゃないよ。とにかく、驚いた」

と言いながら、郁太郎先生はあまりにも夢中な私の顔がおかしいとでもいうようにひとりで笑った。

私は苦笑しながら、首をかしげた。しかし、自分自身が気がつかないほど、それだけ夢中なのかも知れない、そう気がつかないでもなかった。

「市村先生も感心していたよ。先生がこんなに愛妻家だったとは、夢にも思わなかったって」

「おれが愛妻家……？」

と呆気にとられながら、私は何だか急に恥ずかしくなって、顔を赤らめた。

郁太郎先生も市村先生も、寿美に対する私の日頃の横暴さ、亭主関白ぶりから判断して、病気になっても冷淡だと思いこんでいたのだ。その私が夢中なので、殊更意外に感じたのであろう。

寿美が癌と宣告されてから、私は苦労ばかりかけていた申訳なさでいっぱいになった。悔恨の情、哀切の情が、私の心をえぐった。そのへんのところが、郁太郎先生にも市村先生にも分らない。それはとにかく、いざとなると夢中になる私は、やはり一種の愛妻家なのかも知れなかった。

毎日、東京からの見舞客がつづき、私は寿美と二人きりで話す機会がなかった。私が上京する前日、久しぶりに二人きりになると、寿美が暢気《のんき》なことを言った。

「わたし、いつ退院出来るのかしら？　今年中に退院出来るといいな」

私はちょっと口がきけなかった。

「冗談じゃない。どんなに早くったって、退院は半年か一年、先のことだよ」

「一年？　一年も入院してるなんて、厭だあ……！」

と寿美は泣きそうな顔になって、子供のような動作で両足をしきりにばたつかせた。

啓一郎も気に入らぬことがあると、「厭だよう……！　厭だよう……！」と言いながら、地団駄を踏む癖があるが、よく似ている。寿美が大きな子供のように見えて、私は笑い出した。

笑いながら、寿美が殊更いとおしく思われた。

「馬鹿だな、お前は。肝臓は長いって言ってるじゃないか」

「だけど、もうどこも悪くないもの」

「そんなことが、お前に分るか。第一、ラシックスを飲まなきゃあ、まだ小便が出ないじゃないか」

「もうすぐ、出るよ。わたし、いくらなんでも、一年だなんて、厭だ。病院なんか、わたし、大嫌いだ」

「病院の好きな奴なんていないよ。でも、みんながまんしてるじゃないか。阿川の坊やを見ろ。腎臓で四年も入院していた。四日市の節ちゃんだって、中学生の頃、やはり腎臓で、二、三年、寝たっきりだった。肝腎という言葉があるぐらいで、腎臓や肝臓は長いよ」

「厭だなあ……！」

と寿美は目を潤ませながら、寝返りを打って私に背を向けてしまった。

「節ちゃんはお前のこと、稀《まれ》に見る偉い女性だって言ってたけど、こんなところを見たら、人を見る目がなかったと悔むことだろうさ」

と私はからかうように言った。

節ちゃんというのは私の従兄《いとこ》で、三輪節之助という。三重県の四日市で大豆油の製造会社を経営しているが、商用で上京すると、やはり上京中の私と碁を打つことがある。節ちゃんは寿美とまだ面識のなかった頃、笑いながらこう言ったことがあった。

「寿美さんて、どんな人か知らんけどさ、啓ちゃんと結婚したと聞いただけで、これは偉い人やと思うたわ。あんたみたいなわがままな人間と結婚してがまんしとる人は、よっぽど偉い人にきまっとるわ」

節ちゃんは大学生の頃、東京のわが家に下宿していたことがあるので、私のわがままを知悉《ちしつ》していた。

翌日、満と優子の結婚式出席のため、私は上京すると、阿川、吉行、波ちゃんと麻雀をすることになった。阿川が先に来て、私に言った。

「おかあちゃん、快くなって、よかったな」

「ありがとう。もうすっかり退屈しやがって、退院したいなんて言ってやがるんだ。お前んとこの坊主が四年間も入院していたことを例に出して叱ってるんだけど、駄々をこねやがって、手を焼いてるんだよ」

「しかし、それはよっぽど快くなった証拠だな。ところで、麻生が肺癌になった」

麻生は私たちと同年配の編集者で、阿川とは家族ぐるみのつき合いをしていて、特に親しかった。二年前、腎臓癌の手術に成功して、すっかり元気になっていたのだが、いつのまにか肺に転移していたのである。慶応病院へ入院したが、あと二箇月と診断されたという。

「おれ、見舞いに行って来たけど、やたらに咳をして、血痰《けったん》を吐くんだ。本人には粟粒《ぞくりゅう》結核と言ってあるそうだよ。そこで相談だが、呉羽化学の薬を手に入れてもらえないか」

「ちょっと、無理だなあ。おれは呉羽化学の人と会ったこともないんだからね。麻生の薬まで、槇田さんにたのむわけにはゆかんだろう」

「それも、そうだな。じゃ、おれ、がんセンターに知合いの医者がいるから、そっちの方から手をまわしてみるよ」

「すまんが、そうしてくれ」

私は薬が麻生の手に入ることを願った。同病相憐《あわ》れむ気持もあったが、それ以上に呉羽化学の薬の効果を確かめたかった。麻生にも寿美と同様の効果があれば、しめたものだと思った。

翌日、満と優子は霊南坂教会で結婚式を挙げた。芦田夫人が花嫁の先導役を勤めた。落着いた物静かな態度で足を運ぶ芦田夫人に寿美の姿を置き換えて見ながら、私は感傷的な気持を味わっていた。

ホテル・オークラの披露宴に臨むと、私はたちまち酔っぱらった。寿美が快方に向っていることの喜びに、盛大な披露宴のめでたさが重なり合って、私は久しぶりに芯《しん》から酒に酔った。

五章

寿美は順調に回復していた。見舞いの品は、果物が多い。私は毎日、病院へ行く度に、寿美と一緒に果物を食べた。

「これ、いったい何。こんなまずいメロン、あるかしら」

と寿美がメロンをひと口食べて、文句を言った。

メロンほど、味に差のある果物も珍しい。安物はすぐ分る。

「こんなもの、メロンという恰好だけのものだわ。千円のメロンを買って来るなら、そのお金で上等のリンゴを幾つか買って来てくれた方が、ずっと嬉しいのにね。こういうことをする人って、ろくなもんじゃないわ」

「まあ、そう言うな。病人の果物はメロンだと思って、無理して千円奮発したのかも知れないよ」

「だって、あの人、金持なんでしょう?」

「だからさ、ケチな人の千円は、一万円の値打っていう考え方もあるよ。それにしても、全くまずいメロンだな。残ってる半分、捨てちゃえ」

「捨てなくってもいいよ。もったいないもの。あとで、わたし、食べるよ」

私は思わず手を拍って、笑い出した。

「何がおかしいのよ」

「だって、すっかりお前らしくなっちゃったからさ」

「そうか。いけネエ」

と寿美も朗らかに笑った。

十日前の寿美とは、まるで別人になっていた。特にめざましいのは食欲で、亀田総合病院の特別食は上等で盛沢山であるにもかかわらず、寿美はときどき恵美ちゃんに家から食物を運ばせた。それに、軀の動きが活発になった。取る前は一万ccもあった腹水が、もう今はほとんど無い。しかし、小便は相変らず、朝夕一錠ずつのラシックスを飲まないと、満足に出ない。体重は五十三キロである。

私は寿美の体重が健康時の六十キロに戻り、ラシックスを飲まずに小便が満足に出るようになれば、しめたものだと思った。

私は国立東京第二病院の木村に電話をかけて、寿美の回復状態を話した。

「そうか。それは、ちょっと不思議だね。まさか、誤診じゃないだろうな」

と木村は自問自答するような調子で言った。

「誤診?」

と私は訊き返してから、腹立たしげに言った。

「だけどさ、誰が診ても、卵巣癌だって言っている上に、細胞検査でもそれが確かめられたんだろう。それなのに、もし誤診だとしたら、医学なんて、全然信用出来ないじゃないか」

「全く、その通りだよね。でも、癌はときどき、わけの分らない状態を示すことがあるんだ。面白くないことを言うようだけど、奥さんの場合も一時的な回復と思っていなきゃあ、いけないよ」

私は全く面白くなかった。

満の結婚式から十日余り経った頃、阿川から電話がかかってきた。

「お前、喜べ。呉羽化学の薬を手に入れて、麻生に飲ましたら、ここんとこ急に快くなってきたんだ。咳も血痰も、すっかり出なくなっちゃった」

「やっぱり、効くんだな。医者は何て言ってる?」

「横這い状態だって言ってるんだ」

「横這いとは、変な話じゃないか。咳も血痰も出なくなったっていうことは、それだけはっきり快くなったわけじゃないか。呉羽化学の薬の効果を、なぜ医者は素直に認めようとしないんだろう?」

「全く、医者っていうのは、変なところがあるよな。ところで、呉羽化学の薬を手に入れるとき、水沢さんのお世話になった」

「水沢さんに？……へえ」

と私はちょっと驚きながら、阿川の説明を聞いた。

阿川は以前、千駄ヶ谷のマンションに住んでいた頃、隣り近所の誼《よしみ》で、がんセンターの院長や東京海上保険の水沢会長と知合いになった。阿川は呉羽化学の薬を入手しようと思って、千駄ヶ谷のマンションに院長を訪ねて行ったところ、水沢夫人に出会った。事情を話すと、水沢夫人は呉羽化学の重役に親類の者がいると言い、さっそく電話をかけて薬を手に入れてくれたのである。

水沢さんとは、私も縁がある。戦前、私が三鷹に住んでいた頃、隣家が水沢さんであった。戦後間もなく、私の母親が丹毒性蜂窩織炎《ほうかしきえん》になったとき、水沢さんの母堂が当時入手困難だったペニシリンを世話して下さった。母親は片腕切断の手術寸前の状態だったが、ペニシリンの注射をすると、翌日から見る見る快方に向って全治してしまった。ペニシリンの珍しかった頃、それは奇跡であった。

今度の薬もまた、水沢さんと縁がある。こいつは縁起がいい、どうも縁起のいいことばかりである。

今になって考えてみると、寿美が胃腸病院に通っていて、手遅れになったことも運がよかった。寿美の癌がもっと早く発見され、手術をしたならば、却って結果が悪かったであろう。医者に見放され、藁をも掴む思いでいたところへ、偶然、英子ねえさんから電話がかかってきた。

英子ねえさんの電話がなかったら、呉羽化学の薬は手に入らず、寿美は今頃、死んでいたかも知れない。

私は亀田総合病院へ行き、医局で郁太郎先生と会った。弟の博行先生も一緒にいた。博行先生も毎日、寿美の診察をしてくれている。私は呉羽化学の薬を飲んだ麻生の状況を話した。

「ひょっとすると、あの薬、ほんとに効くのかも知れないな。今、博行先生とも話してたんだけど、何しろ不思議なんだよ」

と郁太郎先生は苦笑しながら、首をかしげて見せた。

「昨日はうちの先生みんなに集まってもらって、検討したんだけど、結局、誰も分らない」

「でも、快くなってるんだから、いいことだよ。快いことは、善いことだ」

と博行先生は唄うような調子で言って、朗らかに笑った。

郁太郎先生も頷いて一緒に笑ってから、改めて言った。

「腎臓の検査をしても悪くないし、婦人科の先生が内診したら、最初のときは指一本入れるのさえ困難だったものが、今では隅から隅まで自由に分って、しかも、ほとんど触れるものがないっていうんだからね。あんな悪い癌が、こんなに快くなるわけがないんだ。誤診だとすると、ほかの病気じゃなければならない。だけど、いくら考えたって、ほかの病名はつかない。ねえ、近藤先生。いっぺん東二の先生に診てもらったら、どうだろう。誰が診ても、よく分らないだろうとは思うけどさ」

「今、仕事の都合で、すぐは行けないけど、なるべく早く上京して、たのんで来るよ」

病室へ行くと、寿美のクラスの二年生が十人、見舞いに来ていた。毎日、十人ずつ見舞いに行ってもいいことになり、籤引《くじびき》で当った最初の連中だという。ベッドに腰かけている寿美を取り囲んで、賑やかであった。寿美は嬉しそうに子供たちを眺めながら、笑顔が絶えない。

「みんな、アイスクリーム、食べる?」

と寿美が訊くと、見るからに腕白そうな洟《はな》垂《た》れ小僧がさっそく喜び勇んで言った。

「三十円? 五十円?」

「五十円の、買っておいで」

「わあ、凄え! おれ、買いに行ってくる。先生、お金」

「廊下を走ったり、騒いだりしちゃあ、いけないよ」

寿美が財布から五百円札を出していると、利口そうな女の子が、

「先生の分は?」

「先生はいらないわ」

「先生の分は、おれのを少しやるからいいよ」

と腕白小僧が五百円札を受取って、三、四人で病室を出て行った。

寿美は特に腕白な子供が好きなようで、居残ったもう一人の洟垂れ小僧に話しかけた。

「ワタル君は学校で先生の言うこと、ちゃんと聞いてるか」

「おれ、あんな先生の言うことなんか、聞かねえや。チュミ先生じゃなきゃあ、つまんねえ。早《は》や、学校へ来てくらっせえよ」

「ワタル君は、そういうことを言っちゃあ、いけないね。ワタル君が学校で言うことを聞かないと、それが心配で、先生の病気もなかなか直らないよ」

「ほんとけえ?」

とワタルは真剣な顔になって寿美を見つめた。

「ほんとさ」

寿美が深く頷き返して見せると、突然ワタルは夢中になって、取りすがるような眼差を示しながら、

「じゃ、おれ、言うこと聞くよ。だから、チュミ先生、早や直って学校へ来てくらっせえ。な、先生。おれ、ちゃんと言うことを聞くからよう……!」

と今にも泣き出しそうな声を張り上げた。

「分った、分った」

と寿美は急にこみ上げてくる涙を押えるのに困っていた。

帰宅すると、私は英子ねえさんに電話をかけ、寿美の回復状態を話さずにはいられなかった。

「まあ、そう。亀田さんで、東二の先生に診てもらいたいって言ってるの。それは、よっぽど快くなった証拠ね。ほんとに、よかったわ」

私は次から次へと、親しい人に電話をかけた。

電話が終って間もなくすると、東京から松浦さんが見舞いに現われた。松浦さんは犬の仲間で、獣医である。私はすぐにタクシーを呼び、病院へ案内した。車中、私は松浦さんに寿美の経過を熱心に喋りつづけた。

「そうですか。まるで、嘘みたいな話ですね。でも、世の中には嘘みたいな話があるんですよ。つい最近、うちへフィラリアで腹水が凄く溜まった牝犬が入院したんだけど……」

と今度は松浦さんが夢中になって喋り出した。

私は急に面白くなくなって、窓外に目をやった。犬の病気の話など、どうでもよい。私は今、寿美の病気に関した話以外、話す気もしなければ聞く気もしなかった。松浦さんの犬の病気の説明が、私には自慢話にしか聞えず、苛々とした。

病院へ行くと、松浦さんは持参の風呂敷包みを、テーブルの上で解きはじめた。

「お見舞いに何がいいかと思って、いろいろ考えたんですけど、入院のときは案外、こんな物も便利じゃないかと思って……」

風呂敷を解くと、福神漬、辣韮漬《らっきょう》、海苔の佃煮、梅醬《うめびしお》などの瓶詰が沢山入った箱であった。

「嬉しいわ。わたし、ちょうどこういう物が欲しいと思っていたところなんですよ。さっそく、夕食のときに使わしていただくわ」

と言いながら、寿美は愉しそうに瓶詰を一つ一つ手に取って眺めた。

「こんなに喜んでいただけるとは、思わなかった。わたしも、嬉しいや」

と松浦さんは嬉しそうに声を上げて笑った。

松浦さんの邪気のない笑顔を見ていると、先刻、車内で苛立った自分に対して、私は自然と反省を感じた。

獣医の松浦さんが犬の難病であるフィラリア治療の話に熱中したからといって、私が腹を立てるいわれはない。熱中のあまり喋りすぎると、自慢話のようになって聞き苦しいことは確かだが、ふり返ってみると、私のそれは松浦さんの比ではなかった。

年中、私から寿美の話ばかり聞かされる人たちは、内心さぞやうんざりとしているであろう。上京する度に、一つ屋根の下で寝起きしている関係上、朝から晩まで話相手を強いられる波ちゃんは、特に被害が大きい。そのくせ、波ちゃんを初めとして、誰もが私に向って苛立たしげな表情を示したことがなかった。そう気がつくと、私は大変恥ずかしかった。

三日後、英子ねえさんから、電話がかかってきた。

「明日、会社の病院の院長さんが、お見舞いに伺うわ。わたしも一度、お見舞いに行きたいんだけど、猛烈に忙しくって、どうしても東京を留守に出来ないのよ。ごめんなさいね。槇田がせめて院長さんに見舞いに行ってもらいたいっていうことでね、明日、伺うことになったの。亀田さんの了解を取っておいて頂戴ね」

「すまないな。何から何まで、ほんとにありがとう」

電話が終ると、私は亀田総合病院へ行った。郁太郎先生に了解を求めてから、病室へ行って寿美にも話した。

翌日の昼前、日本鋼管病院の院長が現われ、郁太郎先生に会ってカルテを見てから、寿美の診察をした。院長は慶応出の内科で、年頃も人柄も小田院長に似ていた。

「どうも、不思議ですねえ」

と院長は私と一緒に病室を出ながら首をかしげた。

「腹水が一万以上もあったなんて、到底考えられない」

「でも、まだラシックスを飲まないと、小便が満足に出ないっていうんですけど……」

「そんなことは、大した問題じゃありません。誤診じゃないとしたら、これはきわめて稀なことだけど、奥さんは自然治癒の一例かも知れませんね。それ以外、考えられない」

自然治癒であろうと何であろうと、直ってくれさえすれば、それでよい。しかし、医者とはどれもこれも、何故このように頑固なのであろう。何故、重症の癌は直らぬものときめこみ、呉羽化学の薬の効果を認めようとしないのか。

癌が直ると、医者は誤診だと解する。誤診の場合も多かろうが、またすべてが誤診だったということも、常識では考えられない。茸の煎じ薬で直った者もいると考えて、その不思議に注目してみる気にはなれないのか。学問的に未知なことが多い場合、事実ということを重視したらどうか。

第一、学問と事実とは違う。仮に癌は直らぬものと医学的に証明されたとしても、俄《にわ》かには信じ難い。われわれが教えられた数学では一を三で割ると永久に割り切れないが、事実は一メートルの糸を三分することが出来る。その数値が何という数値かは知らないが、一メートルの糸が三分されることは事実である。

記憶に新しいところでは、小児麻痺の生ワクチンの問題があった。生ワクチンの効果について、わが国の権威ある医者が賛否両派に分れて論争した。結果は、賛成派が正しかった。つまり、否定派の学問が間違っていたということである。そのように、学問とはあてにならぬところがあるではないか。

私はその夜、誘われて郁太郎先生宅で酒を飲んだ。差しつ差されつしながら、郁太郎先生が言った。

「鋼管病院の院長、驚いていたろう?」

「自然治癒の一例じゃないかって、言ってたよ」

「なるほど、自然治癒か。そうとしか、考えられないかも知れないな。どこも悪いところがないんだからね」

「でも、ラシックスを飲まないと、小便が出ないじゃないか」

「そんなこと、大したことじゃないんだよ」

と郁太郎先生も日本鋼管病院院長と同じように簡単に片付けた。

「ぼくはそれよりも、気になることがあるとすれば、体重がふえてきているのに、まだ頬がこけているよね。あれが、ちょっと気にかかる」

「なるほど」

と言いながら、私は寿美の顔を思い浮べた。

寿美は陽に当らないせいか、肌理《きめ》こまかく色白になり、血色のよい顔が薔薇色に輝いて、以前より美しい。頬がこけているだけではなく、眼窩《がんか》も少しくぼみ、大きな目がいっそう大きく見えた。軀も華奢《きゃしゃ》になって、今までにない女らしさが感じられた。健康なときはあまりにも明るすぎて、全然感じられなかった隠微な魅力が、今の寿美には感じられるのであった。

今までにない隠微な魅力が感じられるところに、まだ懸念があった。脆《もろ》さ、儚さが、どこかに感じられた。急所を指先でひと突きすることによって、一挙に崩壊する積木の家のようなたよりなさが感じられないでもない。

不安を感じ出すときりがなく、私は手酌で飲みながら、気分転換を計った。頬はこけているが、顔色はよい。目も生き生きと輝いて、力がある。そう思い返すと、追々と不安は遠退《とおの》いた。

さらに私は、寿美のめざましい食欲や活発な動作も、改めて思い出した。安物のメロンに文句を言った寿美を思い出すと、それが何よりも心強く感じられ、私の不安は消え去った。

「ねえ、先生。臍の緒はもうやめようよ」

と郁太郎先生が笑いながら言った。

「あればかりは、どう考えたって、効きっこないよ」

「ほんとに、そうだよなあ」

と私も笑いながら頷いて見せた。

「ねえ、先生」

と郁太郎先生がちょっと改まった顔になって、私を見返した。

「今がチャンスだと思うんだけど、思い切って手術をしてみたら、どうかしら？」

「手術？」

「そう。腹水はもう全然ないし、手術に耐えられるだけの体力も充分にあるからね。手術をしてみれば、一切がはっきりとする。切り取れる癌ならば、取ってしまうことが、いちばんいい」

私は黙りこんだ。手術と聞いた途端、鮮血にまみれた大きな切り口が目に映り、私の胸は騒ぎ出した。生か死か、二者択一を迫られたような気が強くした。

頬のこけた、大きな目の、華奢な軀になった寿美が、今や改めて儚くも美しく感じられた。再び、寿美の白い肌が切り裂かれ、まっ赤に大きく開いた傷口が、なまなましく目に映ってきた。突然、私の全身は激しく燃焼しながら、寿美を抱き締めたい衝動にかられた。胸騒ぎが、熱いときめきに変った。いまだかつてない情熱で私の胸は締めつけられながら、全身の血管は欲望で熱くふくれ上った。

いつまでも黙りこんでいる私を気にして、郁太郎先生が言った。

「手術っていうと、素人はみんな驚くけど、そんな心配なものじゃないんだよ。でも、先生がどうしても厭なら、僕も無理に手術するとは言わないけど、ま、一度、考えておいて」

「考えておくよ。それよりもおれ、何だか急に寿美に会いたくなってきちゃった。これから、会いに行って来るよ」

「じゃ、一緒に病院へ行こうか。僕もちょっと気になる患者がいるから、様子を見に行きたいんだ」

郁太郎先生の家から病院まで、歩いて五、六分である。郁太郎先生は自転車を曳《ひ》きながら、私と一緒に歩いて病院へ行った。

私が病室に行くと、寿美は驚いてベッドから下りて来た。

「こんなにおそく、どうしたの？」

「郁太郎先生のとこで、ご馳走になっていたら、急にお前に会いたくなっちゃったんだ」

「ほんと。へえ……！」

と寿美は嬉しそうに私の顔を見返しながら、近寄って来た。

「人間て、不思議なもんだ。お前がこんなに好きになったことって、生れて初めてだよ。ちょっと、来い」

と言って、私は寿美を抱き寄せた。

寿美は急に泣き出しそうな顔になって、獅噛《しが》みついてきた。私が抱き締めると、寿美は嗚咽しはじめた。それから、全身を震わせながら、熱い吐息をもらして喘ぎ出した。

翌朝、私は目を覚ますと、気にしながら寿美に電話をかけた。

「調子は、どうだ？」

「とても、爽快。きのうは、嬉しかったわ。また、今夜も来て」

と寿美は照れ臭さと嬉しさの混じり合った声で、冗談に紛らして笑いながら言った。

「馬鹿、お調子に乗るな」

そう言いながら、私はほっと胸を撫《な》で下ろしたが、馬鹿なのは自分だという忸怩《じくじ》たる思いを新たにして、念を押さずにはいられなかった。

「ほんとに、大丈夫なんだろうな」

「大丈夫だっていったら。却って、調子がいいよ。ねえ、啓坊さん。今夜も、また来て」

と寿美はまだ甘えてふざけている。

「冗談じゃないよ。それよりも、おれ、これから東京へ行って来るよ」

「何か用？」

「郁太郎先生がいっぺん東二の先生に診てもらった方がいいって言うから、木村のところへたのみに行くんだ」

「東二の先生になんか、来てもらわなくったって、もう大丈夫よ。わざわざ来てもらったら、大変じゃないの」

「お前がよけいな心配をすることはないよ」

と私は寿美を相手にせず、電話を切った。

私は上京すると、昼休みの時間に国立東京第二病院へ行って、木村に会った。私は寿美の回復状態を話してから、木村に言った。

「亀田病院で、東二の先生に一度診てもらった方がいいって、言ってるんだ。婦人科の医長と一緒に来てくれないか」

「今日は金曜日だったね。明日の土曜日、僕は用事がないし、一度お見舞いに行かなければいけないと思っていたところなんだ。でも、久保先生の都合はどうかしら?……忙しい先生だからね。とにかく、久保先生に電話をかけてみよう」

と木村は久保先生に電話をかけてから、私に言った。

「今、ここへ来て下さるそうだよ」

私は久保先生に会ったことはなかった。寿美は横柄な態度の医長だと言っていたが、それはあてにならない。とは思うものの、私はいささか緊張しながら、久保先生を待っていた。

二、三分で、久保先生は現われた。六十すぎの上品な、立派な目鼻だちの人で、十八番物を演じる歌舞伎役者の顔が、私には連想された。大家の風貌《ふうぼう》があった。木村が私を紹介すると、久保先生は笑顔を見せながら挨拶を返した。横柄な態度は微塵もなかったが、どこか気むずかしさが感じられた。名人気質《かたぎ》の人のように感じられた。こういう人は、相手が気に入るか気に入らないかで、態度が違う。といって、どうしたら気に入られるのか、さっぱり分らない。私の地でゆくより仕方がなく、運だと思った。

木村が寿美の回復状態を説明してから、私の要望を伝えた。久保先生は寿美の回復状態を聞いても別に驚かず、落着き払った態度で木村に言った。

「卵巣癌はときどき、ドラマチックに快くなることがあるんですよ」

木村は謙虚な態度で頷きながら、久保先生の言葉を聞いていた。

「最近も植木屋の若い奥さんで、ドラマチックに快くなったのがあった。だけど、ここへ来て、また急に悪くなっちゃった」

と言ってから、久保先生は傍の私に気がついて、ちょっと苦笑し、

「いや、あなたの奥さんも悪くなるっていう意味じゃないんだよ。あなたの奥さんは、直るかも分らない」

「先生。とにかく、一度診察に来ていただけませんか。お願いします」

と私は単刀直入に頭を下げた。

「そうねえ……」

と久保先生は億劫そうな表情で言葉を濁した。

「お願いします」

と私は重ねて頭を下げた。

「行ってもいいけど、わたしが行って診察なんかして、亀田さんで感情を害さないかしら?」

「いや、亀田病院で是非先生に診ていただきたいって、言ってるんです」

「そうですか……」

と久保先生はちょっと困ったように笑っていたが、私の強引さに押し切られた形で、思い切ったように言った。

「じゃ、行くか。行くとしたら、明日の土曜日しかひまがないんだけど、木村さんの都合は?」

「僕も明日なら、都合がいいんですよ」

明日の打合せをすますと、久保先生は忙しそうに立ち去って行った。私は木村に改めて相談した。

「亀田病院でいま手術した方がいいって言うんだけど、どう思う?」

「僕もそれは賛成だな」

「だけどさ、薬でどんどん直ってるのに、手術しなきゃあ、いけないのかね」

「薬っていうものは、最初のうちはどんな薬でも、よく効くものなんだよ。睡眠薬だって、そうだろう。最初は一錠で眠れたものが、だんだん二錠、三錠って、増えてゆくだろう?」

「なるほど」

「癌の場合、あくまでも一時的に快くなってると思わなきゃあ、いけないんだ。手術で癌を取ってしまう以外はないいんだよ」

「でも、仮に卵巣の癌を取ったとしても、どこかに転移しているのは取れないんだろう?」

「でも、本家本元の癌を強力にやっつける薬なら、転移している方はそれこそ完全にやっつけているかも知れない。そういう考え方もあるじゃないか。僕は手術した方がいいと思うよ。もっとも僕は婦人科じゃないから、明日、久保先生に診察してもらった結果、その意見を聞くことが、いちばん大切だけどね」

「分ったよ」

と言ったが、私は手術する気にはどうしてもなれなかった。

私は野波旅館に帰ると、友人に電話をかけて、意見を聞いた。

誰もみな、手術に反対であった。賛成する者は一人もいない。医者に対する不信の念が強かった。

医者はエリート意識が強く、患者に対して不親切な者が多い。紳士面《づら》しているくせに、金銭的に汚ない者が多い。口先では生命の尊厳を主張しながら、実は軽視している者が多い。医者ほど裏表のあるものはなく、信用し難い。そこまで極論する者もあった。

そして、次のような理由で手術に反対した。

寿美の癌は重症で、医者から見放された。つまり、現代医学は重症の癌に対して無力である。現代医学ではないものによって、奇跡的な回復を示している現在、何を理由に無力な現代医学に再び頼ろうとするのか。愚の骨頂である。

何事もバランスが大切であって、人間の肉体もまた然《しか》り。現在、回復途上にあるとき、手術してバランスを崩すなど、もってのほかではないか。

医者にとって、寿美ほど不思議で興味ある患者はいない。医者は興味を満たすために手術するのであって、治療は二の次、三の次である。現代の医者は己れの研究のため、患者を実験動物あつかいする場合が多い。癌の場合、現代医学では不治の病気であるだけに、実験動物扱いにされる可能性が特に強い。手術は絶対に避けるべきである。

というのだが、私は久保先生に診察をたのんだ以上、その意見を尊重しなければならない。しかも、私と親しい医者はみな、人間的にも良い。私はさまざまに悩んだ。

翌日、私はハイヤーをたのんで二人を国立東京第二病院に迎えに行き、鴨川へ向った。亀田総合病院に着くと、久保先生は郁太郎先生や婦人科の矢田先生に会ってから、婦人科の診察室で寿美の内診を始めた。診察が終るまで、木村と私は寿美の病室で待っていた。

寿美の診察が終ると、私たちは院長の応接室へ行った。院長の俊孝先生、郁太郎先生、博行先生、婦人科の矢田先生が集まった。久保先生がみんなに向って言った。

「飛躍的なことを言うようだけど、患者は全快していると言ってもいい」

途端に、私は興奮して、つい医者たちを差しおいて発言した。

「でも、先生。卵巣癌はドラマチックに快くなることが、ときどきあるっていう話でしたが……」

「いや、快くなった程度が違う。まだ、ちょっと触れるところはあるけれども、嘘みたいに快くなっている。こういう経験は、わたしも初めてだ」

私の胸は躍った。久保先生の言葉や態度には、今までの医者にはない自信が溢れていた。自信があるので、ずばりと正直に言えるのであった。

久保先生を中心に医者たちの問答が始まったが、私はもう浮ついた気分になって、落着いて聞いていられなかった。一刻も早く、鴨川グランドホテルへ行って、久保先生と酒を酌《く》み交わしたい。そう思うばかりであったが、ただ俊孝先生の言葉だけは印象に強く残った。郁太郎先生に向って、こう言ったのである。

「どうだい、うちでもカワラタケを栽培して、あの薬、作ってみようじゃないか」

「え？」

と郁太郎先生は思わず訊き返しながら、あきれたように苦笑した。

俊孝先生は乱暴でがむしゃらなところがあるが、そこが私は好きだ。世間一般の常識では計れない俊孝先生の積極的な方針が、亀田総合病院を千葉県一にしたのである。

医者たちの話が終って、応接室を出ると、郁太郎先生が私を呼び止めてささやいた。

「あの婦人科医長、大物だよ。ああいう医者は、手術も絶対にうまい筈なんだ。一度、あの先生の手術を見たいな」

私は手術と聞き、うっかり忘れていたことを思い出して、急に憂鬱になった。

亀田総合病院から海岸道路を走って、二、三分で鴨川グランドホテルに着いた。二人が入浴しているあいだ、私は政夫さんに会って、久保先生の診察の結果を報告した。

座敷へ戻り食事を始めて暫く経ってから、私は思い切って久保先生に訊いた。

「亀田病院で手術した方がいいって言うんですけど、どんなものでしょうか?」

「手術か。むつかしい問題だな。いじくると、却って悪くなる場合も多いからね。それに、あなたは手術したくないでしょう?」

と久保先生は私の内心を見透かして、笑いながら言った。

「正直言って、手術はどうも厭なんです」

と私は頭を掻きながら苦笑した。

久保先生は二、三度、頷いてから、木村に向って言った。

「暫く様子を見た方がいいんじゃないかな。何しろ、あんなに快くなってるんだからね。今、ここへ来て、一緒に食事をしたって、あれなら別に不都合はないもの」

「近藤君、よかったね」

と木村は私をふり向いた。

「いやあ、今日ほど酒がうまいことはない」

と私は盃《さかずき》ではまどろっこしくなって、コップに酒を注いで飲んだ。

「でもね、近藤さん」

と久保先生が改めて私に言った。

「奥さんの病気は、確かに全快したと言ってもいいくらいに、快くなっている。しかし、わたしは全快したとは言い切れないんですよ。何しろ、三十数年間、癌には裏切られつづけているからね。ずいぶん知恵をしぼって治療した結果、非常に快くなったことが、今までにも何回かある。今度こそうまくいったと思って、何度喜んだか分らない。でも、結局はみんな駄目だった。あなたの奥さんの場合、今までに例を見たことのないくらいに快くなっている。全快していると言ってあげたい。しかし、三十年間、癌には裏切られつづけているだけに、どうしても全快したとは言えないんですよ」

三十年間、裏切られつづけた、という久保先生の言葉の調子には、重苦しい感慨があった。学問的に直らないものときめこんでいる医者とは違い、現実に癌と戦いつづけてきた久保先生の言葉なので、私は今までになく憂鬱な気分になった。

「それにしても、あんなに快くなった例は、今までにない。今の調子が一年間つづいたら、しめたものだ」

と久保先生は憂鬱そうな私に気がついて、元気づけるように言った。

「一年間か。長くて、気が揉めるなあ」

と私はわざと笑いながら、

「せめて半年っていうわけにはゆきませんか？」

「いや、笑いごとじゃない。半年、今の調子がつづいたら、相当に期待を持っていいですよ」

と久保先生は真顔で私を見返した。

「半年か。なんとか、頑張らなくっちゃあ……！」

と私が頓狂な声を出すと、木村が笑いながら銚子《ちょうし》を差した。

「ま、飲めよ」

「ありがとう」

と言って、私はコップに受け、一気に飲み干した。

翌朝、私は二人を見送ってから、亀田総合病院へ行った。寿美がさっそく私に訊いた。

「きのう、幾らかかった？」

最初の言葉がこれかと思い、私は苦笑した。

「大したことないよ。交通費、宿泊費、土産代、みんなで、十万くらいだな」

「十万、そんなにかかったの」

「お土産に、海老《えび》と鮑《あわび》をたくさん持って行ってもらったからね」

「そう。啓坊さん、わたしのために、十万円もかけてくれたの。嬉しいな」

と寿美は今までになく喜んで、私に礼を言った。

「ほんとに、ありがとう。わたし、いい亭主持って、しあわせだ。啓坊さん、ありがとう」

十万円使ったことよりも、毎日見舞いに来ている熱心さの方を喜んでいい筈だと思うのだが、寿美の価値観は私と違う。が、そういう不満を感じさせるだけ、いよいよ元気になってきたわけだ。

あと、半年間……！

昼休みの時間、私は小田病院へ行って、久保先生の内診の結果を報告した。

「そりゃ、よかった。でも、油断しちゃあ、いけないよ」

と言ってから、小田院長は改めて言った。

「でも、二人とも鴨川まで、よく来てくれたね」

「だって、寿美みたいな容態は珍しいんだから、医者として興味があるんじゃないのかい」

「そりゃ、興味はあるけどさ。でも、泊りがけで、よく来てくれたよ。お礼の方は、どうした？」

「海老と鮑を、お土産に持ってってもらったよ」

「それだけかい」

「うん」

「ほんとかい？」

と小田院長はいかにもあきれたという表情で、腹立たしげに言った。

「君、それはいくらなんでも、非常識すぎるよ」

「そうかな。だって、手術してもらったわけじゃないんだもの……」

「いや、手術をしなくったって、きのう今日と、拘束したわけだろう。そんなの、ないよ」

「なるほど、そう言われてみれば、そうだな。どうもそういうところが、おれは間が抜けている。困ったな。どうすれば、いい？」

「今更、東京へ追っかけて行って、礼をするのも、恰好がつかないよな。まあ、仕方がないか」

と小田院長は苦笑してから、

「久保さんて、幾つくらいの人だい？」

「見たところ、六十ちょっと過ぎだけど、きのう訊いてみたら、もう七十に近いんだってさ。それに、慶応じゃなく、九大だって言ってた」

「へえ、九大出なんですか」

と市村先生がちょっと驚いたように言ってから、

「それじゃあ、久保先生はよっぽど腕がいいや。抜群に腕がよくないと、傍系じゃあ、とても医長は勤まらない」

「実業家の松永安左衛門は奥さんの病気のとき、他の医者はよせつけず、一切、久保先生に任せっきりだったそうだ」

と言いながら、私は久保先生に対する失礼がいっそう気になってならなかった。

今になって思い出したことだが、阿川の子供が入院中、大学病院の医者にちょっと往診をたのんだときでも、礼をしたと言っていた。二日も拘束しておいて、お土産だけでは全く非常識であった。小田院長に叱られてよかった。さもないと、木村は友人として見舞いに来てくれたのだからいいとしても、久保先生に対する失礼にいつまでも気がつかない。いや、槙田さんは会社の病院の院長を見舞いによこしてくれたが、あれもただではないかも知れない。槙田さんが社長とはいえ、院長にただ働きを命じるわけにはゆかないに違いない。

翌日、私は小説の取材のために上京した。三日目の昼前、漫画家の園山俊二の紹介で、TBSテレビに勤めている今井という人が、野波旅館に私を訪ねて来た。

「実は、親しい友人が、胃癌で医者から見放されたんです。近藤さんの奥さんが大変快くなったっていうことを、園山さんから聞いたものですから、是非その方法を教えていただきたいと思いまして」

私は臍の緒、黒い柄の茸、猿の腰掛、丸山ワクチン、呉羽化学の薬と、みんな話した。今井さんは熱心に聞きながら、いちいち手帳に書きとめた。

「その通りにやるよう、彼の奥さんに言います。呉羽化学の薬も、何とかして僕が手に入れてみますよ。小学生の頃からずっと仲がいい、たった一人の友達を失うなんて、こんな悲しいことはありませんからね。いい奴なんですよ。僕と同じ四十二歳で死んじゃうなんて、そんな馬鹿なことはない……！」

と今井さんは喋りながらいつのまにか目に涙を溜めていた。

「大丈夫だよ。うちの女房なんか、あとひと月って言われていたのに、すっかり快くなっちゃったんだもの」

「そうですよね、近藤さん」

と今井さんはいっそう夢中になって、身を乗り出しながら喋った。

「僕は昔から、どんなものにだって、天敵があると信じてるんです。この自然は、すべてのものそれぞれに天敵があることによって、バランスが取れているわけでしょう。癌にだって、天敵がないわけがない。癌の天敵は、茸なのかも知れませんね」

「茸は癌の天敵か。なるほど、そうかも知れないな」

「いや、絶対そうに違いないですよ。とにかく、近藤さんに会って、ほんとうによかった。じゃ、僕はこれからいろいろと手配しますんで、これで失礼します」

と今井さんは期待に弾みながら、いそいで立ち去って行った。

今井さんほど、友達思いの人も珍しい。感動が暫くのあいだ、私の胸から消え去らなかった。

「天敵か。なるほど、そうかも知れない」

私はそうつぶやいてみずにはいられなかった。ペニシリンは黴《かび》の一種だという。発見されるまでは、黴がまさか悪質な黴菌《ばいきん》の強敵とは、誰も信じられなかった。地方によっては昔から、傷が膿むと餅の青黴をつけて直したが、医者は不潔だと顰蹙《ひんしゅく》するばかりであった。

翌日、鴨川へ帰る私に、安岡が同行してくれた。亀田総合病院へ行き、安岡が見舞いの洋菓子の箱をテーブルに置くと、寿美は挨拶もそこそこに紐を解いた。箱を開けるなり、手づかみで食べた。

「これ、おいしいわ……！」

高級店の洋菓子だからうまいには違いないが、たちまち二個食べた上、さらに三個目にも手を出した。

「いくらなんでも、もうやめておけ。お前、夕食はすんだんだろう？」

と私が叱るように言うと、寿美は子供のような哀れな顔になった。

私は漢方の本で、糖分は癌に害があると教えられていた。果物ではメロンなど、最も悪いという。郁太郎先生は問題にしなかったが、私は気になっていた。

ベッドの脚元に黒塗りに赤い鼻緒の日和下駄《ひより》が置いてあるのに、私は気がついた。

「この下駄、どうしたんだい？」

「下駄が履きたくなって、文に買って来させたの。昨日はこの下駄履いて、ちょっと散歩したわ」

「散歩？　冗談じゃない」

「だって、郁太郎先生が少しくらい散歩した方がいいって言ったもの」

「でも、あんまりお調子に乗るな」

私はもう一度、黒塗りに赤い鼻緒の日和下駄を眺めた。洋風の病室に置かれた日和下駄は、お伽噺《とぎばなし》の世界のもののように、殊更美しく見えた。

亀田総合病院から家に帰るタクシーに乗ると、安岡が呻《うな》りながら言った。

「ううん……！　驚いた。まるで、ありゃあ餓鬼だね。癌て奴は、よっぽど営養を食っちゃうんだな。食われた営養の補給を、いま肉体が懸命に要求してるんだ。それにしても、元気なのには驚いた。ううん……！」

異常な食欲であるだけ、まだ軀全体としては異常だと言える。そういう意味からも、全快したとは言えないかも知れなかった。

翌朝、安岡の希望でタクシーを呼び、犬を連れて金山ダムへ行った。安岡は私に劣らず犬が好きで、わが家のヒメと同胎《どうたい》の牡犬を飼っている。南房州にしては冷えた朝で、金山ダムの水面は水蒸気で煙っていた。寒いだけに、山の清々《すがすが》しさが、いっそう感じられた。

「やっぱり、田舎はいい。田舎に住みたくなるなあ」

「この気分ばかりは、東京じゃあ、どうにも味わえない」

私は寿美と栗拾いに来たときの情景を思い出していた。来年一緒にまた来たい。切実にそう思った。

帰宅して朝食をすますと、安岡はリビングルームのソファーに横たわって、気持快げにうたた寝をはじめた。私は病院へ行った。

「啓坊さんが東京へ行ってるあいだに、小田先生と市村先生が、別々に診察に来てくれたわ」

と寿美が報告した。

「小田先生の診察のやり方は、鋼管病院の院長とすっかり同じだったわ。ここの博行先生の診察のやり方も、大体同じね。市村先生だけが違うわ。ほかの先生たちが押しても痛くないのに、市村先生が下腹を押すと、痛いんですよ」

「痛いって、どんなふうに？」

「ちょっとなんだけど……。でも、はっきり痛いわね」

「そうか……」

私は亀田総合病院の帰り、小田病院へ寄って、市村先生に会った。

「圧痛がまだありますね。あれがとれないうちは、まだ安心出来ませんよ。わたしは全快したとは思いませんね」

市村先生の診察には定評がある。他の病院では分らなかった病気が、市村先生に診察してもらったら、すぐに分ったという例が、枚挙に遑《いとま》なかった。それだけに、私は市村先生の言葉は気になった。

久保先生が「まだちょっと触れるところはあるけれども」と言っていたのも、私は思い出した。郁太郎先生は頬がこけているのが気になるという。私自身はそれよりも、寿美の脚の肉づきの悪い点が、何故か妙に気になっていた。体重が増えるに従って全身の肉がついてきているのだが、脚だけはいつまでも細くて、私には病的に見えてならなかった。

ある日、突如として、寿美の容態が悪化するのではないのか。

私は急に寿美の元気な顔を見ずには安心出来なくなってきて、再び亀田総合病院へ行った。

寿美は病室にいなかった。ナース・ステーションで訊いてみると、散歩に出たのではないかと言う。私は腹を立てながら病室に戻り、窓から寿美の姿を探したが、どこにも見当らない。冷蔵庫からメロンを出して食べていると、元気のいい顔で寿美が帰って来た。

「あら、啓坊さん、どうしたの?」

「メロンが急に食いたくなったから、また来たんだ。それよりも、お前、どこへ行ってた?」

と私は咎《とが》めるように言った。

「塵紙や何か買いに、売店へ行って来たんですよ」

と言ってから、寿美は急に笑い出し、

「さっき、啓坊さんが帰ったあとで、坂本のおばやんがやって来てね、茹卵《ゆでたまご》三十個とでっかいぼた餅を十、持って来たわ。どう、坂本のおばやんらしいでしょう。でも、親ってありがたいや」

生家の地名が坂本なので、寿美は母親を「坂本のおばやん」と呼んでいる。生家は貧乏だったが、食べ物だけはいつも腹いっぱい食べさしてくれた、と寿美はよく言っていた。

「見てごらん」

と寿美は笑いつづけながら、冷蔵庫の上から風呂敷包みを持って来て、テーブルの上で解いて見せた。

「なるほど」

と私も声を上げて笑った。

大きな重箱三つに、ぼた餅がぎっしりと詰っていた。紙箱の中には、縦横いっぱいに茹卵が並んでいる。市村先生の言葉を気にして不安に陥っていた神経質な私を、坂本のおばやんが笑っているようであった。

六章

数日後、私は上京して、出版社のパーティに出た。多くの人から、私は見舞いの言葉をもらった。興味を持って、寿美の経過を訊く人が多い。文壇には癌で死ぬ者が多いので、興味というよりも恐怖を感じていて、寿美の奇跡的な回復を聞くことによって安心したいらしい。私は得々として、寿美の回復の状態を話した。

私は一週間近くも、東京に滞在した。帰宅する前日の昼前、恵美ちゃんから電話がかかってきた。

「奥さんが昨日から、おしっこが出なくなってきたっていうんですけど……」

私は言葉が出なかった。厭な予感で、胃の腑《ふ》のあたりが冷たくなった。

「寿美の奴、自分で考えて、ラシックスを一日一錠にしたり、半錠にしたりしていたけど、そのせいじゃないのか？」

「さあ、よく分りませんけど……」

「よし、分った。とにかく、これからすぐ帰るよ」

私は電話を切りながら、重苦しい溜息をついた。

鴨川へ帰る車中、私は厭な予感に苛《さいな》まれた。せいぜい楽観的な予想につとめたが、悲観的な気分に支配されやすい。両国駅の売店で買った週刊誌の記事に目をやったが、一向に気が紛れなかった。

鴨川に着くと、駅から亀田総合病院に直行した。

寿美はベッドに横たわっていた。

目に、力がない。顔色は悪くないが、だるそうな表情をしている。が、予想していたほど、見た目には悪くなっていなかった。

「お前、小便が出なくなったって、ほんとか?」

「ええ。また、おなかが張ってきたわ。ほんとに、厭だなあ……」

と寿美は泣きそうになりながら、顔をかくすように背を向けた。

「やっぱり、肝臓はそう簡単には直らないんだな」

と言って、私は窓辺の椅子に坐りながら、煙草に火をつけた。

暫くすると、寿美が寝返りを打って、私をふり向いた。

「中央公論の小説の評判、東京でどうでした?」

「大変、評判がよかったよ」

「そう。そりゃ、よかったですね」

と寿美は馬鹿に嬉しそうに私を見た。

「中央公論」の連載で、私は横山大観の人と芸術を描いていた。私は美術学校の日本画科卒業以来、興味を持っていた大観のことなので、久しぶりに仕事に熱中出来た。それだけに寿美も期待していて、新年号が届くとすぐに読んだのだが、むつかしくて分らないと言い、気にしていたのである。

「ところでお前、ラシックスを飲まなかったんじゃないのか」

と私は煙草を灰皿に捨てながら言った。

「飲んだり飲まなかったりしていたけど、ちゃんと出ていたんですよ。それが、啓坊さんが上京した日、飲まなかったら、急に出なくなっちゃったの。あわてて飲んだら、夜になって千二百くらい出たわね。その次の日は三千余り出たけど、その後、だんだん出なくなってきちゃった。一昨日、市村先生が診察に来て下さったけど、ちょっと悪くなったって言ってたわ」

「郁太郎先生は、なんて言ってる?」

「また、ちょっと腹水が溜まってきたって、機嫌の悪い顔をしていたわ」

「でも、顔色はいいんだから、そんなに心配することはないと思うよ。おれも今日は疲れてるから、これで帰る」

と言って、私は椅子から立ち上った。

病室を出ると、私は医局へ行った。郁太郎先生のほかに、博行先生と小児科の先生がいた。

「小便が出なくなってきたっていうことだけど……」

と言いながら、私は郁太郎先生の傍の椅子に坐った。

「あんな薬、やっぱり駄目なんだよ」

と郁太郎先生は怒ったように言い、不愉快なものに接したときのような眼差で、私の顔から視線をそらした。

とりつく島のない感じなので、私は博行先生に視線を投げかけた。瞬間、博行先生も私から目をそらすと、そのまま医局を立ち去って行った。私は深い溜息をつきながら、いつまでも黙りこんだ。

「やっぱり、あの回復は腹水を取ったことが原因だったんだよ」

と郁太郎先生が煙草に火をつけながら、私を見ずに言った。

「間もなく、また腹がふくれ上って、腹水を取らなければならない……」

看護婦が現われ、郁太郎先生は呼ばれて、立ち上って行った。私は取り残されると、新聞に目をやっている小児科の先生の存在が目ざわりであった。今の自分の顔を人に見られるのが、たまらなく厭でならなかった。われながらなんとも形容の出来ない苦笑に顔を歪めながら、私は立ち上った。

小田病院へ行き、院長と市村先生に会った。

「いや、困りましたねえ。また、急にいけなくなってきた」

と市村先生が気の毒そうに私の顔から目をそらしながら言った。

「明日、僕も診に行って来るよ」

と小田院長は慰めるような口調で言った。

「こないだ医師会で郁太郎先生に会ったら、顔中ににこにこして喜んでいたけど、僕は少し早計じゃないかと思っていたんだ。なかなか、そんなもんじゃないんだよ」

とりつく島もないように不機嫌だった郁太郎先生の気持が、私には分りすぎるほど分った。

家に帰ると、恵美ちゃんが心配そうに言った。

「病院へ寄って来たんですか?」

「ああ、どうも、急に悪くなってきたらしい」

と言ったきり、私も恵美ちゃんも黙りこんだ。

夜、テレビを見ながら気を紛らわしていると、寿美から電話がかかってきた。

「郁太郎先生や市村先生に会ってきてくれた?」

「ああ。ちょっと悪くなってるけど、そんなに心配するほどのことじゃないって、二人とも言ってたよ」

「ほんと?」

と訊き返してから、寿美は急に泣き声になって言った。

「ほんとは、わたし、駄目なんじゃないの?」

「何が、駄目なんだよ」

と私は急激に鳴り出す胸を圧えつけながら言った。

「だって、なんだか変だもん……！　もう、わたし、いいよ」

「馬鹿野郎！」

いきなり呶鳴りつけるよりほか、よい知恵が浮ばなかった。それは計らずも、私自身に対する破れかぶれの絶叫のようでもあった。

黙っていると、寿美の悲しみに負けそうな気がした。

「お前はいったい、どんな気でいるんだ。ちょっと悪くなったからって、まるでやけっぱちみたいなことを言いやがって、この馬鹿野郎！　おれはもう、知らねえぞ。勝手にしろ！」

「ごめんなさい」

と寿美は泣き声をこらえながら、

「だって、夜になったら、急に寂しくなってきちゃったんだもの」

寿美は久しぶりに私に呶鳴られたことで、却って安堵したらしい。不吉な予感は思いすごしだった、と感じたのだろうか。そういうことが、寿美の言葉の調子から、私には感じられた。

「そりゃまあ、病院に一人でいると、寂しくはなるだろうけど、お前もあんまり甘えるんじゃないよ。いつかも言ったことだけど、阿川の坊主や節ちゃんのことを考えてみろ。お前なんか、まだ入院してから三箇月にもならないのに、ちょっと悪くなったからって、やけを起す奴があるか」

「ごめんなさい。分ったよ」

と寿美は少し恥ずかしそうな声で言った。

私はほっとして電話を切ったが、同時に急に疲れを感じ、椅子に坐り込んで目を閉じた。頭も軀も疲れていながら、就寝してからも私は一向に眠れなかった。悲しみのほかに、口惜しさもあった。

やっぱり、医者に負けた……！

呉羽化学の薬の効果をあくまでも認めようとしなかった、頑固な医者たちに対する敗北感が、私にはやり切れなかった。現代医学を軽蔑し無視しようとしていた私が、逆に無知な奴だと嘲笑《あざわら》われていた。私を嘲笑う医者たちの顔が、次々に目に映った。その顔に対して、口惜しさがこみ上げてきてならない。

翌日、亀田総合病院へ行くと、ちょうど昼食時であった。寿美は窓辺の椅子に坐って、食後の茶を飲んでいた。寿美の目の前のテーブルの食物を見ると、ほとんど手がついていなかった。

「この刺身、生きが悪くって、食べる気がしないや」

と寿美の方から食事のすすまぬ理由を言った。

「このフライも油が悪くって、臭いし……」

寿美は入院した初めの頃、やはり給食になんのかのと文句をつけては食べなかった。快方に向い出してからは、何も文句を言わずに綺麗に食べていた。それがまた文句を言いはじめたのである。

食欲がなくなったと認めることが、寿美はこわいのだ。食物が悪いから食べる気がしないのであって、食欲がなくなったのではない、と思いこみたいのである。

帰宅すると、弘が遊びに来ていた。佐藤弘は私の教え子で、中学を卒業すると遠洋漁業の乗組員になったが、働きながら勉強して機関士その他の免状を取った。まだ二十九歳だが、既に土地を買い、今年は家も建てた。遠洋漁業から帰って来る度に、私に土産のウイスキーを持って来てくれていたが、いつのまにか恵美ちゃんと相思相愛の仲になっていた。弘はもうひと航海して結婚資金を稼《かせ》いでから、来年の秋、私たち夫婦の媒酌で恵美ちゃんと挙式する予定であった。

弘は数日前、八箇月ぶりに航海から帰って来た。恵美ちゃんは帰港地の三浦三崎に迎えに行きたかったのだが、がまんしていた。寿美の病状が悪化した現在、ふたりはいちばん愉しい時期でありながら、何かにつけて遠慮勝ちに振舞わねばならず、可哀そうであった。

「奥さんの様子、どうでした?」

と弘が玄関に出迎えながら、心配そうに言った。

「どうも、いかん。食欲がなくなってきた」

「そうですか……」

「茶碗むしの冷たいのが、食べたいって言ってた」

と私はリビングルームに行きながら、恵美ちゃんに言った。

「鳥肉や何かがあんまり入っていない、さっぱりしたのがいいって言ってた」

「はい。分りました」

「それから、呉羽化学の薬がそろそろ無くなってきたから、明日でも明後日でも、日本鋼管へ取りに行って来てくれ。弘さんと一緒に東京へ行って、菊鮨へでも寄って来いよ。それから、小遣はおれが出すから、遊びに行きたいところがあったら、どこへでも行っておいで」

呉羽化学の薬など、もうどうでもよかった。憂鬱のつきまとう鴨川から二人を解放して、愉しく遊ばせてやりたかった。

私は薬の授受について打合せるため、日本鋼管に電話をかけ、秘書の樋口さんを呼び出した。

「どうも、ご無沙汰いたしております。その後、奥さまのお加減、いかがでいらっしゃいますか」

と樋口さんは寿美が相変らず好調と思いこんでいるので、明るい調子で言った。

「いや、それが三、四日前から、また急に悪くなってきちゃったんですよ」

と私は重苦しい調子で病状を説明した。

「それは、ご心配でございますね。ちょっと、お待ち下さいませ」

間もなく、槇田さんが電話に出てきて、私を叱るような口調で言った。

「抗癌剤の注射か何か、やったんじゃないのか。抗癌剤なんかやると、あれは副作用が強くて却っていけないって、言っておいたのに……」

槙田さんもまた医学に対する不信の念の強い人物のひとりであって、呉羽化学の薬の効果を信じて疑わない。そんな槙田さんに対して、私は何か気の毒なような気持を感じながら言った。

「そんなことないよ。亀田病院では最初から、抗癌剤なんか効かないって言ってる。抗癌剤なんか、医者の気休めみたいなもんだって言って、一度も使ったことないよ」

「そうか……」

と槙田さんは呻くように言った。

槙田さんも敗北感に呻いているようであった。医者に対する敗北感だけではない。それ以上に、癌に対する敗北感が強いのである。

誰しも、癌に対しては恐怖が強い。特に、中年すぎの者は異常な恐怖を持っているだけに、癌を不治の病気ときめこんでいる医者が殊更冷淡に見え、反感も強く感じるのである。医者の欠点をあげつらい、学問の泣きどころを突くのも、実は癌に対する恐怖から救われたい一心にほかならない。現代医学を否定しない限り、癌の恐怖から救われようがないとさえ言えるのである。

寿美の容態は目に見えて悪くなっていった。腹は見る見る脹《ふく》れ上り、顔は血の気を失っていった。急坂を転げ落ちる人を見るような思いが私はした。冬休みに入った文を朝から晩まで、寿美の看護につけた。

見舞いの電話をもらう度に、私は溜息をつきながら言った。

「もう、駄目だ。おれも、覚悟したよ」

「やっぱり、いけないか。医者の方が、正しかったか……」

と誰もが同じようなことを言い、私と一緒に溜息をついた。

私が帰宅してから一週間余り経った大晦日になると、寿美の顔から血の気が全くなくなった。艶のない灰色の壁に似た顔色である。唇の色まで全く血の気がなくなり、灰色になったのには驚いた。

私が行っても、寿美はほとんど身動きもしなかった。力なくかすかに目を開き、おぼろげな眼差で私を見るだけが精一杯であった。全身、頭のてっぺんから指の先までだるく、その苦痛たるや、筆舌につくし難いという。ぐたりと横たわっている寿美を見ていると、無数の蟻にたかられてついに倒れて苦悶する巨象の姿が連想された。

いや、蟻の千万分の一の大きさの虫が、無数に寿美の腹中にひしめき合って獅噛みつき、かすかな呻り声を上げながら、食いつくしているように感じられた。私には、そのかすかな呻り声が聞えるような気さえした。が、救う手だては何もなく、胸が張り裂けるような思いを感じながら、無力感に打ちのめされるばかりであった。

私は家に帰って、ウイスキーを呷《あお》った。酔いがまわってくると、ようやく私の苦痛は拡散しはじめ、寿美の死が人ごとのようにも感じられてきた。底無しの泥沼に落ち込んで、もがきながら徐々に沈んでゆく寿美の姿が、映画のひと齣《こま》を見るように私の目に映った。瀕死の寿美の姿がだんだんと遠退いて行き、おぼろげにかすみはじめた。それはいつしか、形の曖昧な遠景と化してしまったが、暫くすると突然、その一部の拡大図が鮮明に映り出した。枯草まじりの、庭の地面であった。地面には昆虫が落ちていた。昆虫の胴体が地面に吸いとられ、羽根がはらりと落ちた。羽根は風に揺られ、散らばって飛び立ち、いずことなく消え去っていった。気がついて見ると、もうそこには昆虫の胴体も何もなく、地面だけがあっけなく鎮まり返っていた。

寿美の死もそれと同様、ごくありふれた自然現象の一部だという実感があった。

今このときも、私の耳目に触れぬところで、多くの生きものが消えつつある。いや、消えつづけるだけではなく、ひっきりなしに現われつづけてもいる。何ものかの力によって、生かされてはまた殺されてゆく。その度に、人間は喜んだり悲しんだりしている。人間の意志の届かぬ何ものかの手によって、人間は翻弄されつづけていた。人間も獣も虫も、変りがない。

私はいつのまにか、自分にそんなことを言い聞かせて、あきらめを求めていた。

夜、子供たちとテレビの「紅白歌合戦」を見ていると、郁太郎先生から電話がかかってきた。

「病院へ来てやってくれないかな。とても寂しそうで、気の毒だよ。大晦日ってものは、病人にとって、特に寂しいものなんだ。可哀そうだよ」

私は亀田総合病院へ行った。廊下を歩いて行くと、あちこちの病室からテレビの歌声が聞えてきた。病室に入ると、私をみとめた寿美は急に嗚咽しはじめた。私がベッドに近づくと、寿美はとりすがるように手を差しのべた。

私は寿美の手を握った。寿美は私の手に顔をこすりつけながら、いっそう嗚咽しつづけた。

「心細いのか」

寿美は私の手に顔をこすりつけたまま、二、三回、頷いた。寿美の全身は震えつづけていた。それは嗚咽のためではなく、恐怖のわななきであった。なんと言って慰めていいのか分らず、私の胸は悶《もだ》えつづけた。叫びたかった。いや、叫んだ。

「大丈夫だよ。おれがついてるんだから、安心しろ！」

空虚な叫びであった。その空虚を補うように、私は寿美の手を強く握りしめつづけた。が、それは思いがけない効果があった。寿美も強く握り返しながら、追々と安心した子供のようにしゃくり上げはじめた。私は片手で寿美の肩を撫でた。寿美は泣きやめながら、私を見上げて言った。

「もう大丈夫」

「ひと晩中、一緒にここにいるから、安心しろよ」

「ほんと？」

「ほんとだよ」

「ありがとう」

と言って、寿美は私の手を握りしめ、涙に濡れた顔をこすりつけながら、また嗚咽しはじめた。

「おい、もう泣くのはよせよ」

と私はわざと笑いながら言った。

寿美は私の手にこすりつけた顔を何度か頷き返して見せ、大きな溜息を一つついてから泣きやんだ。やがて、寿美は私の手を離しながら言った。

「文や啓坊たち、なにしてます？」

「紅白歌合戦を見てるよ。おれたちも、見ようか」

私はベッドからはなれ、テレビのスイッチをひねり、椅子に腰かけた。煙草をふかしながら、テレビを見ていたが、一向に興が乗らない。寿美を見ると、ぐたりとして目を閉じている。私は重苦しい溜息をつきながら、テレビの歌声の中で寂寞《せきばく》に包まれていた。

「啓坊さん」

と寿美が呼び、私はふり返った。

「もう帰っていいわ」

「どうして？」

「文や啓坊が心配すると、いけないわ」

「でも、お前、大丈夫か」

「大丈夫。啓坊さんの顔見たら、すっかり安心しちゃった。ほんとに、帰って」

私は寿美のそばにいつまでもいてやるべきだと思いながらも、この重苦しい病室から逃げ去りたい気持の方が強かった。

翌日、雑煮を食べてから、私は文と一緒に病院へ行った。ナース・ステーションの前を通りかかると、机に向って書類に目を通している郁太郎先生の姿が見えた。私は文を先に病室へやり、ナース・ステーションに寄った。

「最初のとき、年が越せるか越せないかだって、郁太郎先生が言ったけど、その通りになっちゃったね。あと、どのくらい、持つ?」

「さあ?……とにかく、あんなふうになっちゃうと、もの凄く早いんだよ。ばたばたっと、いっちゃう。今日は腹水を取るよ。寿命をちぢめるけど、苦しそうだからね」

「こうなったら、苦痛を除去することにだけ、専念してもらいたいよ。それから、面会謝絶にした方がいいと思うんだけど……」

「その方がいい。あとで看護婦に言っておくよ」

病室へ行くと、寿美は目を閉じていた。うつらうつらしているようであった。文が私に近寄って来て、耳元にささやいた。

「お母さん、大丈夫なの?」

「大丈夫だよ」

「でも、お母さん、唇の色まで灰色になっちゃったじゃないの」

「お前が心配しなくてもいい。いま郁太郎先生に会って来たけど、今日、腹水を取るそうだ。そうすると、また快くなるって言ってたよ」

「そう。それなら、いいけど……」

と言いながら、文の顔から不安の色は消えなかった。

私はテレビのスイッチをひねった。音を小さくしてから、私は椅子に坐り、煙草をふかしながら、テレビを眺めた。ときどき、寿美をふり返るが、目を閉じたまま動かない。一瞬、どきりとしながら、突飛な不安にもかられた。わざと大きな声で言った。

「文。グレープ・フルーツか何か、持って来い」

「はい」

と言って文が立ち上ると、寿美は目を開いて私の方を眺めた。

「寝てたのかい?」

寿美は黙ったまま、如何にもだるそうな顔でかすかに頷いて見せた。

「そうか。ゆっくり寝た方がいい。テレビ、うるさいか。消そうか」

寿美は再び目を閉じながら、かすかに首を横に振った。

一時間余り経った頃、家から電話がかかってきて、教え子たちが年賀の挨拶に来たという。

家へ帰って、相手をしていると、政夫さんから電話がかかってきた。

「お寿美さん、どう?」

「いよいよ、いけなくなってきたよ」

「おれ、聞いた話なんだけど、サワガニの生きたのをつぶして、それに胡麻を混ぜてねったのを臍に貼りつけると、癌に効くっていうんだけどさ、どうだろう。やってみないか。もの凄く効くっていうんだよ」

「サワガニは、この辺にいるかしら？」

「清澄山あたりに、いるんじゃないかな。とにかく、サワガニを探して、やってみたらどう？ 今までにやったことがないものなんだから、案外、効くか分らない。とにかく、あきらめちゃあ、駄目だよ」

「そうだね。やるだけ、やってみよう」

私は政夫さんによって、ゆり動かされ、眠りから覚めたような気持を感じた。坂本の長兄に電話をかけてみると、すぐサワガニを探しに行くという。そして、一時間余りも経つと、数十匹のサワガニを持って来た。今日は腹水を取るというので、明日に備えてサワガニを盥《たらい》の中へ放して生かしておいた。

翌日、サワガニと胡麻を混ぜて摺りつぶした薬を持って、文と一緒に病院へ行った。寿美は相変らず目を閉じて、ぐたりとしていた。私は寿美に声をかけ、肝臓の特効薬だと言って、持参の薬を文に貼りつけさせた。寿美は億劫そうな顔をしながらも、文の為《な》すがままに任せていた。

「昨日は腹水を取るのに、長い時間が掛ったもので、凄く疲れたわ。おなかは楽になったけど、猛烈にだるくって……」

と言いながら、寿美は目も開けていられないように眼蓋《まぶた》を閉じた。

その夜、文が病院から帰って来ると、私に言った。

「お父さん。サワガニの薬、やめた方がいいんじゃない？　あの薬、夕方頃になったら、もの凄く臭くなってきて、お母さん、せっかく少し食べた物も吐いちゃうのよ。お母さん、少しでも食べようと思って、もの凄い努力してるの。自分で食べたいものを考えてはわたしに塩むすびをつくらしたり、トマトを買って来さしたりして、目をつぶりながら無理矢理に食べてるの」

私は寿美を助けたい思いで、胸が熱くなってきた。思いだけは熱烈だが、それに反してよい知恵は一向に浮ばない。いや、浮ぶ筈がない、とは知りながらも、何か打開の方法を考えずにはいられなかった。

毎日、病院へ行く度に、気息奄々とした寿美の様子を見ながら、あせる気持を押えては無理な知恵をしぼりつづけた。その結果、私はもう一度、医者を疑ってみるよりほか手がないと思った。具体的に言うならば、寿美のあの奇跡的な回復に呉羽化学の薬の効果は全くなかったのか、ということである。単に腹水を取っただけで、あのような回復が見られるものであろうか。寿美ほどの回復は、久保先生でさえ生れて初めて見る例だという。久保先生は今までに数え切れぬほど、患者から腹水を取ったであろう。が、寿美のような回復は一度も見たことがなかったわけである。

そう考えてみると、呉羽化学の薬の効果が全くなかったとは思えない。やはり、相当な効果があったと考えたい。そこで思い出すのは、薬というものはだんだんと効かなくなってくると言った、木村の言葉である。薬の量を増やしてみたら、どうであろうか。

第一、呉羽化学がきめた一日の薬の分量は、動物実験から割り出した数量である。動物と人間とでは、常識外の相違があるのではないか。私はときどき、犬に薬を与えていることで、それがよく分る。犬が嘔吐し下痢をし、食欲不振に陥ったとき、胃腸薬を四、五錠、与えただけで、けろりと直ってしまう。人間が嘔吐し下痢をしたとき、家庭の胃腸薬では到底直らない。そういうことからも、実験動物から割り出した呉羽化学の薬の量には大いに疑問がある。

私は今までの倍ずつ飲ませることにして、呉羽化学研究所の薬担当の上野副所長に電話をかけ、了解を求めた。上野さんは薬の製作が需要に追いつかずに困ったような口ぶりだったので、私は英子ねえさんにも電話をかけ、槙田さんから呉羽化学の社長に交渉してくれるようたのんだ。一月六日のことであった。

が、寿美は薬を飲むのが、苦痛らしい。飲んでも屢々吐くと文が言うので、私は強く言った。

「この薬だけは、どんなに苦しくても飲め。口を押えてでも絶対に吐くな。いいか。分ったか」

寿美は苦しげに涙を浮べながらも、頷き返して見せた。私は寿美の額を撫で、乱れ毛をかき上げてやった。

そんなとき、眼鏡をかけた中年の女が扉を開けて入って来た。私の顔を見ると、あわてて視線をそらしたが、妙に図々しく笑って見せながら、その場をうろついた。私は咎め立てた。

「あんた、誰？　面会謝絶の札が出てるだろう？」

「ＰＴＡの者ですよ。どんな様子かと思って……」

と言い、なお図々しく笑いながら、興味本位の眼差で寿美の方を眺めた。

「さっさと出て行け！　非常識な奴だ……！」

と私はがまん出来ずに呶鳴りつけた。

「五郎作で様子を見て来いって、言われたからよう」

とまだ出て行こうとしない。

「なんでもいいから、出て行け！」

と私が思わず立ち上ると、ようやく恐れを為して出て行った。

「五郎作」というのは、土地の造り酒屋の屋号である。そういう有力者の名を出せば、それですむと思っているらしい。田舎者の無知と図々しさと弥次馬根性に、私はいつまでも腹が立ってならなかった。

この女だけではなく、田舎には「面会謝絶」の指示を無視する者が多い。せっかく見舞いに来たのに、その行為を知られずに帰るのが厭で、無視する者がほとんどである。なかには、自分だけは特別に親しい間柄なので、肉親並みだと思いこみ、無視してしまう者もいる。ときには、面会謝絶を無視することの非常識を百も承知だという態度を示しながら、あえて病室に入って来る者もいた。陽気に振舞って見せ、そのことで寿美の不安をとり除き、元気づけたつもりで得々としているのであるが、これほど腹の立つこともない。寿美はもはや、私と子供と恵美ちゃん以外は、同胞の見舞いを受けることさえ、苦痛なのであった。

親切ごかしに、おきみさんをそそのかす者もいた。

「奥谷《おくやつ》のお社が、とても霊験あらたかだって聞いてきたのよ。わたしも寿美さんを助けたい一心なの。ね、一度、奥谷へお参りに行って来て」

寿美を助けたい一心ならば、黙って本人が拝みに行けばよいのである。おきみさんがパーマネントの仕事の時間をさき、とんだ山奥まで拝みに行くのを見て、いい気分になっている。本人はそれで恩を着せたつもりでいるのだから、これほどまた腹立たしいこともない。

薬を倍にしてから三日目、槇田さんから電話がかかってきた。

「薬のことは、呉羽化学の社長にたのんでおいたから、心配しなくてもいい。それよりも、うちの病院の院長がそっちの病院に電話をかけて様子を聞いたところ、腹水の細胞検査をしなかったっていうじゃないか。つまり、管理状態が杜撰《ずさん》だということになるが、この際、思い切って東京のがんセンターあたりへ入院さしたら、どうだ?」

「いや、亀田さんほど親切にしてくれる病院はないからね」

「しかし、管理が杜撰じゃ困るじゃないか」

「腹水を取ったのは元旦のことだったし、いろいろと無理のない点があるんですよ」

「まあ、あんたがそう言うんなら、仕方がないけど……」

と槇田さんは不満というよりも腹立たしげに言って電話を切った。

私に対して腹を立てる槇田さんは、実にありがたい。が、腹水の細胞検査を怠った郁太郎先生を、私は全然責める気がしなかった。

医者の中で郁太郎先生ほど、寿美の回復を親身になって喜んでくれた者はいない。それだけに、再び悪化したとき、ショックが大きく、私と同様、一種の虚脱状態に陥っていて、もはや何をする意欲も湧かなかった。第一、唇まで灰色になってしまった寿美を見れば、今更腹水を検査したところで、それは単なる学問にすぎず、治療のてだてには何の関係もないのである。学問を捨てて、今や寿美の苦痛の除去に専念してくれる郁太郎先生は、私にとって何よりも有難い医者なのであった。

呉羽化学の薬を倍量にしてから五日目の朝、思いがけなくも寿美から電話がかかってきた。

「今日は朝から、急に気分が爽快なんですよ。どうしたんでしょうね」

と寿美は、声にも元気があった。

「朝ごはんも、おいしくてね。自分でも、びっくりしているの」

「すぐそっちへ行く」

私は電話を切るなり、今度はすぐタクシー会社のダイヤルを回した。タクシーが来るまで、まどろっこしくてならない。玄関を出て、タクシーを待ちうけた。

病室へ入って、寿美の顔を見るなり、私は驚いて立ち竦《すく》んだ。これが昨日までの寿美とは、どうしても信じられない。唇は赤く、頰にも血の気がさしていた。かったるそうに閉じていた目をはっきりと開いて、私を見返しながら、寿美は笑いかけた。

「さっき、グレープ・フルーツを食べたら、うまいのに驚いちゃった。急に悪くなったり、快くなったり、全く変な病気ですね」

「いや、全く驚いたな」

と言いながら、私は喜びがこみ上げてきて胸がいっぱいになった。

「さっき、郁太郎先生がまた腹水を取る用意をして、看護婦さんと一緒に来たんだけど、わたしの顔を見るなり、驚いて急に腹水を取るのやめちゃったわ」

「おれ、ちょっと郁太郎先生に会って来るよ」

私が病室から廊下に出ると、偶然、郁太郎先生が向うから歩いて来た。私の姿を認めると、手招きしてから、ナース・ステーションに入って行った。机をはさんで差向いに坐ると、郁太郎先生はお手あげだという表情で笑いながら言った。

「突然、今朝からがらりと快くなってきちゃったよ。いや、全く振りまわされちゃうなあ。僕には全然、分んないや」

「いや、おれもいま見て、嘘みたいに元気なんで、ほんとに驚いちゃった。やっぱり呉羽化学の薬のせいじゃないのかな。最初のときも、薬を飲みはじめてから、五、六日目で、急に快くなってきたからね」

「まだ、なんとも言えないけど、とにかく、不思議だよ。奇々怪々とは、まさにこのことだよ」

と郁太郎先生は分らないというふうに頭を左右に振って見せながら、声を上げて笑った。

翌日、寿美はさらに元気になった。私が行くと、ベッドから起きて茶を入れようとした。私は叱りながら、どうしても嘘のような気がしてならなかった。

その次の日、呉羽化学研究所副所長の上野さんと所員の吉国さんが、寿美の様子を聞きにわが家に来た。上野さんは四十歳すぎの農学博士であって、医者ではなかった。私が黒い柄の茸の煎じ薬の効力について話すと、上野さんはそれをノートに書き取り、黒い柄の茸の略図も描き、研究資料とした。上野さんは呉羽化学の薬の効果について事例を挙げて説明し、またカワラタケを精製する苦労話もした。上野さんは学者に似ず、話術の巧みな人であった。上野さんの話を聞いていると、私はもう大船に乗ったような気になった。

「つかぬことを伺いますが、あの薬、一本つくるのにいくらぐらいお金が掛るんですか？」

と私は上野さんに訊いてみた。

「そうですねえ?……何から何まで計算すると、今のところ、一本、一万円くらいにつくんじゃないでしょうか。いずれは千円か千五百円くらいで、販売出来るようになると思いますが……」

……！」

「一万円……！　すると、うちの女房は毎日、二万円ずつ飲んでいることになるわけか」

「まあ、そうです」

と上野さんは笑いながら、

「日本鋼管にはうちの会社も弱いんですよ。うちの製品を買っていただいてますからね。日本鋼管の社長から、二本ずつくれと言われれば、無理してそうするより仕方がありません」

槇田さんは呉羽化学に対して強い立場であるだけに、無理強いするようで、請求が却ってつらかったであろう。

私は上野さんと吉国さんを案内して亀田総合病院に行き、郁太郎先生を紹介した。九階の喫茶室で紅茶を飲みながら、郁太郎先生が上野さんに言った。

「僕もあの薬、使ってみたいな。うちにも何人か癌患者がいますからね」

「何とかいたしましょう」

「あの薬には、今のところ、副作用が全くない。そういう抗癌剤は珍しい」

私は郁太郎先生と上野さんの会話を聞きながら、浮き浮きとして東京へ行って遊びたくなってきた。

寿美が快方に向ってから三日目の朝も、私はいつものように電話をかけた。

「調子はどうだ?」

「相変らずいい調子。今日は波しぶきがもの凄いわ。素敵よ。あとで、見に来ない」

そう言っているところをみると、寿美はベッドから起き出して、窓辺から海を眺めたわけである。三日前までは、身動きひとつ出来なかった寿美であった。狐につままれた気持とは、このことであろう。なんだか、却って気持が悪かった。不思議な生きものを見るような気さえする。常識では計れない、生きものの不思議というべきか。しかし、喜んでばかりはいられなかった。いつまた、突如として悪化するか知れないのである。

その翌日もまた、私は起きるとすぐに電話をかけた。

「今日は昨日より、もっと波が凄いよ。病院の窓の方まで、まっ白にしぶきが立ちこめちゃって、そりゃあ、凄いから。時化《しけ》ですね」

「そんなことは、どうでもいいよ」

と私は苛立たしさの伴った喜びを感じながら、やはりはっきりと確かめないと気がすまなかった。

「それより、お前の調子はどうなんだ?」

「おなかが減っちゃって、どうしようもないんですよ。啓坊さんが来るとき、稲荷寿司と海苔巻を持って来てくれないかな」

寿美の言う通り、時化であった。雨まじりの強風が吹きまくり、空はまっ暗になっていた。書斎のガラス戸から見えるものと言えば、風に吹き倒されそうな庭先の樹木だけで、その向うは暗黒一色であった。

昼食後、仕事の途中で私が原稿用紙から顔を上げると、暗黒の空の一部に突然、白い煙のようなものが拡がっていた。白い煙は拡がりつづけながら、追々とこちらの方へ近づいてきた。

私は異変を感じた。

「恵美ちゃん」

と呼びながら立ち上り、私はリビングルームの方へ行った。

「なんですか？」

と台所で海苔巻をつくっていた恵美ちゃんが、私をふり向いた。

「あれを見てみろ。あれ、いったい何だ？」

と私はリビングルームのガラス戸に近寄りながら、暗黒の空の白い煙を指差した。

「なんだろう……？」

と恵美ちゃんは私の傍に来て怯《おび》えたような声を出した。

白い煙は暗黒の空いっぱいに拡がりながら、ぐんぐんとわが家の方へ近づいて来る。今や白い煙に覆われて、暗黒の空がかき消えてしまうのではないかと思われた頃、ようやくその正体が分った。

「鷗《かもめ》だ……！　鷗が海から逃げて来たんだ」

「凄いですね」

鷗と分っても、気味が悪かった。凄まじいばかりの大群であって、その一部はわが家の前の堰に次々と舞い下りた。堰が鷗だらけになり、まっ白になった。付近の堰という堰に、鷗の大群は次々に避難しているのであろう。

「いったい、どこから来たんだろう?」

「ほんとですね。この頃、港へ行っても、鷗なんかほとんど見ないのにね」

「よっぽど沖から、逃げて来たんだろうな。それにしても、こんな鷗の大群、やっぱり不思議だよ。なんだか、気味が悪い」

「厭ですね。奥さん、大丈夫かしら?」

「おい、変なこと言うなよ」

と笑いながら恵美ちゃんをふり向いたが、実は私もそれが気になっていた。

「恵美ちゃん、ちょっと病院へ電話をかけてみろ」

「旦那さん、かけないんですか」

「恵美ちゃん、かけてくれ」

「奥さんに、なんて言うんですか」

「そうだな?……どのくらい、海苔巻を持ってったらいいかって、訊いてみろよ」

恵美ちゃんは寿美に電話をかけたが、間もなく笑い出しながら、私をふり向いて言った。

「幾つでもいいから、なるべく早く持って来てくれだって」

私も笑い出しながら、恵美ちゃんと電話を替った。

この異変は、吉凶いずれの兆か。その思いは尾を引くようにして、いつまでも私から消えぬようであった。

七章

十一月初旬、寿美は呉羽化学の薬の効力で快方に向ったが、十二月下旬になって悪化した。薬の有効期間は、約一箇月半ということになる。今度、快方に向ったのが一月初旬であるから、二月下旬を一応の目処と見てよかった。

日が経つにつれて、私は居たたまれぬような気持に苛まれたが、無事に二月はすぎた。いや、三月一日の午後、郁太郎先生の許可が出て、寿美はちょっと家に帰って来た。玄関先でタクシーを下りると、ガウン姿の寿美はそのまま庭に廻って暫く歩いた。

犬舎に近寄り、犬どもを呼んだ。犬が金網に前肢《まえあし》をかけて立ち上り、鳴きながら尻尾を振ると、寿美は喜んで涙ぐんだ。プール際にしゃがみこみ、コンクリートの縁を手でたたくと、金魚が寄って来た。垣根に咲いた無数の紅薔薇を愉しそうに眺めながら、庭を一巡すると、家の中に入った。

「やっぱり、うちはいいなあ。早く、退院したいなあ……！」

と寿美はリビングルームのソファーに坐りながら、私をふり向いた。

「冗談じゃないよ」

と私は一笑に付した。

寿美にはまだ話していないが、私は郁太郎先生から手術をするよう再びすすめられ、迷っている最中であった。

今度は一箇月半をすぎても、寿美は悪化しない。呉羽化学の薬を倍増したので、癌の息の根が絶えたのかも知れなかった。いや、この前は一箇月半だったが、今度はその倍の三箇月も経つと、再び悪化するかも知れない。

寿美は体重も排尿も順調に回復していたが、この前のときより顔色が冴えなかった。顔色に赤みはあっても、輝きがない。肌に艶がないのである。

寿美は三時間ほど家にいて、病院へ戻って行った。一日置いて、寿美はまた帰って来た。天気さえよければ、毎日でも来るという。

活動して体力の増進を計るのが、郁太郎先生の方針であったが、何か急激すぎるようで、私は気になった。電話で、市村先生の意見を訊いてみた。

「わたしも、家に帰ることには、賛成ですね。退院しても、いいんじゃないかと思っています。文ちゃんや啓ちゃんと一緒に、暮さしてあげたいですね」

私はちょっと黙りこんだ。どうも市村先生は寿美が再び悪化するものと思いこみ、束の間の倖《しあわ》せを願っての意見のようであった。私は厭な気分を感じながら、改めて訊いた。

「寿美の奴、この前に快くなったときと比べてみて、どうですか?」

「この前ほど、快くなっていませんね」

「実は、郁太郎先生がまた、手術をした方がいいって言ってるんだけど、どうかしら?」

「わたしは自分の女房だったら、絶対に手術します」

と市村先生はいつになく断乎たる口調で言った。

「先生。思い切って、手術をしたら、どうですか。奥さんの場合は不思議な症状なんですから、案外、手術してみたら、さほどに悪性のものではなかったという結果が出るかも知れません。この際、手術をした方がいいですよ」

「よく考えてみます」

と言って、私は電話を切った。

私は亀田総合病院へ行き、郁太郎先生に会った。

「市村先生はこの前に比べて、今度の方が快くなっていないって言うんだけど、婦人科の矢田先生は何て言ってる?」

「この前のときはほとんど触れるものがなかったけど、今度はかなり大きい腫《は》れものがあって、なかなか小さくならないそうだよ」

久保先生が去年来たとき、矢田先生は若いが内診の正確な優秀な医者だと言っていたので、それ以来、私は殊更その意見が気になった。もっとも、それまでも郁太郎先生は矢田先生の意見を聞いた上で、私に対処しているのであるから、実質的には変りがない。しかし、私は念を入れて訊いた。

「矢田先生も手術をした方がいいって、言ってるのかい?」

「もちろんだよ」

私は郁太郎先生と別れて、寿美の病室に向ったが、まだ迷っていた。結局、寿美自身の意志に任せるよりほか仕方がないと思った。

「郁太郎先生も市村先生も、この際、手術した方がいいって言ってるんだけど、どうする? お前、手術は厭か?」

「そんなことないよ。わたしは医者がいいって言うことなら、手術でも何でもするよ。わたし、まだよっぽど悪いの?」

「そうじゃない。もうひとつ、どうしてもはっきりしないから、やっぱり手術した方がいいんじゃないかっていう意見なんだよ」

「手術して、さっぱりしちゃった方がいいよ。日によって、ときどき顔色の悪いことがあるんで、わたしも気にしていたところだし……」

「お前がその気なら、木村の意見も聞いた上で、手術することにしよう」

と言いながら、私は内心、意見を聞くまでもなく、木村は手術に賛成するものと確信していた。

私は帰宅すると、呉羽化学研究所副所長の上野さんの意見も聞いた方がよいと思い、電話をかけた。上野さんは所員その他と相談した上で返事すると言い、翌日の午後、電話をかけてきた。

「さきほど、わたしとうちの社長、それに日本鋼管の槇田社長もまじえて相談したのですが、この際、手術をしていただいた方がいいのではないか、ということになりました。もちろん、これはあくまでも当方の意見でして、取捨選択は近藤先生にお任せするわけですから、その点、何分ともよろしくお願いします」

電話を切ると、私は一応、友人たちの意見も訊いてみた。やはり、薬だけにたよっていて悪化したのだから、今度は手術も止むを得まい、という意見が圧倒的であった。

私は最後に小田病院へ行き、院長の意見を訊いた。

「そりゃ、手術をしなければいけないよ。東二へ行って、久保先生に手術してもらった方がいい」

「東二へ行かなきゃあ、いけないのかな。久保先生にこっちへ来てもらって、亀田病院で手術してもらっちゃあ、いけないかしら?」

「なるべくなら、東二へ行って、久保先生の使い馴れている助手、設備、道具と万全の態勢でやることが、いちばんいい」

「それは確かに、その通りだけどねえ……」

と言いながら、私は郁太郎先生の顔が目先にちらついてならなかった。

国立東京第二病院で手術するとしたならば、郁太郎先生は縁の下の力持ちだけで終ってしまう。寿美のためにいちばん苦労している郁太郎先生が、医者として何よりも興味ある手術に立ち会えない。あまりにも郁太郎先生に対しても、亀田総合病院に対しても申訳なかった。私は仮に自分が病人だったならば、義理の方を立てて亀田総合病院で手術するだろうと思った。

「でも、亀田さんに悪いなあ……」

「それはその通りだけど、何よりも大事なのは、病人なんだよ。病人に最高の手術を施すこと。そのためには、ある程度の不義理も止むを得ない。ぼくはそう思うよ」

「それは、よく分っているけどさ」

「第一、久保先生がまたわざわざ鴨川まで来てくれるかどうか、それも問題だよ」

「いや、全く」

と私は久保先生に対して失礼していることを思い出した。

「情理を尽して話せば、亀田さんだって、そんなに機嫌を悪くしないと思うよ」

小田院長のその言葉に励まされて、私は決心した。時が経つと、決心の鈍る恐れがあるので、私はその足で亀田総合病院へ行き、先ず郁太郎先生に会った。

「手術することに決心したけど、手術は東二でやりたいんだ」

「東二でね……」

と言いながら、郁太郎先生は平静な表情を示そうと努力しているようであった。

「申訳ない」

と私は頭を下げたが、顔中から急に汗が流れ出すのを感じた。

「いや、いいんだよ」

と郁太郎先生は無理に笑って見せた。

「久保先生にこっちへ来て手術してもらいたかったんだけど、全然、ひまがないって言うんだ」

と私は苦し紛れに嘘をついた。

郁太郎先生は黙ったまま、煙草に火をつけた。私も煙草に火をつけて一服吸ったが、すぐ灰皿に捨てた。

「おれ、これから俊孝先生のところへも行って、話して来るよ」

「ぼくも一緒に行こう」

と言って、郁太郎先生も立ち上った。

院長の応接室へ行き、俊孝先生に会った。

「手術することに、決心したそうだよ」

と郁太郎先生が俊孝先生に向って言った。

「東二で、手術するって言うんだ。久保先生にこっちへ来てもらいたいんだけど、全然ひまがなくって駄目なんだそうだよ」

「そうか……」

と言ったまま、俊孝先生は釈然としない表情で煙草に火をつけた。

「いや、全く申訳ない」

と私は俊孝先生に向って改めて頭を下げながら、再び顔から汗が流れ出すのを感じた。

「郁太郎先生に縁の下の力持ちばかりやってもらって、あんまり勝手すぎて、何と言っていいのか……」

「そんなことはないよ」

と俊孝先生は急にあっさりと機嫌を直した。

「病人に出来るだけのことをしてあげるのが、いちばんいいことなんだ。郁太郎先生や矢田先生は残念だろうけど、仕方がないよ」

「いや、郁太郎先生にだけじゃなく、俊孝先生を初め亀田病院に対しても、全く申訳ない。大変な好意をいただきながら、その好意を無にするようで……」

「そんなに気にしなくても、いいんだよ。いいんだよ」

と俊孝先生は片手を振って私の言葉を遮《さえぎ》るようにしながら、むしろ照れ臭そうに笑って見せた。

私は思わず大きな吐息をついた。大きな荷物を肩から下ろした気分とは、このことであろう。

私は煙草に火をつけると、暫く安堵感にひたっていた。

帰宅すると、私は酒を飲んだ。少し酔ってくると、相手が欲しくなってきた。そんなとき、館山の岩堀さんが現われた。こんな良い相手も、また珍しい。

岩堀さんは従業員五、六十人の鉄工所の経営者で、私より二十歳も年下だが、犬の仲間でいちばん仲が良い。岩堀さんは今までに何回となく見舞いに来てくれている。見舞いの言葉は少なく、酒を飲みながら、犬の話ばかりして帰るのである。それが、私にとっては何よりも有難い。寿美の病気を忘れさせてくれることといえば、東京での麻雀と岩堀さんとの犬の話だけであった。

「先週の日曜日、岡山へ行って、仔犬を見て来ましたよ。一匹、気性も顔もボディも、ずばぬけていい奴がいた。ところが、逆耳《ぎゃくみみ》なんだ」

「逆耳か。この頃、四国犬には、逆耳が多いな。その替り、紀州犬には、胸のせまい奴が多いし、肘《ひじ》つきも悪い」

「肘つきは、四国犬も悪いですよ。肘のひけた、胸の深い、頭の鉢が大きく割れた、ばりっとした差尾《さしお》の犬、そんな奴、どこかにいないかな」

「いや、全くだ」

一般の人が聞けば愚にもつかぬことを、夢中になって延々と話しつづけている。愚にもつかぬことだけに却って純粋に熱中出来るのが、趣味というものであろう。

翌日、国立東京第二病院の木村に電話をかけた結果、四日後の三月十四日に寿美は入院することになった。

十四日の夜明け、私は恵美ちゃんを連れて、亀田総合病院へ行った。早朝に出発しないと、京葉道路が混雑するからである。郁太郎先生、それに博行先生夫人と寿美の教え子だったお嬢さんが、見送りに来てくれた。まだ薄暗い頃の見送りであった。

私は仕事の都合で上京出来ず、寿美ひとりで国立東京第二病院へ入院するわけだが、木村がすべて承知してくれているので、心配はなかった。

昼前、寿美から電話がかかってきた。

「十時前に着いたんだけど、自動車にゆられて胸が悪かったもんだから、今まで寝ていたの」

と言ったが、寿美の声は元気であった。

「暫く、静かにしていた方がいい。夕方、こっちから、電話するよ」

と言い、私は病室の内線番号を聞いてから、電話を切った。

五時前、私は寿美に電話をかけた。入院のどさくさ紛れに、ひょっとしたら呉羽化学の薬を飲み忘れているといけない、と気がついて私は言った。

「茶色い薬、忘れずに飲んだろうね」

「飲んでないわ」

「どうして？」

「だって、看護婦さんが持って来ないもの」

「看護婦が忘れてるんだよ。すぐに持って来てもらって、飲めよ」

「だけど、久保先生が昼すぎに来て下さったとき、亀田病院からのカルテその他もみんな見て、すべて承知しているから安心しなさいって、言ってらしたもの。あの薬、飲まなくっても、いいことになったんじゃないの？」

「冗談じゃない。そんな馬鹿なことがあるか。すぐ看護婦に持って来させて、飲め……！」

「啓坊さんがそんなこと言ったって、病院で必要だと思ったら、持って来る筈じゃありませんか。ラシックスや何かは、みんな飲んだもの。久保先生がすべて承知しているって言ってるんだもの、啓坊さんがよけいな心配する必要ないよ」

「馬鹿！」

と呶鳴りながら、私はついとんでもないことを口走りそうになった。

間一髪、その言葉を飲みこんだが、狼狽で胸が激しく鳴った。

「馬鹿！」と呶鳴ってから、「あの薬のおかげで、お前の癌は助かってるんだぞ！」とつづけそうになったのであった。

「よけいな心配とは、いったい何だ！　文句を言わずに、忘れてるんじゃないかって、訊いてみろ。今、すぐだ。そして、その結果も、お前の方から報告しろ。分ったか……！」

「分りましたよ」

寿美は私に呶鳴られて腹立たしげな口調で言った。が、十分ほどして折返し電話をかけてきたとき、寿美は照れ臭そうな調子であった。

「ごめんなさい。やっぱり、看護婦さんが忘れていたんだって。久保先生に叱られちゃうって、舌べろ出してたわ」

「それ見ろ。馬鹿野郎！」

「だから、ごめんなさいって言ってるじゃないの」

「最初から、つべこべ言わずに、おれの言うことを聞けばいいんだ。馬鹿野郎！」

「馬鹿野郎、馬鹿野郎って、そんなに怒らなくったって、いいじゃないの」

と寿美は少し涙声になった。

「こっちが心配してるのに、お前が生意気なことを言うからだ。それより、あの薬、さっそく飲んだろうな？」

「今、ちゃんと飲みましたよ。だけど、啓坊さんはあの薬のことになると、何故そんなにむきになるの？」

瞬間、私は言葉が咽喉に詰ったが、必死になって言訳を考えながら言った。

「……別に、あの薬っていうわけじゃないよ。薬は何だって、飲むのを忘れていれば、ろくなことはない。特に、あの薬は肝臓に凄く効くって、郁太郎先生が言っていたからさ。事実、この正月だって、あの薬を二本にしたら、急に快くなったこと、お前だって知ってるじゃないか」

「そりゃ、そうだけどさあ……」

と寿美が言っているところへ、ちょうど文が帰って来た。

「今、文が学校から帰って来た。電話に出たいっていうから、替るよ」

「あら、そう」

寿美が急に嬉しそうな声を出したので、私はほっとしながら、文に受話器を渡した。文が電話を切ると、私は言った。

「お前、着替えたら、ちょっとお父さんの部屋へ来い」

私は寿美の病気を文に打明けようと思っていた。田舎町のことなので、今や寿美の癌を知っている人が多い。学校の友達などから、文も寿美が癌だと屢々聞かされている。文は噂の真偽を問いかけたいような素振りを示すことがあったが、その都度、私は逃げていた。私が逃げる度に、文は噂が真実だと確信を深めているような近頃の状況であった。

「文ちゃんは知ってるようですよ。わたし、いつまでも嘘ついてるのが、何だか文ちゃんに悪いみたい」

と恵美ちゃんも私に言っていた。

手術の結果は、予断を許さない。手術後、春休み中の文を看護につける考えでいた。この際、はっきりと打明けておいた方が、文も悔いのない看護が出来る。私はそう思ったのであった。

文が部屋に入って来て坐ると、私は煙草をふかしながら訊いた。

「お前、お母さんの病気、何だか知ってるか？」

「癌なんでしょう？」

と文は声をひそめながら、肉親特有の外聞をはばかるような表情で言った。

「お前、なんで知ってた？」

「だって、みんなが言ってるもの。それに、お父さんの心配のし方が、ふつうじゃないしさ。

白髪がもの凄く増えちゃったじゃないの」

確かに、私の髪の毛は目立って白くなっていた。

「お母さん、何癌なの？」

「卵巣癌だ。ふつうなら、去年のうちに死んでいたんだよ」

私はひと通り説明してから、訊いてみた。

「啓坊は、知ってるのかい？」

「さあ……？　でも、大体知ってるんじゃないの」

「でも、啓坊には、まだ黙っていろ。あいつは、ちょっと幼稚なところがあるからな。そのうちに様子を見て、お父さんがゆっくり話すからね。じゃお前、もう向うへ行っていいよ」

文は想像以上に、しっかりとしていた。九分通り癌だと思っていても、はっきり打明けられれば、それ相応のショックがあるものと予想していたのだが、文の表情はほとんど変らず、落着いたものであった。

文は一見、のんびりとしているが、いざとなると、親の私が厭になるほど気の強いところがある。が、私は今、文のこの気の強さが寿美の看護に役立つに違いないと思って、ひそかに喜んでいた。文が私の重荷をいくらか分担してくれたような実感があった。

翌日、木村から電話がかかってきた。

「手術は二十一日に、きまったよ。久保先生の話では、腫れものが相当に大きくなっているそうだ。君もなるべく早く来てくれる方がいいと思うけど……」

「いや、すまん。仕事がちょうど明日、終るんだ。明後日は行けるから、それまで何分ともよろしく頼む」

大観を書くためには、多くの資料が必要である。資料を東京へ運ぶことは困難なので、わが家で書き上げなければならなかった。が、この仕事も今度の原稿で終りになる。

十七日の午後、私は土産の魚を持って上京した。野波旅館に寄ってから、国立東京第二病院へ行った。最初の入院のときは外科病棟であったが、今度は婦人科病棟であった。ひと休みしてから、魚を持って外科医長室に木村を訪ね、次に病院から約三百メートル離れた久保先生の家に行った。久保先生は留守で、夫人に玄関で挨拶をして、病院に戻って来た。

翌日、国立東京第二病院へ行くと、寿美が弾んだ調子で報告した。

「久保先生、魚をとても喜んでたわ。久しぶりで、魚らしい魚を食べたって。何度も礼を言われて、わたし、恐縮しちゃった」

「重い物を苦労して持って来た甲斐があったよ」

「ねえ、啓坊さん。久保先生には下手なお礼をするより、上京する度に魚を届けた方がいいんじゃないかしら?」

「なるほど、そうかも知れん。金よりも久保先生みたいな大家はその方が喜ばれるかも知れないな。その替り、おれは大変だ」

「ほんと。無精者の啓坊さんにとっては、お金でお礼をした方が面倒臭くなくっていいでしょうけど、久保先生はきっと魚の方を喜ぶわよ」

「その方が、誠意もあるしな。よし、分った。おっかちゃんのためなら、エンヤコラだ」

「大変だけど、そうして下さい。それから久保先生が、手術のあと暫くは文に泊りこませた方がいいって」

「手術の日は、啓坊も呼んでやるよ」

「啓坊なんか、呼ばなくっていいよ。あいつが来ると、うるさいだけで、何の役にも立たないもの。第一、大げさじゃないの。それとも、そんなに大変な手術なの?」

と寿美はふと不安そうに言った。

「いや、そうじゃない。手術のとき、ひょっとして輸血なんてことがあるかも知れないと思ってさ。そんなとき、啓坊はあの軀だもの、役に立つじゃないか」

「なるほどね」

と言ってから、寿美はふざけ半分に笑い出した。

「啓坊さんの血じゃ、あぶなくってしようがないものね」

「馬鹿野郎……!」

と言って、私も一緒に笑った。

手術の日、波ちゃんも一緒に国立東京第二病院へ行ってくれた。病院に着いて暫くすると、もう啓一郎は退屈してきて、用もないのに病室を出たり入ったりする。長椅子に腰かけると、隣りの文の膝が触れたといって小突き返し、喧嘩を吹っかける。私は啓一郎を叱った。

「全く、お前はうるさいな。ほんとに、呼ばなきゃあよかった」

「啓坊が退屈するのは、無理ないよなあ」

と寿美は啓一郎に笑いかけながら言った。

「エネルギーが余ってるんだもの。お前、身長と体重、どのくらい増えた?」

「いま、百七十五センチ、八十キロだい」

「へえ……! そんなになっちゃったの」

と寿美は驚いて見せながら、嬉しそうに啓一郎の顔を眺めつづけた。

うるさいから呼ばないでくれと寿美は言っていたが、内心は顔が見たくてならなかったらしい。

予定より一時間余り遅れて、寿美は手術室へ運ばれた。私たちは食堂へ行って飲物を飲んでから、病室に戻って待っていた。手術の時間が、長ければよい。そう私は思っていた。手術が可能ならば、時間は長びく。不可能ならば、開いた腹をすぐ閉じるだけである。そういうことを、木村から聞いていた。

ひょっとすると悪性のものではないかも知れぬというような考えは、木村も久保先生も全く持っていなかった。私がその点について訊くと、久保先生はこう言った。

「万に一つっていうことも、世の中にはあるけど、まあ、そういうことは期待しない方がいい。

正直言って、去年鴨川へ行って奥さんを診たときは、ひょっとすると誤診だったんじゃないかと疑ったけど、やはり間違いがなかった。今度はこの前診たときより、かなり悪い。手術が出来るといいが……」

久保先生も本当はやはり、誤診ではないかと思っていたのである。が、それを直ちに口に出さぬところが、年の功なのかも知れない。学問ではなく経験を楯にとって、癌の魔性を私に納得させたのも、久保先生の年の功かも知れなかった。

私は波ちゃんと雑談しながら、ときどき腕時計に目をやっていた。四十分ほど経った頃、病室のブザーが鳴り、看護婦が私に告げた。

「近藤さん。手術室の前へ行って下さい。木村先生が待っていらっしゃいます」

私は強いて平静な表情を示しながら、手術室に近づいて行った。手術に立ち会ってくれた木村が白衣姿で廊下に出て待っていたが、私に向って首を横に振って見せながら、歩み寄って来た。

「腹中、癌だらけだ。胃の方にまで、転移している。これから、君の本当の苦労が始まるよ。ああいうのは、間もなく腸閉塞《へいそく》を起して、苦しむんだ。覚悟してくれ」

「分ったよ」

「中へ入って、久保先生の意見を聞こう」

と木村は先に立って手術室へ入って行った。

久保先生と助手の矢野先生が白衣姿のまま、準備室でひと息ついていた。

「残念ながら、手術は出来なかった」

と久保先生が気の毒そうな顔で私をふり向いた。

「まあ、そこへお坐りなさい」

私が坐ると、久保先生は木村に向って相談しはじめた。

「さて、これから、どうするかだが……」

と言って間を置いてから、抗癌剤の名を次々に挙げては、木村の意見を求めた。

「いや、全然」

と言って、木村はその度に首を横に強く振るばかりであった。

「そうか、困ったな」

久保先生は木村との問答を私に見せて、引導を渡しているようであった。

「しかし、何もしないわけにはゆかない。とりあえず、ゴールドをやるか」

木村が頷き返すと、久保先生は私をふり向きながら言った。

「ゴールドっていうのは、放射性同位元素でね、それを腹の中に注射する。でも、近藤さんが何よりも頼るところは、呉羽化学の薬だね？」

「そうです」

「あれを思い切って、増やすか」

「でも、あの薬、そんなに沢山、くれるかどうか分らないんですけど……」

「わたしからも呉羽化学に話してみましょう」

と言って、久保先生は立ち上った。

私はその夜、野波旅館で啓一郎に言った。

「お前、お母さんの病気、何だか知ってるか」

「癌じゃないのかい」

「そうだ。今日の手術はうまくいったけど、何しろ癌だから、いずれお母さんはいけなくなるかも知れない。お前もこの際、覚悟しておいた方がいい」

「いつ頃、死んじゃうんだい？」

と啓一郎に平然と訊き返され、むしろ私の方があわてた。

「いや、いつ頃って、はっきりは分らないけどさ……。とにかく、お前もなるべく見舞いに行ってやらなきゃあ、いけない」

啓一郎は相変らず私を見詰めたまま、黙って頷いた。

「お前もお母さんに早く死なれて不幸だけど、もう今度は中学三年だ。世の中には、もっと不幸な小さい子供も、大勢いるんだからな」

「癌じゃあ、仕方がないよ」

と啓一郎はあっさりと言って、私を黙らしてしまった。

月並みな慰めごとを言う私が、むしろ啓一郎は煩わしそうであった。啓一郎は疾《と》うの昔に寿美が癌だと知っていて、いつのまにか覚悟をきめ、あきらめていたらしい。それにしても、思いがけない啓一郎の態度に、私は一驚した。親が思っているよりも、子供はいつのまにか成長しているのであった。

啓一郎は癌と知りながら、いつもと変らず寿美の前で駄々っ子ぶりを発揮していた。私に対しても、心配をおくびにも出さなかった。案外、啓一郎は私の無我夢中の振舞いを見て、ひそかに馬鹿にしていたのではないのか。いや、それは思いすごしであろう。ふだん啓一郎は成長期の子供らしく、目の前の興味にかまけて、心配ごとを忘れ果てている。一方、どこかに大人らしいものが育っていて、いざとなるとそこで受けとめる。啓一郎は今、わずかばかりの大人の部分にたよって、実は必死になって悲しみに耐えているのかも知れなかった。

が、そんな啓一郎にはまた、親が子を思うほどに子は親を思わぬという、人間の宿命が見られるようであった。

翌日、私は週刊誌の原稿を書き上げてから、国立東京第二病院へ行った。思いがけなくも、寿美の顔色がよい。輝きもあれば、艶もある。

「お前、馬鹿に顔色がいいね。手術がよほどうまくいったんだな」

と私は寿美に笑いかけた。

「啓坊さん。文をほめてやって下さい。ほんとに、いたれりつくせりで、よく看護してくれたわ。すっかり、見直しちゃった」

「そうか」

と私は長椅子に坐っている文をふり向いた。

「手術をしたばかりだから、おしっこをするにしろ何をするにしろ、そりゃあ、文の手伝いは大変なんですよ。でも、文は神経を細かく配って、わたしに何も不自由を感じさせないんですよ。ほんとに、感心したわ。素敵な洋服でも、買ってやって」

「文の好きなもの、何でも買ってやるよ」

「ねむいよう」

と文は照れかくしに、両手を挙げて大きな欠伸《あくび》をして見せた。

寿美は顔色だけではなく、手術したばかりの人間とは思えぬように元気であった。昨日、私は引導を渡されて覚悟したばかりであったが、またしてもあきらめ切れない感情が頭を擡《もた》げてきた。久保先生は呉羽化学の薬を思い切って増やしてみると言った。私に対する気休めであろう。が、私にとって、それは気休めではなかった。呉羽化学の薬を大量に与えることによって、一挙に解決するような気がしないでもなかった。久保先生も木村も呉羽化学の薬を使った経験がないのだという点に、私の期待が掛っていた。

その期待が、元気な寿美を見て、急にふくれ上ってきたのであった。

夜、出版社のパーティに行った。エレベーターを下りて、すぐ前の受付で私が署名をすますと、親しい編集者が近寄って来た。

「昨日、手術したそうですが、どうでした？」

「開けて、すぐに閉めちゃった。腹中、癌だらけだそうでね……」

と私が話しはじめたとき、エレベーターから文壇の大家が下りて来た。

途端に、編集者は私にかまっている余裕がなくなって、

「そりゃ、もう駄目だ」

と言うなり、小走りに大家を出迎えに行った。

私は不愉快な気分で、会場へ入って行った。編集者の立場として無理のない態度だと理解は出来ても、いささか現金すぎて私の感情にひっかかった。それ以上に、身も蓋もない言葉が、私を打ちのめした。その言葉は、あわただしい中の端的なものであるだけに、他人の冷たさがむき出しになっていた。と同時に、寿美に対する絶望が、いやというほど私に実感された。

私は丹羽さんの姿を認めると、無理に笑いながら近寄って行った。

「手術、どうやった？」

と丹羽さんは私を迎えながら言った。

「いや、それが……」

と私は片手で頭をかきながら、

「腹中、癌だらけで、腹を開けるなり、すぐに閉めちゃった。全然、手がつけられないらしいですよ」

「そうか。そら、残念やったな」
と丹羽さんは柔らかな言葉づかいと眼差で私を慰めてくれた。

が、丹羽さんのその慰めが、そのときの私にはまた絶望を感じさせた。誰からも見放された寿美が、たまらなく可哀そうになった。突然、私は丹羽さんに向って、挑むようにむきになって言った。

「でも、先生。おれはまだあきらめないよ」
丹羽さんはびっくりしたような顔で私を見返してから、黙って頷いた。

私が丹羽さんと別れて暫くすると、柴田錬三郎が声をかけてきた。

「おめえ。おかあちゃん、その後、どうだ？」
「いや、それが昨日、手術したけどさ……」
と私は柴錬さんに状況を説明した。

「そうかい。でも、おめえんとこのおかあちゃんだって、医者の予告よりは、三、四箇月、生きのびてるわけだよな。麻生なんかは正月に慶応を退院して以来、呉羽化学の薬だけしか飲んでねえけど、元気なもんだぜ。本人は何も知らねえから、この頃はペン・クラブなんかへちょいちょい顔を出してるけど、知ってるおれたちは何だか変な気分だぜ。それにしても、麻生だってほんとうなら、とっくに死んでるわけだよな」
「呉羽化学の薬がどこまで効くかは分んないけど、今までの抗癌剤にはない効力があることは、確かだと思うんだよ。でも、麻生みたいに電車に乗ってペン・クラブへなんか来ちゃあ、いけないな。東二の久保先生なんか、癌もやっぱり疲労は禁物だって言ってるもの」

「そりゃ、そうだよな。でも、麻生にほんとうのことが言えねえから、困ってるんだよ」

と柴錬さんは苦笑してから、憂鬱そうな顔で黙りこんだ。

柴錬さんは義理人情に厚い。新人の頃、麻生に世話になったということで、発病以来、援助をつづけていた。

私は三十分足らずでパーティの会場をひき揚げ、野波旅館に帰った。気心の知れた連中と麻雀をした方が、酒を飲むよりも慰められた。
三、四日経った頃、私が病院に行くと、文の姿が見えなかった。寿美が笑いながら、報告した。
「ちょっと買物に行ったわ。文の奴、昨日から、なかなか起きなくってね。呼ぶと返事はするけど、ちっとも起きやあしない。枕元の本を投げつけてやると、文句を言い言い、やっと起きるんだわ」

「お前が元気になってきたから、横着をはじめたのさ。敏感なもんだよ」

「啓坊はどうしてるかなあ。千葉の柔道の試合、三十日って言ってたけど、どうせ何か食べる目的で東京へ出て来るんでしょうね。あいつは食べることしか、考えないもの」

「来たら、ここへも来させるよ」

「いいよ。あいつはうるさいから」

と寿美は相変らず気持とは反対のことを言った。

翌々日、私が昼近くに病院へ行くと、寿美が心配そうに言った。

「木村先生が、啓坊さんが来たら、ちょっと知らしてくれって。何でしょうね？」

私はさっそく外科医長室へ行った。木村は珍しく背広姿で、回転椅子に坐って寛《くつろ》いでいた。

「君がひまだったら、一緒に昼飯でも食べに行こうと思ってさ。ここのところ、ぼくが忙しくてゆっくり話すひまもなかったからね。それに、今日午後から京都の学会へ行って、ちょっと留守にするんだよ。自由ヶ丘にわりとうまい店があるから、ちょっと行こう」

自由ヶ丘の料理屋へ行くと、木村は私の頭を眺めながら言った。

「君も大変だね。大分、白髪が増えたものな。でも、奥さん、想像以上に経過がいいね」

「久保先生もそんなこと、言ってた」

「ところで、久保先生、今月一杯で引退されるんだ。非常勤で、水曜日だけ、病院へ来られることになった」

「すると、水曜日だけしか、寿美は診てもらえないっていうわけか……？」

「いや、たぶん、君の奥さんはちょいちょい診て下さると思うよ。どういうわけか、君は久保先生に、馬鹿に気に入られているようだからね。それから、よけいなことを言うようだけど、君は亀田さんによっぽど感謝した方がいいよ。今、亀田さんみたいに良心的な病院は、めったにないからね」

「それは、よく分ってるよ」

と私は頷きながら、内心、木村にも大いに感謝していた。

私はいい気持に酔って、病院に戻って来た。寿美が待ちかねていた口調で言った。

「お酒、飲んだの？　で、木村先生、何の用だった？」

「今日から京都の学会へ行って、暫く留守にするから、ちょっと一杯飲もうって、誘ってくれたんだ。いい気持になっちゃったよ。友達って、いいもんだ」

「木村先生に、ご馳走になったんですか」

「ああ、おごってもらっちゃった」

「反対じゃありませんか。木村先生には手術にも立ち会っていただいて、まだ何もお礼してないんでしょう？」

「友達だもの、いいさ」

「啓坊さんらしいこと、言ってらあ。相変らずで、しようがないわ」

と寿美は文句を言っていたが、急に思い出して、

「そうそう。久保先生もちょっと啓坊さんに会いたいって言ってらしたわ。何の用でしょうね」

「木村の話では久保先生は今月一杯で引退して、非常勤になるんだそうだ。そのことじゃないのかな」

「久保先生、やめちゃうの」

「でも、お前のことはたぶん診に来てくれるだろうってさ。だから、安心しろ」

と言ってから、私は長椅子に坐っている文をふり向いた。

「ちょっと、どけ」

私は長椅子に寝ころがって目を閉じた。二、三時間して目を覚ますと、私は茶を飲んでから病室を出た。看護婦に訊いてみると、久保先生は帰宅したという。私は久保先生の家に行き、応接室で会った。

「明日の午後、ゴールドの注射をするんだけど、放射能があるから、当分の間、お嬢さんをそばへ置いてはいけない。不妊症になる危険性があるからね」

「分りました」

「あなたも大変だけど、しかし、奥さんは想像以上に経過がいいですよ」

「ありがとうございます。先生のおかげです」

「いや、いや。奥さんはよっぽど丈夫な軀のようだ。癌には丈夫な軀も弱い軀も関係ないって言われているが、どうもそうばかりは言えないようだな」

私は病院への道々、文を帰す言訳を考えながら歩いた。病院の廊下を歩いて行くと、文が病室の前に佇んでいた。私が近づいて行くと、文は鼻をつまんで見せ、笑いながら言った。

「くちゃいよう」

「何だ？」

「うんちしてるの」

話していると、室内から寿美が文を呼んだ。

私は廊下の突き当りの窓際に行って、煙草をふかしていた。文が便器を持って便所へ行き、戻って来てから暫くして、私は病室の扉を開けながら訊いてみた。

「文。もう臭くないか」

「大丈夫よ」

私が病室に入って行くと、寿美が朗らかに笑いながら、

「出た、出た。山ほど出て、せいせいしたわ」

「お前、昨日から自分で起きて、排便してるんだってな。久保先生、想像以上に回復が早いから、もう文を帰してもいいって。文も疲れたろうから、帰した方がいいだろうってさ」

「その話だったんですか」

「そうだ。回復状態がきわめて良好だって、ご機嫌がよかったよ」

「でも、もう二、三日、文がいてくれた方がいいな」

と寿美が言うと、文も同調した。

「わたし、そんなに疲れていないから、大丈夫よ」

「そうか。ま、茶でも一杯、飲ましてくれ」

と私は困って長椅子に坐りこんだ。

「文。昨日のお鮨、おいしかったね。また、菊鮨のおじさん、持って来てくれないかな」

「ほんとに、おいしかったわね。いつ食べても、菊鮨の穴子は抜群よ」

「お母さんは穴子より、やっぱり中とろの方が好きだな」

昨日は日曜日で、菊鮨の夫婦が鮨を持って見舞いに来てくれたのである。私は思いついて、文に言った。

「文。これから、菊鮨へ連れて行ってやろうか」

「嬉しい……！」

「ついでに、デパートへ行って、洋服も買ってやろう。そして、帰りにお母さんに鮨を持って来てやればいい」

文はもうセーターを脱いで、着替えはじめた。

タクシーの中で、私は文に事情を話してから相談した。

「何とか、明日ひき揚げる、うまい言訳はないかね」

「わたし、昨日からちょっと奥歯が痛いんだけど……」

「じゃ、今夜、歯が痛い痛いって、思い切りあばれろ」

その策戦が成功して、翌朝、寿美から私に電話がかかってきた。

「文の奴、歯が痛いって、ひと晩中、大騒ぎしたんですよ。やっぱり、疲れが出たのかも知れませんね。啓坊さん、あとで迎えに来てやって」

私はほっとしながら、病院へ行く支度をはじめた。

文は事実歯が痛いので野波旅館に泊り、新庄歯科へ二日通って鴨川に帰った。

文が帰った日、啓一郎が千葉市の柔道試合をすましてから野波旅館に来たが、寿美の見舞いにはやらない方がいいと思った。翌朝、波ちゃんの部屋で私が茶を飲んでいると、寿美から電話がかかってきた。

「啓坊いる？」

「いないよ。昨日、こっちへ来ないで、鴨川へ帰っちゃったんだってさ。試合で、もの凄く疲れたらしい」

「へえ。珍しいこともあるものね。つまんないの」

と寿美はがっかりした声で電話を切った。

「ひょっとすると、寿美の奴、鴨川へ電話するかも知れないな」

と私は気がつき、すぐに恵美ちゃんに電話した。

「寿美から電話がかかってきたら、啓坊は友達の家へ遊びに行って留守だって、言っておいてくれ」

十分も経たぬうちに、恵美ちゃんから電話が返ってきた。

「奥さん、いま電話をかけてきましたよ。啓ちゃん、友達の家へ遊びに行ってるって言ったら、何だか安心したみたいな、がっかりしたみたいな声を出してました」

私は電話を切りながら、波ちゃんに言った。

「寿美の奴、やっぱり家へ電話をかけた。啓坊と話したいっていうこともあるけど、何か変だと思って、疑ってるんだ」

「奥さん、啓ちゃんが可愛くって、仕方がないのよ。だから、敏感になっちゃうの」

「何だか知らないけど、嘘をつくのも、全く楽じゃないや」

と私は思わず大きな溜息をついた。

数日後、病院へ行くと、寿美が心配そうな顔で報告した。

「昨日、看護婦が放射線の先生がいらっしゃいましたって言って、部屋に入って来たわ。つづいて、この前、おなかに注射した大男の先生が入って来たけど、放射線っていったい、どういうこと？」

「さあ？……おれもよく分らないな。でも、放射線ていうのは、レントゲンみたいなもので、光線をあてるんじゃないのかい？」

「そうですよねえ。それとも、おなかに打った注射が放射線なのかしら？」

「久保先生に訊いてみろよ」

「そうですね。放射線の部屋は向うの病棟にあって、ここからも何人か毎日、通っているものね。どういうんだろう？　変だなあ」

と寿美は気にしていたが、そのうちに自ら気分転換しながら、

「でも、久保先生が毎日診に来て下さるんで、心丈夫だわ。看護婦さんが言ってたけど、わたしだけのために毎日来て下さるんだって。大変なことなのよって、言ってたわ。それから、矢野先生も親切によく診て下さるわ。今度、啓坊さんが来るとき、矢野先生にも魚を持って来てあげて」

「矢野先生は、郁太郎先生や市村先生と感じが似てるな」

「そうなんですよ。医者の一つのタイプですね。ああいうお医者さんは、みんな誠実だわ。それにしても、久保先生はまさに名人ですね。お風呂へ行ったとき、わたしと同じように手術した人と比べてみると、よく分るわ。ぎざぎざになったひどい人が多いのに、わたしの傷跡は二年も経てば全く分んなくなっちゃうくらいに綺麗だもの」

私が見ても実に綺麗な線の傷跡で、確かに二年も経てば臍下の自然の線と紛れて分らなくなってしまいそうであった。だが、分らなくなるまで、寿美は生きていてくれるだろうか。生きていてもらいたい、と切実に思った。

私は明日帰るので、久保先生の家へ挨拶に行った。

「いやあ、昨日は失敗した。看護婦が不注意なことを言っちゃった。気にしていたでしょう?」

「ええ。ちょっと気にしていました」

「でも、不思議だな」

と久保先生はひとりごとのように言った。

「肝臓が悪いのに、婦人科に入院している矛盾に、なぜ気がつかないんだろう?」

「そう言われてみれば、そうですね。わたしたちは本当のことを知ってるから、不思議はないんですけど、本人は肝臓だと思いこんでいるわけですからね。肝臓が悪いのに婦人科とは確かにおかしいわけなんですが、本人は全然気がついていませんよ」

「ところで、馬鹿に調子がいい。正直言って、わたしも色気が出た。ここで抗癌剤を思い切ってやってみようと思う。副作用があるので、あぶない綱渡りだが、わたしに任してくれるか」

「是非お願いします。先生には一切、お任せします」

「週に二回、五週間やる。本人には、営養剤だと言っておくからね」

「何分ともよろしくお願いします」

と私は深々と頭を下げた。

翌日、私が家へ帰って間もなく、寿美から電話がかかってきた。

「さっき、丹羽先生の奥さんが見舞いに来て下さったんだけど、わたし、すっかり感激しちゃった。放射線のこと言ったらね、今の医学は進歩していて、放射線にどんな種類のものがあるのやら、それを何に使うのやら、素人には全く分らないことなんだから、要するにお医者さんを信頼していれば、それでいいんだって。なるほど、と思ったわ。考え方が、違いますよ。やっぱり、奥さんは大物だわ」

「なるほど」

「それからね、病気のときは何ひとつ遠慮することはないんだから、何か困るようなことがあったら、なんでも言ってきなさい、わたしはあなたの親代りなんだからって、言って下さってね……」

と言いながら、寿美は涙声になった。

「よせよ。お前は病気になってから、馬鹿に気が弱くなったな」

「だって、嬉しいんだもの。啓坊さん、お礼の電話をかけておいて下さいね」

と寿美はまだ泣き声を出している。

今の私にとっては、放射線に対する寿美の悩みが解消されたことが何よりも嬉しく、さっそく礼の電話をかけた。

翌日、私は亀田総合病院へ挨拶に行き、三、四日後、小田病院にも行った。

「ゴールドなんてものは、うちにしろ亀田さんにしろ、そう簡単には出来ないことなんだよ。そういうこともあるから、東二へ行くことをすすめたんだ」

と小田院長は言い、私は何度か頷き返した。

寿美は手術後、呉羽化学の薬を毎日六本ずつ飲んでいた。これも相手が久保先生だからこそ、呉羽化学は無理してその要望に応えたのであろう。久保先生が引退する前に手術したことが、今になってみると、何よりも幸運だったと私は思っていた。その幸運も、亀田総合病院の好意なくしては考えられないことなのであった。

八章

毎日、私は寿美に電話をかけた。様子を見に、上京することも屢々あった。

「毎週、二回ずつ点滴をするんだけど、そうすると、胸が悪くなるんですよ。看護婦は営養剤だっていうんだけど、どういうわけかしらね？」

「営養剤だけじゃなく、肝臓の薬も入ってるんだろう」

「そうなんでしょうね。まあ、少しくらい胸が悪くなっても、久保先生が自信満々だから、安心だわ。そのうちに、もうひとり子供を生むくらい、元気にしちゃうよ、だって。でも、あのおじいちゃんはほんとうに名人だわ。わたし、すっかり血管が細くなって、針がなかなか入らないんですよ。どの看護婦がやっても駄目、矢野先生がやっても駄目なのに、おじいちゃんがやると、すっと入っちゃうんですよ。全く、名人ですね」

寿美はいつのまにか、久保先生を「おじいちゃん」と呼ぶようになっていた。信頼する以上に甘えてしまっていて、已れの感情本位にそう呼ばずにはいられないようであった。

「看護婦なんかの話を聞くと、おじいちゃんは傍系だったから、ここでとても苦労したらしいわ。ねえ、今度、おじいちゃんと奥さんを菊鮨かどこかへ連れてってあげて」

「そりゃあ、わけのないことだけど、お年寄りは外へ出るの、億劫なんじゃないのかな」

「そんなことないよ。おじいちゃんも奥さんもおいしいものを食べに行くことは、とても好きなんですって」

「それじゃあ、先生や奥さんの都合のいい日に案内しよう」

と言ったが、私は寿美の言葉をあまり信用していなかった。

「隣りの病室の人、わたしよりちょっと年上だけど、同じ病気らしいわ。でも、腹水がいつまでも減らないで、とても苦しそう。あなたは毎日、久保先生に来ていただいて、いいですねって、すっかり羨ましがられちゃった。いったい、どのくらいお礼をなさってるんですかって。百万円も出してると思ってるみたいだわ」

「そう思うのも、無理ないよ。まともなら、百万でもすまないんだろうからね。とにかく、お前はほんとうなら大変なお金が掛るところなのに、いい人たちにめぐりあって、ただですんでる。運がいいよ」

と調子づいて喋りながら、私はまたとんだことを言いそうになって、一瞬言葉を飲みこんだ。

「呉羽化学の薬だって、製造費が一本一万円につくっていうんだもの、お前は毎日、六万円ずつ飲んでることになる」と言いそうになったのであった。

四月下旬のある日、鴨川グランドホテルの政夫さんが訪ねて来て、私が寿美の近況を話していると、英子ねえさんから電話がかかってきた。

「あなた一度、呉羽化学の社長さんのところへ、お礼に行って来てくれないかしら。お礼といっても、大したことをする必要はないのよ。新しいお魚でもちょっと持って、あなたがお礼に行ってくれれば、それでいいの。槇田がそうしてもらいたいって、言ってるのよ」

私は承知したものの、どうも釈然としない気持であった。私は薬を世話してくれた槇田さんに対する感謝の念だけあって、呉羽化学の社長のことは大して頭になかった。呉羽化学の社長は槇田さんの関係であって、私の関係ではないと思っていた。私は政夫さんの意見を訊いてみた。

「それは、近藤さんが非常識だよ」

と政夫さんはあきれて笑ってから、ふと問い返した。

「第一、近藤さんは槇田さんのところへ、礼に行ってるのかい？」

「一度も行ってないけどさ、でも、いつも電話をかける度に礼を言ってるよ」

政夫さんはいよいよあきれて、今度は私に言い聞かす調子で言った。

「ねえ、近藤さん。いまどき、寿美さんが癌だと聞いて、その日に東京から車で薬を運んで来てくれるような親切な人は、どこにもいないよ。しかも、その薬で奇跡が起ったんだろう。何をおいても、近藤さんは槇田さんのところへ飛んで行って、お礼を言わなきゃあ、いけないじゃないか」

「そう言われてみれば、そうだなあ」

「近藤さんは先ず槇田さんのところへ礼を言いに行く。そしてそのとき、呉羽化学に対する礼はどうしたらいいのか、と槇田さんの意向を聞き、それに従うのが、ほんとじゃないのかね」

「なるほど、そうかも知れないなあ」

「いつか近藤さんから聞いた話では、槇田さんは呉羽化学に対して強い立場なんだろう。それだけに、数少ない薬を無理強いしていることになって、却ってつらいんじゃないのかね。近藤さんからも直接呉羽化学の社長に礼を言ってもらえば、槇田さんも気持がいくらか楽になるんじゃないのかい？」

翌日、私は呉羽化学に礼に行ったが、槇田さんの家には行かなかった。英子ねえさんから電話がきた途端、槇田さんに礼を言いに行くという気にはなれない。それではまるで、英子ねえさんが私に礼の催促をしたような形になる。英子ねえさんは不愉快であろう。という現実的な問題のほかに、私はやはり相手によっては非常識な態度こそ、相応《ふさわ》しい場合もあるという考え方が強かった。第三者の目にはどう映るか知らないが、常識的な態度を示すことによって、槇田さんに対する感謝の念が何か常識的な価値に下落してしまうような気がして、私は厭なのであった。

私は上京する度に、久保先生にはもちろん、木村にも矢野先生にも会っていた。久保先生は機嫌がよかった。

「非常に、調子がいい。内診してみると、腫れものがすっかり無くなってしまった。いくらさぐっても、触れるものがない。抗癌剤を併用してから、急に快くなったように思う。といって、癌が無くなってしまったとは、もちろん考えられないけどね。とにかく、現実に快いことは、何といってもいい。快いことは、善いことだ」

いつか亀田総合病院の博行先生が唄うような調子で言ったときに似たような口調で、久保先生も言った。

木村は苦笑しながら言った。

「手術してから、ひと月以上も経っちゃったよね。どうも、不思議だな。手術したときの状態から見て、今の容態は全く考えられない」

「結局、呉羽化学の薬のせいじゃないのかい」

「そうとしか、考えられないね」

「他の患者にも使ってみる気はないかい？」

「でも、簡単に手に入る薬じゃないからね」

「いや、木村なら、呉羽化学もよこすんじゃないのか。ふつうの医者とは、わけが違うんだからね。研究所の上野さんに電話してみたら、どうだ？」

「一度、電話してみよう」

記録室や廊下で矢野先生を見かけると、私は挨拶して様子を訊いた。

「いやあ、馬鹿に調子がいいですよ」

と矢野先生も不思議そうに首をかしげて見せた。

寿美は体重五十七キロになっていた。ラシックス一錠で、尿も満足に出た。私が電話してから見舞いに行くと、寿美は時間を見はからって、玄関まで出迎えに来た。帰るときも、二階の病室から長い廊下を私と一緒に歩き、玄関まで送って来た。

「奥さん、どうなっちゃってるのかしら?」

と波ちゃんも言った。

「顔色といい、軀の動きといい、全然病人じゃないもの。奥さんと比べたら、わたしの方がずっと病人みたいだわ。第一、癌でさあ、いったん減った体重が増えたなんて話、聞いたことがないもの」

「呉羽化学の薬と抗癌剤の併用で、なんか相乗作用みたいなものが起って、強烈に効いたんじゃないのかな。でも、今のところ、まだ脚が病的に細いよ。あの病的な脚の感じだけは、おれじゃなきゃあ、分らない。それはとにかくとして、おれは寿美の体重が六十キロをこえ、ラシックスを飲まずに小便が満足に出るようになったら、しめたものだと思ってるんだ」

「そりゃ、そうね」

「だけど、おれも嘘をつくの、つくづくとくたびれたよ」

「そうでしょうねえ。近藤さんは嘘が苦手中の苦手だからね。でも、何度も言うようだけど、これぱかりは絶対に嘘をつき通さなきゃあ、駄目よ」

「分ってるよ」

と言ったが、実のところ私は自信がなかった。

嘘の苦手な者は嘘をつくとき、あわててしまう。問い詰められると、顔中汗になって、しどろもどろになり、その結果、見た目からも理屈の上からも、はっきり分る嘘をついてしまう。今更、嘘をつく練習をしてみても、身に着くわけがなく、私は常に不安に怯えていた。

その上、寿美の場合、一般の癌患者と事情が違う。癌患者はふつう、医者の診断通りの期限に死ぬ例が多い。医者の診断が仮に一年という長い期限であっても、はっきりきまっていれば、私にしても何とか嘘をつき通せると思う。が、寿美は医者の診断を覆しつづけているだけに、期限がないに等しい。半永久的に嘘をつかねばならず、これは私にとってきわめて困難なことであり、また、これほど苦痛なこともなかった。

アメリカでは癌患者に病名を打明けるという。癌と戦う気力を持たせる方針だというのである。寿美の場合、再三危機を脱しているだけに、癌と知っても絶望するだけではないであろう。戦うだけの気力を持つ余地がある。そう考えながら、私は屢々嘘をつく苦痛から脱したい衝動にかられた。

五月中旬に抗癌剤の点滴が終ると、今度はその副作用によって激減した白血球の回復をはかり出した。が、一向に回復しない。久保先生がむつかしい顔で、私に言った。

「なかなか、白血球が増えない。こんなことはないんだが……。ひょっとすると、呉羽化学の薬に問題があるかも知れない。薬を今までの半分に減らそう。何しろ、初めての薬だから、呉羽化学の実験では副作用がないことになっているものの、頭から信じるわけにはゆかないからね」

呉羽化学の薬を三本に減らしたが、一向に白血球は増えなかった。やはり抗癌剤は使わぬ方がよかったのではないか。久保先生は白血球の回復が順調であれば、さらにまた抗癌剤の点滴を行う意向のようであったが、私はもう厭であった。癌が直っても、白血球の減少で死んでしまえば、何の意味もない。いや、既に取り返しのつかぬ状態に追いこんでしまったのではないのかと疑い、私は久保先生に対して恨みがましいような気持まで抱いた。

人間とは、勝手なものだ。抗癌剤の投与によって寿美が快方に向えば喜び、危険を感じると今度はその処置を恨む。結果ではなく、久保先生の熱意を尊ぶべきだと分っていながら、つい感情に負けてしまう。といって、寿美が最悪の事態になったとき、私は久保先生を責めるような愚を演じない自信はある。が、世の中には冷静さを失う人もいるであろう。医者も楽ではない。

抗癌剤の点滴が終ってから三週間余り経った頃、久保先生が白血球を増やすための一つの方法として輸血すると言った。文が風邪気味だったので、啓一郎と恵美ちゃんを上京させた。啓一郎から二百五十ｃｃ採血したあとで、大学生と思っていたのに十四歳だったと分り、久保先生も矢野先生もあわてたらしい。採血する年齢に達していなかったのだが、啓一郎の体格は大学生の平均を遙かに上回っているのだから、現実的には問題がない。事実、啓一郎は三日後、安房郡市中学生柔道大会に出場して、優勝してしまうくらいに元気であった。

一週間後、再び輸血することになり、上京中だった私は文と啓一郎を呼んだ。さらに二週間後、三度目の輸血をしたが、このときはおきみさんの娘の大学生の典子が男子同級生を四人連れて来てくれた。

白血球の回復は輸血をしても遅々として捗《はかど》らなかったが、寿美は元気であった。天気がよいと病院の庭を散歩した。足をのばして、駒沢公園まで行くこともあった。

「おじいちゃんは、ほんとに名医ですね。軀を動かすのはいいことだけど、疲れないようにって。散歩に行って、疲れを感じたから帰って来るっていうんじゃあ、いけない。散歩には帰り道のあることを忘れるなって」

「言われてみればあたり前のことなんだけど、ちょっと気のつかないことだよね。とにかく、お前は運がいい。大学病院だとか国立病院だとかっていうところは大体、医者も設備も優秀だが、患者を実験動物扱いする場合が多いのでいけないって、世間では言っている。それがお前の場合は、引退された後も久保先生が毎日熱心に診に来て下さっている。お前はこの世で最高の治療を受けている、と言ってもいいくらいだよ」

「ほんとですね。その上、ここの看護婦は亀田病院に負けないくらいに親切なんですよ」

看護婦が親切な点、私も感心していて、久保先生に言ったことがある。

「いや、それは患者にもよるんだよ。看護婦は手が足りなくて困ってるんだから、そう誰にも親切に出来るもんじゃない。奥さんは誰にも好かれる性質なんですよ。わたしもこんな綺麗な患者、見たことない。近藤さんが羨ましい」

と久保先生はけっこう冗談も言うのであった。

菊鮨のおじさんは寿美が国立東京第二病院へ入院して以来、日曜日には欠かさず鮨を持って見舞いに来ていた。商売気だけでは出来ないことである。

「あたしゃね、鴨川へ遊びに行ったとき、夕方になって山道を疲れて帰って来る途中、奥さんが車で迎えに来てくれたことが、忘れられないんだ。山道でわたしたちを見つけて、奥さんがおじさんて呼んで、手をふりながら車から下りて来たときの笑い顔が、忘れられないんですよ。あんな好い人はいないよ」

おじさんは木の実を採ることが好きで、おばさんを連れて山の方へ出かけた。夕方になっても帰って来ないと、寿美が心配して探しに行くと言う。私は子供じゃなし放っておけと言ったが、太っているおばさんがすっかり疲れていておじさんが困っているかも知れないと寿美が言い、車を運転して迎えに行ったのである。

「あのときは、わたしも嬉しかったですよ。何しろ、すっかりくたびれちゃいましてね」

とおばさんが横から笑って言った。

「でも、それだけじゃありません。うちは先生に贔屓にしていただいて、いいお客さまを大勢紹介していただいて、そのおかげでずいぶん繁昌したんですから」

それも事実か知れない。しかし、おじさんにしろおばさんにしろ、いまどきこのように律義な人も珍しい。職人気質とでも言うべきか。

私には到底真似が出来ない。おじさんの律義が、私には重荷に感じられることもあった。

「おれはおじさんがもし入院したって、一回か二回ぐらいしか、見舞いには行かないよ」

「先生はそれでいいんだよ。人にはいろいろたちがあるからね」

私は寿美の律義にも苛々することがあった。私は上京するとき、魚を持って行き、久保先生には家まで届けるが、木村と矢野先生の分は帰宅時間まで病室に置いておく。私が流し元に放り出しておくと、寿美がすぐに始末しはじめるのである。

「一、二時間のことだもの、そのままでいいよ」

と私は言うのだが、寿美は聞かない。

「少しでも鮮度が落ちない方がいいよ」

寿美は冷蔵庫の中の物を整理して、魚籠《びく》を入れるのである。病人がそこまで律義に振舞わなくてもいいと思い、私は苛々するのだが、寿美はそうしないと気がすまない。病人に働かせて、私は煙草をふかしているのだから、第三者の目から見ればさぞやむごい光景であろう。そう思って、私はいっそう苛々とするのだが、無精者にとっては鴨川から魚を三籠持って来ただけで、もう何もやる気がないのであった。

菊鮨以外の多くの人々からも、心からの親切を受けている。私はそれらの人々に対して、いちいち礼を言わないが、身近な波ちゃんを相手に屢々感謝の気持をもらしていた。

「でも、肉親と他人は違うものね」

と波ちゃんがあるとき打明けた。

「わたし、こないだ失敗しちゃったわ。おきみさんていうお姉さんが見舞いに来ていたとき、わたし、つい、奥さんは幸福だなって言っちゃったのよ。何しろ、近藤さんほど、奥さんの病気に夢中になった人って、見たことないからね。ところが、途端におきみさんが顔色を変えて、わたしを睨んだわ。肉親て、そういうものなのね。わたし、つくづく浅はかだと思っちゃった。おきみさんのあの顔、わたし、一生忘れられないわ」

おきみさんには、死病にとりつかれた寿美が不幸だという観念しかない。おきみさんにとっては、癌という現実的な不幸をおいて精神的な幸福など、何の価値もないのである。

おきみさんは以前にも増して、寿美を助けたい一心のようであった。多忙な身でありながら、少なくとも月に一度は車を運転して、十キロに余る魚を国立東京第二病院に運んでいた。海老、鮑など、高価なものも、一度や二度ではない。他の肉親の誰もが真似の出来ないことであった。しかし、ときどき電話をかけるだけで、一度も見舞いに来ない坂本のおばやんの娘を思う心情が、おきみさんより劣っているとは、私には思えなかった。

八月になっても、白血球は一向に安定しなかった。四千になったかと思うと、また二千すれすれに落ちた。

「白血球には案外、鍼《はり》が効くっていう話だけど、どうだろう?」

と私は寿美に相談してみた。

「啓坊さんはよけいなこと、考えないで。わたしは、久保先生に任してるんだから」

と寿美は久保先生を絶対に信頼していた。

「啓坊さんが変なこと言い出して、おじいちゃんが機嫌を悪くすると困るわ」

「いや、素人の意見を聞いて、機嫌を悪くするのは、自信のないへっぽこ医者で、久保先生みたいな大家は、鷹揚《おうよう》に受け容れてくれるよ。この際、効くっていうものは、何でもやった方がいいからね。おれがちゃんと久保先生に話すから、お前は心配するな」

「じゃ、わたしからおじいちゃんに話すよ。啓坊さんは、それからにして」

結果は私の予想通りであった。

「やっぱり、おじいちゃん、大物だわ。近頃、中国の鍼が注目されている際だし、わたしも興味があるって。とにかく、害になることじゃないから、やってごらんなさいってさ。どんなふうに鍼を打つのか、わたしも一度見せてもらいたいだって」

私は芦田の知合いの鍼灸《しんきゅう》師にたのんで、毎日国立東京第二病院へ行ってもらったが、二、三回すると、寿美が言った。

「どうも鍼って、それほど効くとは思えないな。わたし、ずっと運動しなかったせいか、この頃、右肩が痛くて自由に手が上らないんですよ。それで肩にもやってもらってるけど、効くのは鍼を打ったあとだけで、翌日になるともう痛いもの。毎日、三千円ずつ、もったいないよ」

「お前が金の心配をすることはないよ」

と私は鍼をつづけさせた。

九月に入っても白血球は安定しなかったが、寿美の体重はついに六十キロになった。九月中旬になると、排尿もラシックスを飲まずに満足に為された。

「おしっこが満足に出ることが、こんな気分爽快なものとは思わなかったわ。二、三日前までは、最初だけジャーッと出て、あとはチョロチョロだったの。隣りの便所の人の音がジャージャー聞えるのが、とっても羨ましかったんだけど、今日からはわたしも負けずにジャージャーになっちゃった。もうあとは白血球だけね。矢野先生も、十月になったら退院出来るかも知れないって、言ってたわ。嬉しいな」

と寿美は顔中で笑いながら喋りつづけた。

「わたし、迷ってるのよ。もう学校はやめて、家で料理をつくったり、掃除をしたり、草むしりしたり、花をつくったりして、年中、啓坊さんや子供たちと一緒に暮そうか、それともまだ学校へ通おうかって。だって、この頃、学校の給料よくなったものね。惜しくって。だけど、二十年間、家を留守にしていただけに、家庭生活へのあこがれは強いしね。どうしよう?」

私はそのことで寿美とまた喧嘩する日が来ることを願ってやまなかった。

寿美は今までにない好調を示していた。気になっていた脚の細さも病的な感じがなくなり、豊かに肉がついた。久保先生も大変機嫌がよかった。

「去年、亀田病院で診たときよりも、さらに快くなっている。今度こそ、この状態がせめて半年もつづいてくれるといいんだが……。白血球の方はまだ不安定だけど、全体的に増えてきているから、もう心配ないと思う。鍼が効いたかな」

と久保先生は笑いながら、私をからかうように眺めた。

「いや、どうも」

と私も笑いながら頭をかいた。

「奇々怪々とは、このことだよ」

と木村は苦笑しながら言った。

「あの癌が、あんなに快くなっちゃうなんて、そんな馬鹿なことがある筈ないんだよ」

第一外科医長の匹田先生が居合せていて、木村にわけを訊ねた。木村は手術のときの転移の状態その他を説明した。

「え？　胃のところまで？」

と匹田先生は訊き返しながら、びっくりした顔になった。

「それで、元気がいいの？」

「元気なんてもんじゃないんだよ」

と木村は現在の寿美の状態を説明した。

「へえ……！」

と匹田先生もしきりと首をかしげるばかりであった。

「呉羽化学の薬は、確かに効くよ」

と木村は改めて私に言った。

「うちの女房の母親が、やはり癌でここに入院しているんだけど、あの薬を飲ましたら、たちまち腹水が減った。食欲も出た。今後どういうことになるか分らないけど、ちょっと今までの薬にはない効き目があることは確かだね」

しかし、効かない場合もある。いつか野波旅館に私を訪ねて来たTBSテレビの今井さんの友人は胃癌で、呉羽化学の薬を飲んでいったんは快くなったものの、今年の春に亡くなってしまった。膵臓癌で呉羽化学の薬を飲んだが、全く効果がないままに亡くなった人もいる。

九月下旬、恵美ちゃんが魚を持って国立東京第二病院へ行き、帰って来ると朗らかな調子で私に言った。

「旦那さん。奥さん、もうすっかり直っちゃったんじゃないの？　あの歩く姿勢は昔とすっかり同じですよ。後ろへそっくり返るような姿勢でさ、威風堂々っていう感じで歩いてるもの。前は、おなかをかばうように、前かがみで歩いていたけど、両手を振って、えらい勢いで歩くんで、わたし、びっくりしちゃった。ほんとに、直っちゃったんじゃないかしらね」

数日後、私は上京した。寿美は天気さえよければ、競技場まで散歩に行き、さまざまなスポーツを見て愉しんでいた。

「一度、食事にでも連れて行ったら、どうだろう。そのくらいのことは、もう大丈夫ですよ」

と久保先生は私に言った。

「そうですか。でも、何となく、わたし一人じゃ心細いな」

「わたしが一緒に行ってあげてもいい」

その結果、十月四日の夕方、私と寿美、久保先生夫妻とで、千鳥ヶ淵のレストラン金と銀へ行った。金と銀は波ちゃんの下谷時代の同輩の清美ちゃんが経営しているレストランで、私は屢々利用していた。

店内に入ると、出迎えの清美ちゃんが寿美を見て、驚いたような顔をした。テーブルに着き、注文をすますと、私は便所へ行ったついでに清美ちゃんをつかまえて訊いてみた。

「さっき、うちの女房の顔を見て、驚いたような顔したけど、どうしてだい？」

「だって、奥さん、ほんとに癌なの？ 綺麗で顔がつやつやと健康に輝いていて、あんな癌てあるかしら。誰だって、びっくりするわよ」

私は機嫌よくテーブルに戻った。松茸焼きと土瓶《どびん》むしで、私と久保先生は酒を飲んだ。久保先生は近年、酒を控えているということであったが、夫人が心配するくらいに盃を重ねた。夫人の心配を見て、私が酒の注文を控えていると、久保先生はふざけて銚子を差し上げながら、私に向って言った。

「近藤さん。もう飲ましてくれないの」

私も寿美も夫人も、一斉に声を上げて笑った。

「ほんとに、こんなにご機嫌になったの、あなた、久しぶりですね」

と夫人が笑いながらふり返ると、

「こんな美人と差向いで飲んだこと、生れて初めてだからな」

と久保先生はいっそう機嫌のいい笑顔で寿美を眺めた。

久保先生は自分の大傑作を目の前にしながら、祝杯を上げている気分ではないのか。事実、久保先生にしても、寿美ほどの傑作は初めてのことであろう。私も調子づいて酒を飲んだ。

寿美と夫人を帰し、私は久保先生を誘って銀座へ行った。クラブ姫に行くと、ママがさっそく私のテーブルに来て、久保先生にサービスしてくれた。

「久保先生のおかげで、寿美の奴、とうとう直っちゃったよ」

「わたし、お祝いするわ」

ママがボーイに命じて、シャンパンを運ばせた。景気のよい音が、私の耳にまたとなく快く響いた。

「わたしもこれで、癌になっても安心だわ。癌になったら、わたし、すぐ久保先生のところへ飛んでっちゃうもの」

と言ってから、ママは私の頭をしげしげと見た。

「でも、近藤先生はほんとに白髪が増えたわよねえ」

「これからは、また黒くなる。ママんとこの女の子も、どんどんひっかけちゃう。どうだ、さっそく今夜、ひっかからないか」

と私は傍のホステスの肩を抱き寄せながら燥いだ。

「ねえ、近藤さん」

と久保先生がちょっと改まった。

「奥さんが直ったとあなたが思うのは自由だけど、わたしはまだ直ったとは言わないよ。先日も言った通り、あと半年、いや一年、今の状態がつづけば、直ったと言ってもいいけどね。今はまだ言えない。いいね」

「分ってますよ」

と言いながら、私は久保先生があえて慎重に振舞っているのだとしか思えなかった。

一日置いて、私が病院へ行くと、寿美が言った。

「おじいちゃん、とても喜んでたわ」

「ほんとか。迷惑をかけたんじゃないかと、気にしていたんだけど……」

「そんなことないよ。ほんとに先生も奥さんも、ああいうところへ行くの、大好きなんだって。ほんとよ。でも、啓坊さんには、すっかり散財させちゃったわね」

「大したことないよ。それより、久保先生にいつまでも魚ばかりっていうわけにはゆかないと思うけどな」

「それは、そうかも知れませんね」

「今更、けちな金を礼に持って行ってもはじまらないし、おれ、絵がいいと思うんだけど、どうだろう？　いつか先生の家へ行ったとき、応接室の壁に掛ける気に入った絵がないって、言ってたことがある。その壁面には、何も掛けてない。あの応接室の感じでは、油絵よりも日本画の方がいいと思ったんだけどね。気のきいた額仕立の日本画が、先生のところにはないんじゃないかしら？」

「そうですか。じゃ、わたし、様子を聞いてみますよ」

翌日、私は鴨川へ帰ったが、寿美から電話がかかってきた。

「絵のことね、啓坊さんの考えていた通りだったわ」

「じゃ、さっそく栄ちゃんに頼んでみるよ」

「栄ちゃんの絵、高いんでしょうね、今は絵のブームだし……」

「おれなら、安く描いてくれるよ。心配するな」

栄ちゃんとは美術学校時代の同級生で、院展の月岡栄貴のことである。私は古画模写を軽視する日本画家は信用しない主義だが、栄ちゃんは法隆寺壁画及び高松塚壁画の模写画家として選ばれていたし、今年の院展で受賞した作品を見ると、今までにない秀作であった。

私は栄ちゃんに電話をかけ、事情を説明してから、善い絵を早く安く描いてくれ、と虫のいい注文をした。栄ちゃんは笑いながら、快くひき受けてくれた。

十月下旬の土曜日、私は啓一郎と一緒に上京すると、寿美を病院から連れ出して、青山表参道の中華飯店へ行った。

私と啓一郎が好みのものを注文し、あとはマダムに任せて、十種類ほどの料理を取った。

「おいしいわ。ほんとに、おいしいわ」

と寿美は連発しながら、健啖ぶりを発揮した。

「この店、いつもうまいけど、今日はまた特別に味がいいよ。それにしても、お前、凄い食欲だな」

「お母さん、凄えな、そんなに食べて、大丈夫かい？」

と大食漢の啓一郎までが心配して見せた。

寿美の顔は美しく輝いている。その上、凄まじい食欲を目の前に見ては、もはや言うことは何もないと思った。

翌日、啓一郎は病院に行き、その足で鴨川へ帰ることになった。啓一郎が野波旅館を出たあと、私はマッサージをたのんだ。のんびりとした気分でマッサージにかかっていると、何か急に女が欲しくなってきた。

その晩、私は久しぶりに浮気をした。考えてみると、浮気は一年ぶりのことで、これは以前の私にとって考えられないことであった。なるほど、人が私ほど妻の病気に夢中になった良人を見たことがないと言ったが、無理もなかった。

私が鴨川に帰ってから数日後、長らく亀田総合病院に入院していた、恵美ちゃんの婚約者の弘の父親が、喉頭癌《こうとう》で亡くなった。私は電話をかけて、一応は寿美の意見を聞いた。

「香典、いくら持ってったら、いいのかな」

「香典なんか、持ってくんですか」

と寿美は不満気に言った。

「だって、弘は恵美ちゃんと結婚する上に、おれたちが仲人になってるんだもの、当然じゃないか」

「でも、まだ二人は結婚したわけじゃないんだから、わたしたちは仲人をする予定ではあっても、仲人じゃありませんよ。弘さんは啓坊さんの学校の教え子という関係だもの、香典なんか持って行く必要はないじゃありませんか」

「そういうのは、屁理屈だよ」

と私は腹立たしげに言った。

「じゃ、啓坊さんは教え子の親が死んだら、いつでも香典を持って行くんですか」

と寿美は私の言葉に耳をかさず、梃《てこ》でも動かないという頑固な調子で言い返した。

「だから、そんなのは屁理屈だって、言ってるじゃないか……！」

と私は呶鳴りつけた。

「へえ、そうかしらね。わたし、ちっとも屁理屈と思わないや」

「馬鹿野郎！　誰にでも訊いてみろ。それが屁理屈だと思わない人間は、この世の中にいないよ」

「そうですか。分りましたよ。じゃ、千円も持って行きゃあ、いいでしょう。それ以上、必要ないよ」

「馬鹿！　いまどき、千円なんて香典があるか……！」

「田舎はそんなものですよ。千円でも、多いくらいだわ」

「お前、少し頭の具合がおかしいんじゃないのか。東二でついでに、頭の具合も診てもらったら、どうだ？」

「うるさいわね……！」

と寿美はヒステリックに叫んで、乱暴に電話を切った。

私はたまらなく腹が立ってきて、頭が熱くなった。煙草をくわえて、ライターの火をつけようとすると、手が震えた。が、私も世間知らずなところがある。一応、怒りを押し殺しながら、おきみさんに電話をかけてみた。

「そりゃあ、寿美の考えがおかしいよ。あの人、ときどきわけの分んないことを言い出すよね。いったい、どういうんだろうな……？」

「全く、おれにも理解出来ないよ。本人はそれでいいと信じて、疑わないんだからね」

「冗談じゃない。香典を持って行かなかったら、世間で笑われるわよ」

「そうだろう。ところで、持ってくんなら、千円でいいって言うんだ」

「そりゃ、少なすぎるよ。まあ、三千円くらいが相場じゃないかな。こういうものは、多くっても変だしね。わたしは三千円が相場と思うけど、ほかの人にも訊いてみた方がいいわ」

私は電話を切ると、押えていた怒りがむらむらとこみ上げてきた。黙っていられず、再び寿美に電話をかけた。

「いま、おきみさんに電話して意見を訊いたら、お前が全くおかしいって言ってたよ。どういう考えでいるのか分らないって、おきみさんもあきれていた。いったい、お前、どんな気でいるんだ……！」

「分りましたよ。ほんとに、しつこいね……！」

と寿美はまたヒステリックに叫んで、電話を切った。

私はいよいよ腹が立った。畳の上にひっくり返り、両手を胸に置いて、怒りが通りすぎるのを待った。ひょっとすると、寿美は敏感に私の浮気を感づいて、ヒステリックになっているのかも知れない。ふと、そう思うと、私は寿美の存在がたまらなく煩わしく感じられた。

寿美はいま死んでしまった方が、さわやかな思い出だけを残す。今後、寿美は年をとるにつれて、いっそう厭な面ばかり出て来るに違いない。その度に、怒り、憎み、嫌悪し、幻滅する。寿美が直って今は喜んでいるが、案外、退院するやたちまち後悔を感じ出すに違いない。

私はまた、寿美のために今後経済的な苦労をするのかと思うと、急に億劫な気分になってきた。寿美の病気のため、私は既に数百万の借金をしている。これを返済するためには、無理して相当量の原稿を書きつづけなければならない。その苦労を思うと、私は寿美の退職金その他を頭において、死んでくれれば助かるという実感に強く捉《とら》われた。と同時に、そういう気持が自分のどこかにあったことにはじめて気がついて、われながら厭な気分になった。

机上のベルが鳴り、私は起き上って受話器を取った。

「何しておるかね」

と吉行からであった。

「いやあ、それが今、女房が死んじゃえばいいって、思ってたところだ」

「また急に、どういうわけだ?」

「突如としてケチなことを言い出しやがって、全くもう……」

と私が説明すると、吉行は笑い出して、

「そりゃあ、いよいよ、おかあちゃん、本格的に直ってきたな」

私を怒らせるほど、寿美は以前の逞《たくま》しさに戻ったわけである。また、死んだ方がいいと思っても、私は一向に不吉感に苛まれなかった。それほど、寿美の全快を私の第六感が紛れもなく察知しているのだ、とも言えるようであった。

私は再び畳の上にひっくり返ったが、何故か大きな臀《しり》をふり回して踊る寿美の姿が、急に目に浮んできてならなかった。私はまだ寿美に腹を立てていたが、そのくせ、胸の奥から笑いがこみ上げてきてならない。圧えても圧えても、いまいましくもこみ上げてくる笑いに負けながら、私はしきりに寝返りを打ちつづけた。

二日後の夕方、寿美から電話がかかってきた。

「今日の昼すぎ、栄ちゃんが絵を持って来てくれたけど、上手なもんですね。かぐや姫の胸から上、顔を主にして描いてあるんだけど、素晴らしいんですよ。わたしも欲しくなっちゃった」

「馬鹿に気に入ったもんだね」

「さっき、久保先生も見て、とても気に入っちゃってね、大喜びだったわ。近藤さんがまだ見ないうちに、わたしが家へ持って行っちゃあ悪いだろうねって言いながら、すぐに持って帰りたそうだったわ」

「おれ、明日、東京へ行くけど、病院へ寄るひまがないんだ。あさっては朝早く、羽田から四国へ取材旅行に行っちゃうしね。だから、家へ持って行ってもらっていいよ」

「じゃ、そう言うわ。おじいちゃん、大喜びですぐに持ってっちゃうわ。何しろ、凄く気に入ってるんですもの。矢野先生も感心して、ずいぶん長い間眺めていたわ。矢野先生、自分で絵を描くんですって。それだけに、感心しちゃってね。矢野先生、おじいちゃんが羨ましそうだったわ」

「じゃ、栄ちゃんにたのんで、矢野先生のも描いてもらうよ」

「矢野先生はいいよ。そんなことしたら、大変じゃないの」

「矢野先生のは小さい絵をたのむから、大丈夫だよ。何しろ、矢野先生は久保先生の手足になって、お前の面倒をいちばん見てくれているんだろう?」

「そりゃ、そうだけどさ。でも、啓坊さん、今までにもずいぶんお金がかかってるでしょう?

どのくらい借金した?」

「お前がそんなこと、心配しなくてもいいよ」

「でもさ、どのくらい借金した?」

と寿美は再び訊き返しながら、自分で計算しはじめた。

「わたしの部屋代が毎月九万円、それに鍼も九万円。それだけで、今までに百万円か。亀田病院の先生たちに大きな油絵を三枚、小田病院や野波や菊鮨その他に、小さいのを六、七枚。先生たちにあげたウイスキーやブランデーが、二、三十本。毎月、魚が三、四十キロ。それもみんなで、百万円以上になってるね。それに、わたしの病気のせいで、啓坊さん、いつもほど原稿を書くひまがなくって、稼ぎが少ないわけだから、その分も借金したか? ねえ、啓坊さん、どのくらい借金した?」

弘の父親の香典で、ケチなことを言い出した原因が分った。

「二、三百万だよ」

「二百万か、三百万か、どっち?」

「三百万だよ」

「そんなに借金して、大丈夫?」

と寿美は急に心細そうな声で言った。

「大丈夫だよ。お前が心配することはないよ」

「そんなこと言ったって、三百万円も借金したら大変じゃないの」

と寿美はいっそう心細そうに涙声になった。

「ねえ、啓坊さん。たのむから、あんまり借金しないで頂戴」

「分ってるよ」

「そんなこと言ったって、啓坊さんはめちゃくちゃなんだもの」

「うるさいな。お前は金のことになると、くどいよ」

と私は腹を立てて電話を切った。

わが家は非常事態なのだから、生活を切り詰めなければならない。ましてや浪費はつつしまなければならない。と分ってはいるのだが、私は一向に改まらず、忸怩たるものがあった。そこを寿美に衝かれて、私はわがままな腹を立てた。

電話を切って煙草を吸っていると、何故か私は誰かに非難の眼差で見詰められているような気分がしてきた。寿美は教員保険のおかげで、特別室の料金以外の医療費は一銭もかからない。一般の場合は医療費を何割か負担しなければならず、保険の効かない薬その他がある。長患いの場合、その費用たるや恐るべき額になる。私は幸い借金が出来るが、出来ない人は満足な治療を受けることが出来ない。その上私は、呉羽化学の薬を存分に使えるという幸運にも恵まれている。

妻が癌のため、家屋敷を売払って、六畳ひと間のアパート暮しになり、幼児を二人抱えて自暴自棄に陥った人もいると聞く。寿美の癌は私にとって大変な不幸だが、ひそかに羨望の眼差を投げている人もいるであろう。寿美が奇跡的に直ったと言って大喜びの私を見て、腹の底から嫉妬している人もいるに違いない。自分自身は気づかずに人にあたえた傷ほど、深いものはない。そう思うと、私は憂鬱な気分になった。

九章

四国の取材旅行には、「小説現代」の斎藤さんが同行した。四国犬の小説を書くので、日本犬保存会四国総支部展の開催される高知へ行くのである。高知は四国犬の本場であるし、展覧会には多くの四国犬愛好家が集まるので、取材に便利なのであった。

飛行機に乗る度に、いつも私は不思議を感じた。私は大変な高所恐怖症で、二階の窓から地面を見下ろしても、眩暈を感じる。ビルディングの屋上の手摺の傍で、幼児を抱き上げながら、地上の光景を見せている親の姿を見た途端、足元から体内を風が吹き抜けてゆくような恐怖を感じた。断崖絶壁に追い詰められ、墜落する自分を想像するだけのことで、まっ青になり、心臓が止りそうになることさえあった。ついで、心臓麻痺を起して死んでしまうのではないかという恐怖に襲われ、その想像から逃れようとして、思わずわけの分らぬことをつぶやきながら、部屋の中をうろつきまわった。それほどの高所恐怖症でありながら、私は飛行機の窓から地上を眺めても、一向に恐怖を感じないのであった。

機内は一種の密室なので、私が平衡感覚を失ってよろめいても、機外に転げ落ちる心配がないということもある。また、あまりにも高すぎるという点にも、恐怖を感じない原因があるのかも知れなかった。

窓外を見れば、青く拡がる空気だけがあって、高低を識別する何物もない。見下ろせば、地上の凹凸のすべてが平面化されていて、さらに高低に対する感覚が失われた。地上の人影が識別出来ないことによって、私自身の能力があやしげに感じられ、ひいては実在感が稀薄《きはく》になった。

今、ここから墜落しても、墜落の実感がないのではないか。機外に放り出されたとき、地上に墜落するのではなく、空中のどこかへ吸い取られてしまうような気がする。雲が消えて無くなってしまうように、私も空中のどこかへ消え去ってしまうのではないのだろうか。

私は視線を機内に戻しながら、美術学校時代の美術解剖学の時間、教授が講義した言葉のひとつを思い出した。

「キリコの絵に、乳房の部分が空洞になっているのがある。これは、マイナス、イコール、プラス、という解釈による表現なのであります」

私はふと不安を感じながら、胸の中でつぶやいてみた。

「マイナス、イコール、プラス」

癌はあまりにも絶望的な病気なので、私は変に現実感を失っているのではないのか。絶望に直面して私の感情は異常に飛躍しつづけ、いつのまにか錯覚を生じて癌の正体を見失っているのかも知れなかった。今、空中に放り出されても墜落する気がしないと言ったならば、人は笑う。同様に、寿美の癌が直ったと言って喜んでいる私を見て、人は腹の中で笑っているのかも知れない。そう思うと、私は隣席の斎藤さんの横顔を盗み見せずにはいられなかった。

高知の空港に着くと、地元の役員たちが出迎えていて、顔見知りの池田審査員が近寄って来た。

「遠いところを、ご苦労さん。三十分後の次の便で渡辺さんが来ますで、すまんけど、ちょっと待っとって」

私は渡辺さんと同じ飛行機に乗りたかったのだが、切符が取れなかった。渡辺さんは日本犬保存会の審査部長で、私との関係は古い。美校生の頃、私は渡辺審査員の補助員を勤めていたのだから、既に三十年余りのことになる。今度の取材も渡辺さんの口添えで、地元が便宜をはかってくれることになっていた。

夜、地元の招待で、高知市内の料亭へ行った。飲むほどに、芸者相手に箸拳《はしけん》がはじまった。箸拳は気合が鋭く、見ていて小気味よかった。地元の永野審査員の拳捌《けんさば》きが、特に見事であった。

「永野さんも、すっかり元気になったな。あんたも池田さんも、運が強いわ」

と渡辺さんは二人を交互に眺めながら、生れ故郷の伊勢弁で言った。

「この頃は、癌も直る人が多うなったな。実は近藤さんの奥さんも癌で、医者からひと月かふた月て言われたんやが、もう一年をこしてしもうた。こないだも見舞いに行って来たけど、元気なもんやった」

永野さんと池田さんが自分の病状について、私に話した。永野さんは胃癌、池田さんは直腸癌で、それぞれ二年前に手術したという。私は池田さんとは今までに何回か各地の展覧会場で顔を合わせていたが、癌とは知らなかった。池田さんは春秋の展覧会シーズンになると、審査員として高知から全国各地に出向き、大活躍していた。そのように元気な池田さんが癌と知って、私は驚くと同時に喜びを感じた。酒の酔いもあって、私の機内での不安は雲散霧消した。また、永野さんも池田さんも自分が癌だと知っていながら明朗な点が、私には印象が強かった。私は誘われるままに料亭からバーへ行き、気に入った女を見つけると、口説きはじめた。

三日目の夜、私は帰京して野波旅館に泊り、翌日の昼前、国立東京第二病院へ行った。寿美の顔は元気に輝き、久しぶりだったせいか、のべつまくなしに喋りつづけた。

「うるさいな。少し黙れよ」

「ふん。つまらないの」

「四国の取材から帰って来たばかりで、疲れてるんだ。少しは静かにさしといてくれ」

「そんなこと言うんなら、啓坊さんなんか、もう帰ってもいいよ」

「じゃ、帰るよ」

と私が腹立たしげに立ち上ると、寿美は急に折れて出て、ふざけた調子で言った。

「なんだい、君。そう怒るなよ。病気のときくらい、少しは親切にしてくれたっていいじゃないか」

「お前はもう病気じゃないよ」

と言いながら、私は仕方なくまた坐った。

「お茶でも、もう一杯いれろ」

寿美は茶をいれて暫くすると、思い出したように言った。

「ねえ、啓坊さん。上野さんて誰？」

「上野さん？」

と訊き返しながら、私はどきりとして、寿美の顔から目をそらした。

「啓坊さん、上野さんていう人に蜂蜜を送ったでしょう？　礼状と果物籠が届いたわ。上野さんて、わたし今まで聞いたことのない人だけど、どういう人なの？」

「ちょっとした知合いだよ」

「ちょっとした知合いの人に、どうして蜂蜜なんか送ったのよ？　変じゃないの」

四国へ行く前、蜂蜜の一斗鑵を諸方へ送っておいた。呉羽化学の上野さんにもほんのお礼のしるしに送っておいた。上野さんが返礼するとは考えていなかった。ましてや、直接寿美にするとは、想像もしなかった。

「ねえ、上野さんていう人、啓坊さんとどういう知合いなの？」

と寿美はベッドに腰かけたまま、変に笑って疑わしげに追及した。

「どこで知合った人？　わたしが知らないんだもの、最近、知合った人でしょう？　ねえ、どういう人なの？」

あせればあせるほど、うまい言訳が見つからない。

「こんな名刺が、手紙の中に入っていたけど……」

と言いながら、寿美は枕元の手紙の中から、上野さんの名刺を出して私に渡した。

「呉羽化学の研究所副所長で、農学博士って書いてあるけど、こんな畠違いの人、どうして知ってるの？」

私は顔中から汗が流れ出した。寿美が突然、思いがけないことを言った。

「姫で知合った人？」

なぜそんなことを言うのか、すぐには分らなかった。沈黙をつづけていると、寿美が苛立たしげに言った。

「ねえ、上野さんて、誰なのよ……！」

そのときになって私は、ときどきバーで初対面の人と親しくなる自分の性癖を思い出した。その性癖を寿美も思い出して、言ったに違いない。そう気がついて、私はあわてて言った。

「そうなんだよ。上野さんとは姫で馬鹿に意気投合しちゃってね。それで、蜂蜜が好きだって言ったから、送って上げたんだよ」

「嘘言ってらぁ」

「ほんとだよ。社用族で姫に来ていたんだ」

「ねえ、ほんとに、どういう人なのよ。わたしに知られると、そんなに困る人なの？」

私にはどうしてもうまい言訳が見つからない。ついに切羽詰って、枕元の小瓶を指差しながら言った。

「実は、その薬をつくっている研究所の人なんだよ。その薬、肝臓の特効薬なんだ。槇田さんが呉羽化学の社長と懇意なので、世話してくれたんだよ」

「槇田さんが？」

「そう」

「じゃ、こないだ英子ねえさんがお見舞いに来て下さったとき、お礼を言わなきゃあ、いけなかったじゃないの。どうして、黙っていたのよ？」

「槇田さんが黙っていろって言ったんだよ。病気のときはちょっとしたことでも、変に恩に着て気持の負担になるといけないから、全快するまで黙っていた方がいいって……」

「何だかおかしいな」

寿美は奇妙な笑いを浮べながら私の顔を見守っていたが、不意に笑いをおさめると、改まった口調で言った。

「これ、癌の薬じゃないの？」

「そんなことないよ」

私は逃げるように目をそらした。

「だって、この薬、隣りの部屋の癌の人が飲んでいるよ。隣りの人の娘さんがこの薬を記録室で受け取ってるの、見たもの。ねえ、これ、癌の薬なんでしょう?」

「そんなことないよ」

「啓坊さんのその汗、何? 顔中、滝みたいじゃないの」

と寿美は急に笑い出しながら、

「わたし、平気だよ。だから、啓坊さん、そんなに汗を流さなくてもいいのに。わたし、肝臓癌か?」

私は黙ったまま、首を横に振った。

「じゃ、何癌?」

「卵巣癌だよ」

「卵巣癌?」

鸚鵡《おうむ》返しに言った寿美の顔から笑いが突然消えた。

「やっぱり、ほんとに……」

寿美は知覚を失った人のように、茫然とした顔になった。金縛りにあった人のように、身動きしなかった。それから、無理にちょっと笑って見せたかと思うと、ベッドに寝ころがり、掛布団で顔をかくしながら嗚咽しはじめた。

寿美は癌ではないかと疑う一方、それを何とか否定しようとしていたのであった。そこに気がつかなかった自分を私は悔んだが、もはや止むを得ない。第一、寿美の心理を把握していたとしても、私には上手な嘘がつけず、結局は白状してしまったであろう。私は心弱くも、そう考えることで自分を正当化しようとしていた。とことん問い詰めた寿美にも罪があった。問い詰めた愚かさを寿美自身、今や私より以上に後悔しているかも知れなかった。

寿美はすぐに泣きやんだ。起き上りながら、無理に笑って見せようとして、泣き笑いになった。手で涙を拭いながら言った。

「馬鹿だなあ、わたしって。なぜ、泣いたんだろう。啓坊さんの方が、わたしより千倍も万倍もつらかったでしょうにね」

「そんなことないよ」

「啓坊さんの髪の毛が急に白くなったのが、わたし、不思議でならなかったのよ。いくらわたしが肝臓病になったからといって、白くなり方がふつうじゃないんだもの。癌だったからなのね。わたしの癌、よっぽど悪いんでしょう？」

「お前。ふつうなら、去年死んじゃってるんだよ。小田さんはひと月で駄目だって言った。郁太郎先生は二、三箇月って言った。この病院でもすぐに見放されて、鴨川へ戻った……」

「どうして、わたし、今まで助かってるの？」

「その薬のおかげさ。お前が癌と知った途端、槇田さんがその薬を車で鴨川まで届けてくれたんだ」

「槇田さんは命の恩人ね。でも、この薬を飲みはじめて快くなって、また去年の暮から今年の正月にかけて悪くなったわね。どうして？」

「薬の量に問題があったらしい」

と言ってから、私は改めて発病以来の経過をくわしく話して聞かせた。

絶望的に悪かった癌が快くなり、また悪くなって快くなったという事実を、寿美に認識させなければならない。それによって、寿美の場合、癌が決して絶望的な病気ではないのだということを自覚させ、あわせて闘病の気力を高揚させなければならなかった。

私はくわしく話しているのだが、寿美はさらにまた突っこんだ質問をした。手術の結果については いくらか誤魔化して話そうと思っていたのだが、それも出来なかった。下手な嘘をついてばれたとき、私に対する信頼感を寿美が失ってしまう。それがこわかった。

「畜生。この腹の中の癌、たたいてたたいて、たたきのめしてやりたいよ」

と寿美は拳《こぶし》で腹をたたく真似をして見せ、大きな目を潤ませながら改めて言った。

「啓坊さん、ありがとう。わたしが今まで生きてるのは、啓坊さんの執念のおかげね。ほんとなら、去年死んでるんだもの、あとは儲けものだわ。思い残すことがないよ。わたし、なんだか不思議にとても平静な気持になっちゃった」

「思い残すことも、へちまもないじゃないか。お前はもう直っちゃってるよ。さっきも言った通り、拳大もあった卵巣の癌が消えて無くなっちゃったっていうんだもの。親玉の癌が無くなっちゃってるぐらいだから、あとの転移した奴だって、消えちゃってるさ。呉羽化学の薬と抗癌剤の併用が、どんぴしゃりと効いちゃったんだな。いちかばちかで抗癌剤を使うって言ってたけど、久保先生だからこそ、出来たことなんだね」

「おじいちゃん、大したものね。金と銀へ行ったとき、馬鹿に機嫌がいいと思ったけど、そのわけが分ったわ」

「お前っていう傑作を目の前にしながら、久保先生、お酒を飲んでいたわけさ」

「でも、口惜しいな」

「何が？」

「だって、みんなでわたしをだましていたんだもの。おじいちゃんも木村さんも矢野先生も……。わたしが変だと思って質問しても、みんなしらばっくれた顔して適当なこと言ってさ。特に、おじいちゃんのとぼけ方は、いま思うと名人ね。大した役者だわ」

「医者も役者になったり、いろいろと容易じゃないよ」

と笑いながら、私は寿美が癌だと知ったことを医者に報告しなければならない義務を重苦しく考えていた。

「文の奴も、けっこう名優ね。歯が痛い痛いって、夜中に暴れてさ」

と笑ってから、寿美は不意にぽろりと涙を流した。

「文にも苦労させたな。啓坊もつらいことがあっただろうし……。恵美ちゃんもよくやってくれたんだな」

「泣くのはよせよ。案外、文も啓坊もしっかりしたものさ。それよりもお前、今夜はショックで眠れないんじゃないのか」

「そんなことないよ」

と寿美は一転して元気に言った。

「ほんとに、さっぱりとして平静な気持だよ。頭の上の拭い切れなかった雲が、さっと払い落ちたような気持だわ。今まで辻褄《つじつま》が合わなかったことが、みんなはっきり分っちゃった。わたし、こうなったら、鍼でも何でも、いいっていうことは、何でもやるよ。でも、なんでわたしがこんな業病になったのかしら……？」

「丹羽さんの奥さんも、なんでお前が業病になるんだろうって、嘆いていたよ。世の中、矛盾だらけで、分らないものさ。でも、癌は今や不治の病じゃないからね。高知へ行ったときも、審査員でふたり癌がいたけど、もの凄く元気なんで驚いちゃった」

と私は池田さんと永野さんの話をした。

「でも、その人たち、手術をしたんでしょう？」

「そりゃ、そうだけどさ。でも、お前は現に体重は六十キロになっちゃったし、元気なもんじゃないか」

「そうですね。再発しないように、気をつけなきゃあいけない。営養をうんとつけて、疲れないようにしなければ……」

「その通りだ。ところで、おれ、久保先生や木村にばれたことを報告しなきゃあいけない。叱られるだろうな」

「だって、仕方がないよ。わたしが問い詰めた上に、啓坊さんは嘘が大の苦手ときてるんだもの」

「でもさあ……」

と私は溜息まじりに言ってから、思い切って立ち上った。

最初、外科医長室に行き、私は照れかくしの笑いを浮べながら木村に報告した。

「癌てことが、うちの奴にばれちゃったよ」

「え？」

と木村は想像以上に緊張した表情で、私の顔を見守った。

「また、どうしたんだい？」

「いや、実は……」

と私は苦笑しながら説明した。

「困ったな。しょうがないことだけど、でも、困ったことになったなあ。今みたいに調子の快いときはいいけど、また悪くなったときに困るんだよ」

と木村はにがり切った顔になって暫く黙りこんでいたが、気分転換して苦笑しながら言った。

「いやあ、困っちゃったな。第一、僕は当分、奥さんのとこへ行けないよ。さんざんだましてばかりいたんだからな」

「だって、それは善意の嘘なんだもの、いいじゃないか」

「だけどさあ、やっぱり、ちょっと具合が悪いよ」

と木村は頭をかいてから、急にあわただしげに言った。

「久保先生にすぐ知らせなくちゃあ、いけない。矢野先生には、僕から連絡しておこう」

「じゃ、たのむ」

と言って、私は外科医長室を出た。

久保先生は私の報告を聞くと、木村以上に緊張してにがり切った顔になった。

「親が危篤だという知らせを受けた途端、それまでは出すぎるほど出ていた母乳が、全然出なくなった人もいるくらいだからね。困ったことになったな」

と久保先生は皺を寄せた眉間を指先で掻くようにしながら、うつ向いて黙りこんだ。

私は急に身の置き場のない心細さを感じた。明日から寿美の容態が急変するかも知れない。私は今になって、深い後悔に苛まれた。

嘘は苦手であるが、絶対に真実を告げてはならないという意志が強固だったならば、必死になって嘘をついたに違いない。隣室の患者も肝臓が悪いので同じ薬を飲んでいるのだろうと言い、あくまでも肝臓の特効薬だと言い張ることが出来たであろう。下手な嘘なので、寿美は今までより以上に癌の疑いを深めたには違いないが、疑惑はやはり疑惑であって、真実を知ることとはわけが違う。と分っていながら、私は白状してしまったのである。

真実を告げてはならぬという意志が薄弱になった第一の原因は何かと言えば、寿美はもう直ったのだという考えが私に強かったことである。直ってしまっているのに、いつまでも嘘をついているのはナンセンスであった。さらに寿美の場合、絶望的な容態から再三立ち直ったのだから、ひょっとしてまた悪くなったとしても、絶望感だけではなく希望も大いに持てるのだという考えも控えていた。しかも、癌だと自覚しながら元気一杯の人に出会ったばかりのことだったので、私は白状してしまったのであった。

が、実を言うと、そこには裏があった。今度の経験を小説に書きたいという今までになく強い創作欲が、数箇月前から急激に高まっていたのである。私は今すぐに書きたくてならなかった。そのためには、寿美に真実を告げなければならない。と言って、それは出来ない。出来るとすれば、寿美が全快したときに限る。そのためにも、私は一日も早く寿美に全快してもらいたかった。そういう願望が、夫婦の情愛から発した本来の願いに拍車をかけ、私の感情は一方的に発展しつづけて、寿美は全快したものと思いこんでしまったようであった。

木村にも増してにがり切った久保先生の顔を見た瞬間、私は水を浴びたような気持になった。久保先生は寿美の奇跡的な回復は認めているが、全快したとは全く考えていなかった。と同時に、真実を知った精神作用によって、寿美の容態が悪化することを何よりも恐れていた。

もし容態が悪化すれば、私の創作欲が残酷にも寿美を苦しめ、悪化させたことになり、私の悔いは深い。

「しかし、いずればれることだとは思っていた」

と久保先生が顔を上げながら言った。

「患者同士、話し合うこともあるしね。ところで、ちょっと病院へ行って、本人に会いましょう」

「すみません」

と私はお辞儀をしてから、立ち上った。

私は久保先生と一緒に病院へ向って歩きながら、このときほど、寿美の全快を願ったことはなかった。

「先生。明日は御出勤の日ですが、内診をして下さいますか。急に気になって来ちゃって……」

と私は不安にかられるままに言った。

「そんなに気にしなくても、大丈夫ですよ。精神的な作用が肉体に影響をあたえることは確かだけど、と言って、それでもって黴菌が増えたり傷口が拡がったりするわけのものじゃないからね。でも、とにかく明日は内診して見ましょう」

「先生、今夜はお忙しいですか？」

「いや、別に……」

「この前、先生に泊っていただいた鴨川グランドホテルで、今年の春から日本橋に料亭を出してるんです。そこへ、こないだ木村が何かの会で行ったんだそうですが、とても気に入って、馬鹿にほめてましたけど、わたしはまだ行ったことがないんです。先生、よろしかったら、今夜一緒にいかがですか」

「鴨川グランドホテルの料理はおいしかったね」

「じゃ、先生、いいですか」

「いいけど、あなたに散財ばかりかけて、いいのかな」

「とんでもない。木村も誘ってみます」

いざとなると、私は久保先生と木村にたよることしか知らなかった。この二人と一緒にいれば、何となく心細さから救われるような気がするのであった。

病室に入ると、久保先生は笑いを浮べ、おどけて寿美にお辞儀して見せながら言った。

「どうも、だましていてすみません」

寿美は赤くなって笑いながら言った。

「先生がいちばん名優だったわ」

「いやね」

と久保先生は相変らず笑いを浮べながら、

「ほんとはあなたの場合、かくす必要はなかったんですよ。だけど、癌と聞くと、素人は必要以上に恐れると思ってね」

「また、先生はだますんじゃないんですか」

「いや、ほんと。もう心配することはない」

「でも、わたし、左の脇腹がひきつれるようで仕方がないんですけど……」

「たちまち、あれこれ、気になってきたか。それがいちばん困る」

と久保先生は私をふり返って笑った。

「そうじゃないんですよ。前から矢野先生に言ってるんですけど、笑って聞いて下さらないんですよ」

「それはね、治癒したところは繊維化するから、どうしてもひきつれるの。つまり、直ってる証拠なんですよ。だから、矢野君も笑って相手にしないの」

と久保先生は説明してから、駄々っ子を叱りつけるような調子の甲高い声で言った。

「分った？」

「分りました、分りました」

と寿美は恥ずかしそうに笑いながら、安堵の表情を示した。

夜、私は久保先生と木村を案内して、日本橋と銀座へ行き、酔って野波旅館に帰って来た。波ちゃんの部屋に行き、瞳ちゃんも一緒に茶を飲んだ。

「とうとう、寿美にばれちゃったよ」

と私は苦笑しながら波ちゃんに言った。

波ちゃんは途端に顔色を変えて私を見詰めた。

「どうして、ばれたのよ？」

私が説明すると、波ちゃんは震えながら怒り出した。

「なぜ、ほんとのことを言っちゃったのよ。あれほど、今度ばかりは絶対に嘘をつかなきゃあ駄目よって、言っておいたのに……！　ほんとに、近藤さんは馬鹿ね。わたし、もう知らない」

「そんなこと言ったって、しょうがないじゃないかよ」

「何言ってんのよ。絶対に言っちゃあいけないと思えば、どんな嘘だってつけるわよ」

「ほんとよ」

ふだん横から口を出したことのない瞳ちゃんまで、憤りに耐えかねてそう言いながら、私の顔を凝視した。私は目のやり場に困ったまま、変に笑っていた。波ちゃんが思い返したような口調で言った。

「それで、奥さん。癌だと知って、どうだった？　案外、平気な顔をしていた？」

「やっぱり、泣いたな」

「それ、ごらんなさい……！」

と波ちゃんはまた震え出し、目を潤ませながら言った。

「可哀そうに。ほんとに、近藤さんみたいな馬鹿、見たことないよ。ねえ、瞳。奥さんが可哀そうだよねえ」

「ほんとよ。ほんとに、どうしてそんな馬鹿なこと言っちゃったのよ」

「大丈夫だよ」

と私は言いながら、逃げるように立ち上った。

「直っちゃってるんだもの、ばれたって、どうってことないよ」

「何言ってんのよ……！」

と怒りつづけている波ちゃんから逃げ出して、私は部屋にひき揚げた。

翌日の昼前、私は病院へ行った。

「昨日、眠れたか？」

「さすがに、眠れなかったわ。やっぱり、ショックだったんですね」

寿美が正直に言うのを聞いて、私は却って安心した。寿美は私に茶をいれると、ベッドに腰かけながら言った。

「わたし、急に鴨川へ帰りたくなって来ちゃった。うちがやっぱりいちばんいいよ」

「一人でいると、何となく心細くって、寂しいんだろう。無理もないよ。おれも昨日は一人だと心細いんで、久保先生と木村を誘って飲みに行ったくらいだもの。白血球が回復したら、退院しようじゃないか」

「そうですね。早く白血球が安定しないかな」

「でも、前みたいに、二千台を切ることはないんだろう？」

「ええ。三千台で落着いてくれると、いいんだけどねえ」

「今日、久保先生の内診、あったかい？」

「ええ。大変よろしい、何ひとつ心配することはないって。わたし、不思議におじいちゃんと会ってると、安心するんだなあ」

「お前、いざ退院するとなると、心細くなるんじゃないのか」

「そうかも知れないわ。おじいちゃんに診てもらえなくなるからね。でも、やっぱり白血球さえ落着けば、わたし、うちに帰るよ」

「子供と一緒に暮したいんだろう？」

寿美は頷くと急にぽろりと涙を流した。

「よせよ。お前がそんな気の弱いことじゃあ、困るじゃないか。おれ、今日は家へ帰って仕事をしなきゃあならないと思ってるんだけど、帰れなくなっちゃうよ」

「ごめん、ごめん。わたしも修養が出来てないんだな。つい、弱気になっちゃってね」

と寿美は笑って見せながら、

「でも、もう大丈夫だよ。啓坊さん、うちへ帰って、一所懸命に仕事して。ほんとに、もう大丈夫」

「とにかく、お前はもう直っちゃってるんだから、全然心配はないんだよ。癌でもって死にそうに痩せた人間が、また太ったなんて話、聞いたことがあるか。元気を出して、玄関まで送って来い」

「送って行くわ。ついでに、少し散歩もするよ。啓坊さんと話してたら、だんだん元気が出てきちゃった。持つべきものは、やっぱり亭主か」

と寿美は元気になって、ベッドから下りて身支度をした。

帰宅すると、子供や恵美ちゃんに私は事情を打明けた。二日目の日曜日、私と啓一郎は犬を連れて中山競馬場近くの日本犬保存会千葉支部展に行き、文を寿美の見舞いにやった。展覧会が終ると、啓一郎も寿美の見舞いにやり、私は懇親会に出てから、帰宅した。

私は先に帰っていた文に訊いた。

「お母さん、どうだった?」

「やっぱり、相当気にしてるわね。変なことばかり、言ってたわ。もし、お母さんが先に死んでも、お前、大丈夫か、とかなんとか言ってたわ」

「そうか。やっぱり……」

と私は文から目をそらしながら黙りこんだ。

「でも、昨日はとてもよく眠れたんだって」

「きっと、時がたてばだんだん寿美の気持も落着いてくるだろう」

「そうね」

と文は頷きながらも、やはり憂鬱そうな顔であった。

私は煙草をふかしながら、いつまでもリビングルームの椅子の中に沈みこんでいた。が、今更悔んでもはじまらない。時が解決してくれることをあてにして、私は書斎に入り、机の前に坐りこんだ。

十章

毎日、私は寿美に電話をかけた。数日すると、寿美は再び散歩に行くようになり、元気な声で、駒沢競技場の運動会の模様を話したりした。やはり、時が経つにつれて、ショックから立ち直ってきたようであった。

そんな頃、弘が遠洋漁業から帰って来た。文が風邪で寝ていたが、私は恵美ちゃんに暇をやり、慶子ねえやんに手伝いに来てもらった。弘と恵美ちゃんが東京へ遊びに行くと、その日、寿美から仕事中の私に電話がかかってきた。

「今、弘さんと恵美ちゃんが見舞いに来て、帰っていったけど、文が……、文が……！」

と寿美は急に泣き声になった。

「文がどうしたっていうんだ？」

と私は呆気にとられて訊き返した。

「文が風邪で寝てるっていうのに、恵美ちゃんが休んで、可哀そうに……！　文が、文が……！」

と寿美は泣き出した。

「文が風邪で寝てるからって、なぜ泣くんだよ。慶子ねえやんが替りに来てくれているし、何も心配することなんかないじゃないか」

「慶子ねえやんが来てるの？」

と寿美は一瞬ほっとした調子で訊き返した。

「そうだよ。お前がうちのことを心配する必要は何もないんだ。文の風邪も大したもんじゃない。明日から、学校へ行くって言ってるよ」

「だって、慶子ねえやんが来てるってこと、恵美ちゃんが言わなかったんだもの」

と寿美はようやく泣きやみながら、

「文を出して」

私は文を呼び、電話を替った。

「なあに、お母さん」

と文はのんびりとした調子で言い、暫く電話を聞いているうちに笑い出して、

「馬鹿ねえ。何を泣いてるのよ。いい年をして」

文の声を聞いて、寿美はまた泣けてきたのであろう。寿美は自分の生命は長くないのだと悲観して、殊更子供が不憫でならず、涙もろくなっている。ショックから立ち直っているどころではなかった。私に心配をかけまいとして、故意に元気に振舞っていただけのことであった。

そう悟ると、無駄だと思いながらも、私は文と電話を替って、やはり言わずにはいられなかった。

「お前、すっかり気が弱くなっているようだけど、そんなことでどうする。おれはときどき久保先生に電話をかけて聞いてるけど、すべて今まで通り好調だって言ってるんだ。それなのに、お前だけが一人相撲を取って、変に悲観的になっている。何度も言ってることだけど、お前の癌はもう直っちゃってて、問題は白血球だけなんだってことを忘れるな。今は昔と違って、癌で直ってる人が何人もいるんだ。癌だからって、お前みたいに悲観ばかりしていると、人に笑われるぞ」

「分った、分った」

と言いながら、寿美はちょっと恥ずかしそうに自嘲的に笑った。

「もう泣いたりなんかしないよ。わたしって、修業が出来てないんだな。一人で病院にいると、寂しくなって、つい悲観的な気分になっちゃうの」

私はこの際、寿美を家に帰した方がいいと思った。

「白血球は、三千台で落着いてるのかい？」

「ええ。でも、どうしても四千台にならないんですよ」

「四千台にならなくったって、いいよ。それより、うちへ帰って来た方が、お前の気が紛れていい」

「でも、久保先生は四千台になるといいんだけど、三千台じゃまだちょっとって、言ってるからね」

「そうか。それはとにかくとして、おれ、なるべく早く東京へ行くよ。どうもこんなにお前が気弱になってるんじゃ、おれも気になって仕方がないからな」

「大丈夫よ。もう大丈夫。だから、わたしのことは気にしないで、啓坊さん、仕事をして頂戴。おれが悪かった、おれが悪かった」

と寿美はふざけて笑いながら言った。

私はちょっとほろりとしながら、電話を切った。文が心配そうに言った。

「やっぱり、わたしたちには想像のつかないくらいに、お母さん、ショックを受けてるのね。今まで、泣いたことなんか、なかったのに……」

私は黙って頷いた。

「でも、お母さん、軀の調子はいいんでしょう? 調子さえよければ、そのうちにお母さんもだんだん安心してくるんじゃないの」

「結局、そういうことだな。きっと、あとひと月もすれば、自然に気持も落着いてくるよ」

文は頷き返して、部屋へひき揚げて行った。

一週間後、私は仕事を片付けて、上京した。病院へ行くと、廊下で矢野先生に出会った。

「いやあ、困りましたよ。あれ以来、やたらに訴えが多くなっちゃいましてね。一種のノイローゼですよ。途端に、小便の出が悪くなった」

「小便の出が悪くなった？」

私は初耳なので、たちまち不安になって訊き返した。

「出が悪いっていうほどのことじゃないんだけど、本人が必要以上に気にするから、困るんですよ。今まで通り、全く調子がいい癖に、あそこがおかしい、ここが変だって、やたらに神経質になるから、小便の出まで悪くなっちゃう。やっぱり、ばれたのがいけなかった。ほんとに、困りましたよ」

私は苦笑して詫びるように何度か頷き返してから、病室へ行った。

寿美の顔色はよく、嬉しそうな笑顔で私を迎えた。私はひと安心しながら言った。

「なるほど、やっぱり矢野先生の言ったこと、ほんとだ。お前、全然、調子がよさそうじゃないか」

「矢野先生と会ったの？」

「今、そこで出会った。先生、困っていたよ。相変らず調子がいいのに、ばれた途端、お前が急にあそこが変だ、ここが変だって言うので、困るって。一種のノイローゼだって、言ってたよ」

「ほんと？」

と寿美は急に晴れ晴れとした表情になって、

「矢野先生、わたしのこと、ノイローゼだって？」

「そうだよ。だから、どんなことがあっても、ばらしちゃあいけなかったって、おれ、叱られちゃったよ」

「ほんと？　それ聞いたら、わたし、なんだか急に安心しちゃった。やっぱり、ほんとにどこも悪くないんだな」

「馬鹿だな。病的に神経質になるから、病的に小便の出も悪くなるって言ってたよ。お前、おれに小便のこと、どうして黙ってた？」

「出が悪くなったっていっても、以前みたいにひどいわけじゃなかったし、啓坊さんが心配するといけないと思ったから」

「おれが心配するのはかまわないけど、お前が変に心配してノイローゼになるのが、いちばん困るよ」

寿美は茶を入れながら、ひとりごとのような調子で言った。

「でも、人間て、つくづく変なもんだな。矢野先生が啓坊さんに言った言葉を聞いて安心したせいか、啓坊さんの顔を見て安心したせいか、今までくよくよしていたのが、まるで嘘みたいに、急に元気が出て来ちゃった。確かに、気のせいかも知れないな」
二、三十分も経った頃、ベッドに坐っていた寿美が床に下り立つと、われながらあきれたという調子で言った。
「ほんとに、不思議だなあ……！」

「何が？」

「急に、おしっこが出たくなってきちゃった。ちょっと便所へ行って来るわ」

と寿美は病室を出て行き、間もなく戻って来た。

「出た、出た。もの凄く出たわ。ああ、いい気持だった。でも、啓坊さん、人間てこんなに気持に支配されるものかな。まるで、馬鹿みたい」

と寿美は満面に笑みを浮べたが、私は改めて後悔を感じながら言った。

「なるほどな。確かに、病気は気からだ。ばれたことを報告に行ったとき、久保先生がもの凄く不機嫌な顔になったわけだよ。やっぱり、絶対に言うんじゃなかった。今更、後悔しても間に合わないけどな」

「もう大丈夫。今度こそ、絶対に大丈夫だよ。よく分ったもの」

と寿美は芯から安堵したような笑顔で私を見返した。

一日置いて、私が病院へ行くと、寿美は眠っていたが、すぐに目を覚ました。

「どうも胃が張って、いけないな」

と寿美は寝たまま、片手で胃のあたりをたたいて見せた。

「金魚みたいにパクパク空気ばかり飲んでるからだって、矢野先生、笑って相手にしないけど、胃に空気がそんなに溜まるものかしらね」

「そりゃ、溜まるよ。おれなんか、年中だ。げっぷをして空気を出そうと思って、苦労することがよくあるよ。それより、お前、寝てばかりいないで、もっと散歩でもしたらどうだ?」

「ここのところ、寒かったから、風邪をひくといけないと思ってね」

「風邪をひいちゃあ、いけないけど、なるべく散歩した方がいいよ。おれ、これから久保先生の家へちょっと挨拶に行こうと思ってるんだけど、その辺まで一緒に行かないか」

「久保先生のところへ行って、そのまま帰っちゃうの？」

「いや、また戻って来るよ。木村にも一度、会いたいしね」

一昨日はすっかり安心して笑っていた寿美だが、今日はもう気を病んでいる。当分は変りやすい天気のように、寿美の気持も変化しつづけるであろう。やはり、一日も早く寿美を鴨川へ帰して、気を紛らわしてやることがよい。

私は寿美と一緒に病室を出た。

「明日の夕方、支那料理を食べに行かないか。野波の坊や夫婦がちょうど結婚一周年だから、そのお祝いをかねて、一緒に行こうじゃないか」

「満ちゃんたち、もう一年になりますか。早いものですね」

雑草の生えた病院の空地を歩きながら、私は言った。

「この病院の風景は、いつも殺風景だな。こんなところにいると、いっそう気分が滅入るよ。白血球が四千台にならなくってもいいから、もう鴨川へ帰ろうじゃないか」

「でも、おじいちゃんが三千台じゃちょっとって、言ってるもの」

「だからさ、久保先生から郁太郎先生に、白血球の治療について、くわしい指図をしてもらえばいいじゃないか」

「わたしはやっぱり、おじいちゃんに直接診てもらいたいな」

寿美は久保先生を絶対に信頼している。久保先生からはなれて鴨川へ帰ると、今度はそのことで気を病むに違いない。結局、久保先生に相談してみるよりほか仕方がない。

病院の裏門の手前で寿美と別れ、私は久保先生の家へ行った。

「どうも、困ったもんだ」

と久保先生は苦笑しながら言った。

「相変らず調子はいい。どこも悪くないのに、やたらと気にして訴える。やはり、言っちゃあ、いけなかったな」

「申訳ありませんでした。それで先生、この際、鴨川へ帰した方が気が紛れていいんじゃないかと思ったんですが、これもまた問題があるんですよ。本人は先生の手からはなれることが、大変不安なんです。全く、どうしたらいいのか、わたしも判断に迷っているんですけど……」

「いや、わたしもそれは考えていた。どう、鴨川へ帰るって、言ってみたこともある。様子を見ていると、帰りたいけど、やっぱり不安なんだな。わたしも迷ってるんだよ」

「そうですか……」

と私は黙りこんでしまった。

「もう少し、様子を見ようじゃないか」

と久保先生が言った。

「白血球の方は、三千五、六百で落着いているから、いま帰ってもさほどの心配はないんだけど、一応四千になったら、それをきっかけに帰すということにしたら、どうか。とにかく、やっぱり言っちゃあ、いけなかった」

「いや、ほんとに申訳ありませんでした」

と私は改めて頭を下げた。

病院に戻ると、さっそく寿美が訊いた。

「おじいちゃん、何て言ってた?」

「相変らず調子がいいのに、やたらと気にして訴えて困るって、叱られちゃったよ。おれのせいで、お前がノイローゼになって、変に悪くなったりしたら、全く困っちゃうよ」

「気のせいばかりじゃないのよ。先生たちは、どこも悪くない、気のせいだって言うけど、大体、夏頃からまた胃のあたりが変になってきたんだもの。海外旅行から帰って来たとき、胃が変にキラキラしたけど、夏頃からまたそうなってきたのよ。わたし、先生に言ったんだけど、問題にしてくれないんだもの」

「だけど、いつか支那料理を食べに行ったとき、お前、凄い食欲だったじゃないか」

「あのときは調子がよかったけど、変にキラキラすることが、よくあったのよ。嘘だと思ったら、この日記、見てごらん」

と寿美は枕元のノートを取って、私に渡した。

私は寿美の言葉に嘘のないことが分ったので、ノートは見ずに訊いた。

「だけど、それは癒着のせいじゃないのかね？」

「癒着したところは、ひき攣《つ》れるような感じで、それとは違うよ。何て言ったらいいのかな、変にキラキラするの」

「今もか」

「今はしないけど、胃が張って苦しいのよ。空気のせいだっていうけど、わたしにはそう思えないな。ここんとこ、また食欲もなくなってきたし……」

と言いながら、寿美は暗い表情になってうつ向いた。

私は黙って、手に持ったノートをめくった。ノートに目をやっているが、読んでいるわけではない。食欲盛んなとき、寿美が述懐した言葉を、私は思い出していた。

「あの食欲のなさは、言葉では表現出来ないわね。いま、こんなに食欲のあるときは、到底想像も出来ないことだわ。とにかく、食事の時間が近づくにつれて、恐怖を感じるのよ。また食べられないんじゃないか、食べられないんじゃないかって、こわくってね。そして、食事が運ばれて来ると、やはりどうしても食べる気がしない。食べられない。無理して食べなきゃあいけないといくら思っても、どうしても食べられないのよ。そのこわさったら、ないわね」

ちょっと類例のない恐怖らしい。その恐怖に、再び寿美は苛まれはじめているようだ。気のせいばかりではなく、事実、悪化しはじめたところがあるのかも知れない。医者は気のせいだと思いこんでいて、それを見逃しているのかも知れなかった。明日、もう一度久保先生に会って、その点を確かめてみよう。そんなことを考えていると、寿美が喋り出した。

「でも、食欲がないっていっても、以前みたいに全然食べられないわけじゃないんだから、安心して。昨日も姫のおばあちゃんがビフテキを持って来てくれて、それを半分は食べた。全部食べられないいんで、気にしていたら、矢野先生に笑われちゃった。ろくに運動もしないで、ビフテキ半分食べりゃあ、上等だって」

「そりゃ、矢野先生の言う通りだよ」

と私はほっとしながら笑った。

翌日、私は夕方になって寿美を迎えに病院へ行った。野波旅館で満夫婦と待合わしてから、歩いて近くの中華飯店へ行った。寿美はゆっくりと歩いた。活発な動作で歩けなかった。

「腰が痛いんですよ」

「じゃ、野波へ戻って、車を呼ぼうか。十分近く、歩かなきゃあならないからね」

「それほど、痛いわけでもないから、大丈夫よ」

「じゃ、ゆっくりと行こうぜ。えんやこらさ、えんやこらさとね」

と私は笑いながら言ったが、寿美は笑わなかった。

近頃、寿美は風邪を気にして散歩に出ないと言っていたが、実は腰痛のせいではなかったのか。何が原因で、腰が痛いのであろう。今日は久保先生にも矢野先生にも会えなかったが、明日は家へ帰る前、ぜひ久保先生に会って腰痛の点も訊かなければならない。

寿美は中華料理は好物なのだが、ほとんど食べなかった。想像以上に食欲のない寿美に接して、私は暗澹《あんたん》たる思いに沈んだ。満夫婦も寿美を気にして、愉しく食事が出来ない。結婚一周年の満夫婦にまで迷惑をかけてしまい、私はさらに憂鬱になった。

野波旅館までまた歩いて帰ったが、寿美は往きよりもいっそう苦しそうであった。

「そんなに、腰が痛いのか」

「腰よりも、今は胃が張って苦しくって、胃が変に張るんで、腰も痛くなるんじゃないのかな」

「そうか。おれの肩へ手をかけろ」

と言いながら、私は寿美の背を片腕で抱いた。

「そんなことしなくても、大丈夫だよ。満ちゃんたちの前で、恥ずかしいや」

と寿美は照れ臭そうにようやく笑った。

野波旅館に着くと、すぐ車を呼んでもらい、目黒のアパートに住む満夫婦に病院まで送ってもらった。

「奥さん、相変らず太っていて、顔色なんかもいいじゃないの」

と波ちゃんが言った。

「いや、そうじゃない。全然、食欲がなかった」

「ほんと？……食欲がないのは、いちばん心配ね」

私は悪い予感に怯えながら、黙りこんだ。

三十分後、約束してあった吉行たちが来て、麻雀がはじまった。

「おかあちゃん。その後、どうだ？」

「相変らずだよ。今も一緒に飯を食って来た」

「そうか。それはよかった」

麻雀をはじめて三十分余り経った頃、寿美から電話がかかってきた。弾んだ声であった。

「さっきね、急にブウブウ、おならが出たの。そうしたらね、すっかりおなかが柔らかくなっちゃった。それにおなかが減って来て、いま、冷蔵庫の中を探して何か食べようと思ってるところ。やっぱり、矢野先生の言う通り、ガスが溜まっていたのね。運動不足だったんだわ。少しくらい腰が痛くても、散歩しなきゃあ、駄目なのね。よく分ったわ」

「そうか。とにかく、明日家へ帰る前に寄って行くよ」

と私は安心して電話を切った。

翌日の昼前、病院へ行くと、寿美は散歩から帰って来たところであった。

「今日は午後、刺繍の道具を買いに行って来るわ。何もしてないと、退屈していけないからね」

「でも、あまり急激なことはするなよ。朝飯は食ったのか？」

「食べたわ。啓坊さんが持って来てくれた、鰺のひらきでお茶漬したら、うまかった」

私はすっかり安心して、久保先生にも会わずに鴨川へ帰った。

相変らず、私は毎日、寿美に電話をかけた。散歩しても、腰の痛みが直らないという。一週間余りたった頃、今度は歯が痛いと言い、寿美は私に訴えた。

「でもね、矢野先生、腰の次は歯ですかって、笑って相手にしてくれないんですよ。シクシク痛くって、困ってるんだけどねえ。看護婦に言って、痛み止めの薬を貰おうと思ってるの。夜になって眠れないと困るからね」

矢野先生は何もかも寿美の気のせいだと思いこんでいるようで、私は気になった。が、翻って考えてみると、医者が何もかも気のせいだと思いこむほど、専門的な診察の結果が良好であるに違いない。ひょっとすると、私は寿美のノイローゼにまきこまれているのかも知れなかった。

その翌日、啓一郎が魚を持って上京した。昼すぎ、寿美の方から電話がかかってきた。

「啓坊には、たまげましたねえ。ちょっと見ないうちに、凄く大きくなっちゃって。あれはもう巨大っていうもんですね。安房郡の中学生で、啓坊だけが初段になったっていうけど、なるほどと思ったわ。でも、軀だけは大きくても、まだてんで子供ですね。わたしが刺繡して作った文の布団を持って行けって言っても、どうしても厭だって言って、ここで大暴れしてね」

と寿美は喋りつづけて肝腎なことに触れぬので、私は苛々しながら、

「歯の痛いのは、どうしたんだよ」

「今日はやっと矢野先生もほんとうだっていうことが分ってね、ごめん、ごめんて、あやまっ

ていたわ。啓坊の奴、デパートへ買物に行くんだって、一人で出かけたけど、大丈夫かしらね。今度は啓坊の座布団を作ってやらなくちゃあ。でも、あいつのは大きいのを作らなきゃあならないから、大変だわ」

「今度の血液検査はいつだ？」

と訊きながら、私は白血球が三千台でも今度上京したとき寿美を鴨川へ連れ帰ろうと決心していた。

四日後、寿美から電話がかかってきた。

「やっと、四千台になったわ。それから、腰も脊椎《せきつい》の専門の先生に診てもらったけど、どこも悪いところがないって。ところがね、また横隔膜が変なんですよ。ここのところ、馬鹿に咳が出るんで、レントゲンを撮ったら、横隔膜が六、七センチも上ってるんだって。腹水は全然無いから、ガスのせいじゃないかって。白血球がやっと四千台になったと思ったら、今度は横隔膜が上ってるなんて、いったいどうなってるのかしら。全く、厭になっちゃうわ」

「腹水が無いんだから、大して心配することはないよ。とにかく、なるべく早く仕事を片付けて、そっちへ行くからね」

「いつ頃、来られそう？」

「五、六日たったら、行けるよ」

「そう。なるべく早く来て。もう啓坊さんと半月も会ってないもの」

六日後、私は上京し、編集者に原稿を渡してから、病院へ行った。寿美の顔を見た途端、私は冷たい風が体内を吹き抜けるような気分を感じた。顔色が悪い。目に力がない。が、寿美は嬉しそうに起き上った。

「昨日は胃が張って、食欲が無くって、咳が出るし、困っちゃった。それに、熱も出て、だるくてね。でも、今日はいい気分だわ。熱も無くなっちゃったし、食欲もあるし……」

「それは、よかった」

と私は言ったものの、決して不安は消え去らなかった。

私は久保先生に会いたくて電話したが、留守であった。矢野先生も木村もつかまらず、私は日が暮れた頃、銀座の菊鮨へ行った。

「病院へ行って来た？」

とおじさんが私の顔を見るなり訊いた。

「うん。寿美の顔色が急に悪くなった」

「わたしも昨日、お見舞いに行って、そう思ったんだ。先生、早く鴨川へ帰した方がいいよ。鴨川へ帰って、文ちゃんや啓ちゃんと一緒に暮してりゃあ、気分も変って快くなっちゃうよ」

酒を飲んでも、一向に酔えなかった。その癖、飲まずにはいられない。バーを三、四軒、まわってから、私は野波旅館に帰った。

翌日、随筆を六、七枚書き、編集者に渡してから、夕方近くになって、波ちゃんと一緒に病院へ行った。寿美の顔色は昨日より悪く、目にも力がなかった。いよいよ、いけない。

「お前、だるいのか?」

寿美は黙って頷き返すと、億劫そうに顔をそむけて目を閉じた。

都合の悪いことに今日もまた、久保先生も矢野先生も木村も何処かへ行っていて、どうしても会うことが出来なかった。

次の日、私は昼前に病院へ行った。寿美の顔色はよくなっていたが、尿も出ず、食欲もなく、軀中がだるいという。昼休みになると、私はすぐに外科医長室へ行き、木村に会った。

「昨日、ちょっと奥さんを診に行ったけど、急に悪くなったな。癌性腹膜炎が再発したようだよ。おそらく、すぐに腸閉塞を起すと思う。いつかも言ったように、手術をしても無駄だからね」

「覚悟を決めるときが、きたわけか」

と私が変な笑い方をして言うと、木村は黙ったまま頷いた。

私は内心、まだあきらめきれなかったが、病室に戻って見ると、寿美は目を閉じて、ぐたりと横たわっていた。テーブルの上に置いた昼食は、何ひとつ手がつけられずに残っている。私は電話で久保先生を探した結果、二時間後、会うことになった。

私が久保先生の家に行って暫くすると、呉羽化学の上野さんが現われた。上野さんは寿美の容態の悪化を知り、久保先生から様子をくわしく聞きに来たのであった。久保先生は私に向って言った。

「ここんとこ、急に悪くなってきた。実は少しずつ様子がおかしくなっていたんだが、あなたが心配すると思って黙っていた」

「呉羽化学の薬、思い切って飲ませても、駄目ですか？」

「ここんとこ、それもやってみてるんだが、薬が全然効かなくなってきちゃったんだ。どうも、困った」

私は黙りこんだ。むなしさが、私の気持を占めた。

上野さんは久保先生に専門的な質問をしていたが、その表情にもどこかうつろなところがあった。私はわれに返って言った。

「先生。これから物凄く苦しみ出すんでしょうね？」

久保先生は黙って頷いた。

「なるべく、苦しまないようにしてやって下さい」

久保先生は再び黙って頷き返した。

「わたし、このままずっとこっちにいた方がいいですか？」

「いや、まだそんな急なことはない。あなたは仕事があるんだから、わたしに任してお帰りなさい。それから、お嬢さんの都合がよければ、看護につけた方がいい」

「学期末の試験がすんだって言ってましたから、さっそくよこします。じゃ、わたしは明日帰りますが、何分ともよろしくお願いします」

と言って、私は立ち上った。

上野さんも私と一緒に、久保先生の家を出た。表通りまで歩きながら、私は言った。

「上野さんもがっかりしたでしょう?」

「ええ。うちとしても、奥さんがポイントでしたからね。末期症状の卵巣癌が、奥さんのように快くなった例は、今までにありません。それだけに、残念です」

日頃は饒舌な上野さんも、それきり黙ってしまった。

私が帰宅した翌日、木村から電話がかかってきた。

「レントゲンを撮ったら、もう腸閉塞を起している。そんなわけだから、旅行なんかには行かないでくれ。いいね」

「分った。それより、おれ、明日そっちへ行くよ。昨日、帰って来たばかりだけどね」

癌とは不思議な病気である。久保先生が内診していくら探しても腫れものが消えて無くなってしまい、尿も自然に出るようになり、体重も健康時の六十キロに達した。顔色はつやつやと輝き、動作は活発になり、今度ばかりは全快したと思っていた。それだけに、この急激な悪化は俄かに信じ難い。私は夢の世界を彷徨《ほうこう》しているような気分さえ感じていた。が、嘘のような現実は、この世にないわけではない。

少年の頃のことであるが、大掃除のとき、古畳その他ごみの山を庭で焚火《たきび》した。夕方になって、水を何度もかけて消火した。その夜中、異常な犬の吠え声で、母が目を覚ました。起きて犬の名を呼びながら、窓を開けて戸外を見た途端、仰天して叫び声を上げた。風の吹く庭にまっ赤な炎が音を立てて、燃えさかっていた。母の叫び声に私も飛び起きて行ったが、火の粉を散らばしながら燃えさかる炎を見たとき、私は俄かには信じ難い気持であった。私も夕方、女中と一緒にバケツで水をかけ、完全に消火したと思っていただけに、いっそう信じられなかったのである。

消えた焚火の底に残っていた微少な火種《ひだね》が、夜になって吹いて来た風によって目を覚ましたのであろう。火種は息を吹き返して徐々にくすぶりながら、エネルギーを蓄えつづけ、満を持してから発火した。いったん火の手を上げるや、急激な勢いで音を立てながら燃えさかった。

私は今そう考えながら、癌と火とはよく似ていると感じた。

私の告白が風になった。私が風を起して、消滅しかかっていた癌の火種を活気づけた。そう思わずにはいられなかった。

翌日、私は啓一郎を連れて上京した。病院に行くと、私はさっそく木村と会った。

「いや、困った。いつかも言った通り、これは手術をしても、駄目だからね。いったんは快くなるが、すぐにまた悪くなる。結局、何度も苦しませるだけのことだ」

「苦痛をやわらげることに専念してもらう以外にないね」

「僕からも矢野先生に、よくたのんでおくよ」

「よろしくたのむ」

と言ってから、私は癌と火が似ている点について話すと同時に、告白してしまった愚かさを改めて悔まずにはいられなかった。

「そう言われてみれば、確かに似てるけど、それは君の素人考えだよ」

と木村は私を慰めながら、冷静な態度で言った。

「風があろうと、なかろうと、癌は直らないよ。早期発見して手術する以外に、今のところ癌を救う手はないのさ」

私が病室へ行くと、寿美は眠っていた。文が私に耳打ちして言った。

「お母さん、もの凄くだるいらしいわ。眠っているわけじゃないのよ。目を開けているだけでも、つらいらしいの」

寿美の顔を見ると、たった二、三日しかたっていないのに、目立って頬がこけていた。

翌日、病院へ行くと、寿美は私の顔を見ながら涙を流した。

「啓坊さん、ごめんね。わたし、みんなにずいぶん迷惑かけたな。啓坊さんもわたしなんかと一緒になって、貧乏くじ引いちゃったな」

「なに馬鹿なことを言ってるんだよ」

「でも、啓坊さん、まだ五十二だから、誰かお嫁さんに来てくれるか」

「馬鹿なことを言ってるんじゃないよ」

「野波の瞳ちゃん、お嫁さんになってくれないかな」

「瞳ちゃんが聞いたら、びっくりして卒倒するよ」

寿美の頭には子供のことしかない。瞳ちゃんの人柄なら、子供の今後が安心出来る。瞳ちゃんの幸、不幸は、全然頭にないのである。

「啓坊。お前、お母さんがいなくなっても、ちゃんとやってゆけるか」

と寿美は啓一郎の顔を涙の目で見守りながら言った。

「馬鹿なことを言うなよ」

と私は寿美を叱りつけた。

「相変らず、お前は分らないね。癒着が一時的にひどくなっただけだって、久保先生も言ってるじゃないか。すぐまた直るよ」

「だって、全然食べられないんだもの……!」

と寿美は泣き声を上げ、背を向けて両手で顔を覆いながら、嗚咽しはじめた。

私は煙草に火をつけ、黙って吸いつづけた。文も啓一郎もどこを見ていいのか分らぬ顔をして、黙りつづけた。

その日、私は啓一郎を鴨川に帰した。次の日、病院へ行くと、久保先生が私を待っていた。処置室で会った。

「手術をしよう」

と久保先生は私に言った。

「希望は千にひとつ、いや、万にひとつかも知れないが、やるだけはやってみよう。手術の結果、却ってまずいことになる方が多いけど、止むを得ない」

「先生にお任せします」

「あなたから、木村さんによくたのまなければいけないよ。この手術は誰もやりたくないんだからね。さっそく木村さんにたのんで来た方がいい。いや、木村さんにここへ来てもらおう」

と久保先生は電話をかけに処置室を出て行った。

一昨日、私は木村と手術はしない方が賢明だと話し合ったばかりだが、久保先生の言葉を聞くと、たちまち気が変った。しかし、手術は寿美が信頼し切っている久保先生にやってもらいたかった。私は混乱したまま、久保先生が戻って来ると言った。

「先生に手術をしてもらうわけにはゆかないんですか」

「わたしは婦人科だし、腹の方は木村さんが専門だもの。もちろん、わたしも矢野君も立ち会うけどね。とにかく、今ここへ木村さんが来るから、ぜひ手術してくれってたのみなさい」

間もなく木村が現われると、久保先生が手術の件について話した。木村は困った顔で聞いていた。医者としておよそ労多くして益の少ない手術だということが、木村の表情から私にもよく分った。

「大変厄介なことらしいけど、たのむから、やってくれ」

「いやあ、えらい誕生日のプレゼントをもらっちゃったな。今日は僕の誕生日なんだよ」

と木村は私に苦笑を見せてから、久保先生に、

「やるんなら、早い方がいいですね。先生のご都合は？」

「わたしは明日なら、都合がいい」

「僕も明日はいいけど、手術室の都合はどうか。さっそく手配してみましょう」

と言って、木村はあわただしく処置室を出て行った。

十分余りして木村は戻って来ると、久保先生に言った。

「手術室の方は都合がつきましたが、問題は病室のことなんですけど……」

二人の話を聞いていると、寿美は今度外科の患者になるわけだが、外科病棟では現在引受けるだけの余地がないという。婦人科の病棟では、当然外科病棟へ引き移ってもらいたいという。要するに、寿美のような重症患者は看護婦の手がかかるので、婦長が敬遠するのである。看護婦の手不足が原因であった。

「わたしが何とか、婦人科の婦長を説得しよう」

と久保先生が眉に皺を寄せながらも、結局は引受けた。

「どうも、すみません」

と私は言った。

「そういう面倒なことがあるとは、ちっとも知りませんで……」

「いや、全く医者は今、治療の苦労よりも、こういう苦労の方が多いので、やり切れない。と

言って、婦長が意地悪をしているわけじゃないんだ。婦長は看護婦をかばう立場にあるんだからね」

「わたしからも、婦長さんによくお願いします」

「何しろ、銀座あたりのホステスは看護婦の何倍っていう収入なんだから、困っちゃう。この病院でも、ホステスに転向した看護婦が何人かいるっていう話だ。全く、世の中がどうかしてますよ」

と久保先生は憤慨したが、ふと気がついて笑いながら、

「もっとも、近藤さんは銀座が顔だから、反論があるかな」

「いや、わたしも看護婦の仕事が大変なものだっていうこと、つくづく分りましたよ。看護婦の収入がホステスの何分の一っていう理屈はないですね。看護婦の方が多くなければいけない。確かに世の中、おかしいですよ。こういうのを、高度成長のひずみっていうのかしら?」

「どうやら、結論が出たようだ」

と木村が笑いながら言ったのをきっかけに、私たちは別れた。

翌日、私は啓一郎を上京させた。手術の最中、寿美が急変する場合もあると考えたからである。手術は三時すぎにはじまり、五時すぎに終ったが、寿美は無事であった。

翌朝、病院へ行くと、寿美の顔色が嘘のようによかった。

「矢野先生が昨日の夜から今朝にかけて、七、八回も診に来て下さったわ」

と徹夜で看病した文が緊張の解けぬ顔で私に報告した。

「そのせいか、お母さん、とても調子がいいようよ」

「そのようだな。お前も疲れたろう。ひと眠りしなさい」

と言っていると、寿美が目を開いて、私にほほ笑みかけた。

「手術は大変うまくいったそうだよ。その証拠に、昨日とは別人のようにお前の顔色がいい。安心して、今日は一日ゆっくりと寝た方がいいよ」

寿美はかすかに頷いてから、素直な安堵の表情で目を閉じた。

「お母さん、ほんとにいい顔色になったね」

と啓一郎も安心した顔で私に言った。

その日の午後、啓一郎は家に帰した。私は野波旅館に泊りつづけて、毎日、病院へ行った。

六日目に病室に入って行くと、寿美と文が口喧嘩をしていた。

「文の奴、言うことを聞かなくって、仕方がないんですよ」

「お母さんがうるさくって、仕方がないのよ」

「笑ってないで、文を叱って下さいよ」

私は笑いながら、ソファーに腰かけ、煙草に火をつけた。

「でもね、今度もまた文がよくやってくれたわ。だんだん元気が出てきたのも、ほんとに文のおかげだな」

「ふん。急にお世辞を言ったって、もう知らない」

と文は照れかくしにわざと怒って見せた。

文が買物に出て行くと、寿美は改めて言った。

「文の奴、ほんとによくやってくれるわ。よく気がつくんですよ。嬉しくって、涙が出て来てね。でも、みっともないと思って、がまんするのが容易じゃないの。いい娘を持って、倖せだわ」

と言いながら、寿美は嗚咽しはじめた。

「おい、よせよ」

寿美は掛布団で顔をかくして嗚咽しながら、私の方に手を差しのべた。私は立って、寿美の手を握った。

「啓坊さん、ありがとう……」

「よせって言うのにな」

と私は照れ臭くてならなかった。

「矢野先生がね」

と寿美は泣きやみながら、掛布団から顔を出して言った。

「この調子なら、思ったより早く鴨川へ帰れるかも知れないって、言ってたわ。矢野先生は毎日、二、三回は診に来てくれるし、木村先生もおじいちゃんも一日に一回は必ず診に来てくれるわ。わたし、今度ばかりはこの病院で駄目になると思っていたんだけど、みんなのおかげでまた命拾いしたな」

「命拾いだなんて、大袈裟なこと言うなよ」

「手術する前の前の日の夕方、おじいちゃんが来て、その長椅子に坐って、一時間以上、考えこんでいたわね。わたしはだるくて寝たふりをしていたの。ときどき薄目を開いて見ると、おじいちゃん、額に手をあてて、うつ向いたまま、じっと考えていたわ。何度、目を開けて見ても、同じ姿勢で考えこんでいたわね。いま考えてみると、手術をしようかしまいかと迷っていたんだわ。よっぽど、むつかしい手術だったのね」

「そうらしい。木村の手術がうまかったんだね。それに、久保先生も矢野先生も手伝ってくれたし……」

「矢野先生は手術したあと、十回近くも様子を見に来てくれたんですってね。お医者さんはみな誠実で熱心だし、わたしって倖せだな」

と言いながら、寿美は疲れたように目を閉じた。

久保先生が一時間以上も考えていたということを、私は初めて知った。久保先生はもはや寿美が直るとは思っていない。何とかして鴨川へ帰してやりたいという一念で、考えこんでいたのであろう。手術をすることによって、一時的にせよ鴨川へ帰れるだけの体力が回復出来るかどうか、と悩んでいたに違いない。鴨川に帰って、家族に囲まれながら永眠することが、この際の寿美の何よりの倖せである。そう思って、久保先生はあえて危険な手術に踏み切ったに違いなかった。

　私はそっと立って、窓際へ行った。殺風景な裏庭が、いっそう寒々しく見えた。寿美が元気なときは、窓の外側の出っ張りに、いつも鳩が二、三羽、餌をひろいに来ていたが、今はその姿も見られない。出っ張りの上にこびりついた鳩の白い糞が、むなしく目に映った。その寒々しさの中に、私はいつまでも立ちつくしていた。

終章

私は暮の二十七日に帰宅して、正月の六日に上京した。電話で好調だとは聞いていたが、寿美は想像以上に回復していた。顔色、食欲、排泄《はいせつ》、すべてが好調である。

寿美の肉体は癌にさえ罹《かか》らなければ、百歳まで生きるほどに頑健なのではないか。そんな頑健な寿美が、なぜ癌に罹ったのであろう。空気のよい土地に住み、新鮮な野菜や魚を食べ、早起き早寝の寿美である。明るい素朴な性格で、くよくよと思い煩うこともなく、如何なる病気もつけいる隙のないような寿美であった。癌とは病気ではなく、悪魔と呼ぶに相応しいもののように思われる。あまりにも寿美が健康なので、悪魔に魅入られたのかも知れなかった。

九日に文を鴨川へ帰し、私はひきつづき滞在して、締切りの迫った原稿を書いた。十一日に書き上げ、その翌日、野波旅館の近くの「砂場」という蕎麦屋で天ぷら蕎麦を買って病院へ行った。

「天ぷら蕎麦なんて、ずっと食べたことなかったわ。嬉しいな。啓坊さんも、一緒に食べるでしょう?」

と寿美は元気よくベッドから下りた。

「ああ。十人前、買って来た」

「十人前？」

と寿美は笑い出した。

「啓坊さんらしいや」

「だけど、一人前がほんの少しだからね」

「だけどさ、いくらなんでも、十人前は多すぎるよ」

と寿美は笑いつづけながら、愉しそうに蕎麦の包みを解きはじめた。

寿美はたちまち二人前食べてしまい、三人前目にも箸をつけはじめた。蕎麦をうまそうに食う寿美を見ていると、私は嬉しかった。先のことは、知らない。現実に寿美の喜びがあれば、それでよい。そう思っていると、何故か不意に涙がこみ上げてきた。あわてて涙をこらえると、食べかけの蕎麦が咽喉につかえて、激しくむせ返った。蕎麦を吐き散らしながら、私は咳きつづけ、涙を流した。

「厭あね。どうしたのよ。大丈夫？」

「蕎麦が咽喉につかえちゃった。ああ、苦しい」

と私は片手で胸をたたいた。

「あんまり、がつがつと食べるからよ。お茶、あげようか」

「お茶と塵紙をくれ」

寿美は塵紙を私に渡し、茶をいれた。私は鼻をかみながら、一日も早く寿美を鴨川へ帰した方がよい、と考えていた。

病院の帰り、私は久保先生の家へ行った。

「わたしも、そう思っている。しかし、まだ無理だ。何しろ、鴨川までは相当な距離があるからね。三、四時間、自動車に揺られつづけても、耐えられるだけの体力がないといけない。まだ、ちょっと無理だな。幸い、今のところ馬鹿に調子がいい。わたしも精一杯、体力のつくように、あれこれやっているところだ。もうひとつ、体力がついてからにしようじゃないか」

久保先生に安心して寿美を任せられる点、私は何よりも有難かった。

約一箇月後、寿美は退院することになった。その前日、私は上京して、諸方へ礼に歩いた。寝台車よりも大型の乗用車の方が却って楽ではないのか、という久保先生の意見なので、私はさっそく自動車の手配をした。

退院の朝、おきみさんが長男にライトバンを運転させ、荷物を運びに来てくれた。波ちゃん、姫のママも、手伝いに来てくれた。寿美ひとりに座席は自由に使わせ、私は助手席に乗って、昼前、自動車は鴨川へ向った。

寿美はすぐ横になった。病院を出て二十分ほどで、高速道路の赤坂のトンネルに入ると、排気ガスの臭気にやられ、寿美はたちまち嘔吐しはじめた。

ゆっくり走った方が、揺れは少ない。が、一刻も早く着いた方がよい。私が迷っていると、運転手が察したように言った。

「道のいいところは飛ばして、道の悪いところはゆっくり行きましょう」

親切な運転手で、寿美が吐いても、厭な顔ひとつしない。寿美が用意のビニール袋を拡げて吐いていると、むしろ気を使ってくれた。

「奥さん。袋の中へなんか吐かなくっても、いいですよ。床の上へ吐いても、かまいません」

「運転手さんが親切に言ってくれてるんだから、床へ吐いちゃえ」

と私は言ったが、寿美はビニール袋を手からはなさなかった。

寿美は三十分おきくらいに吐いた。その度に、運転手は速度を落した。それからまた、突っ走る。突っ走りながらも、要所々々で速度を落す。上手な運転なので安心であったが、それにしても家へ着くと、甚だしい疲労を感じた。寿美の疲労は凄まじいようで、顔色も悪く、歩行もさだかではなかった。

恵美ちゃんと慶子ねえやんの介添えで、寿美は用意の寝床にすぐ横たわった。私は運転手を案内して、リビングルームに行った。慶子ねえやんが私のところへ来て、心配そうに小声で言った。

「奥さん、大丈夫かい? すぐ、お医者さんに来てもらったら?」

「大丈夫だよ。途中、五、六回も吐いたから、参っているんだ。すぐ元気になるよ」

「そんなら、いいけどよう」

と言いながらも、慶子ねえやんは心配そうに寿美の様子を見に行こうとした。

「寿美は恵美ちゃんに任して、ねえやんは飯の支度をしてくれ。おれも運転手さんも、腹が減った。ほんとに、運転手さん、ご苦労さまでした」

と私は改めて運転手に礼を言った。

食事がすんで運転手が帰って暫くすると、もう寿美は起きて来た。顔色もよくなって、家中を点検して歩いた。リビングルームに戻って来ると、寿美は涙を流しながら恵美ちゃんに言った。

「よくやってある。恵美ちゃん、長いあいだ、よくやってくれたね」

恵美ちゃんも涙ぐみながら、黙っていた。

「学校の掃除当番の点検みたいなこと、いつまでもやってるんじゃないよ。それより、こっちへ来て、お前もここへ坐れ」

と私は笑いながら、傍のソファーを指差した。

夕方になると、文と啓一郎が前後して帰って来た。子供の顔を見ながら、寿美が必死になって涙をこらえているのが、私にはよく分った。

寿美の部屋は玄関脇にあるので、私はいちばん奥の文の部屋に寝るように言った。寿美は文の勉強にさしつかえると言って、いったんは反対したが、結局は私の言葉に従った。

翌日の昼前、市村先生が現われ、私が案内して寿美のところへ行った。

「帰れて、よかったですね」

と言いながら、市村先生が優しい表情でベッドに近づいた。

寿美は笑って見せたが、不意に顔をしかめたかと思うと、見る見る涙が溢れ出した。市村先生は黙って二、三回頷いて見せたが、これも不意に顔を伏せたかと思うと、涙をこぼしながら、居たたまれぬように部屋を出て行った。私はあわてた。医者が寿美の前で涙を見せては困る。が、私は市村先生を責める気にはなれなかった。

市村先生は気が優しい。私たちが小田病院の前に住んでいた頃、わが家で一緒に酒も飲み飯も食ったことがあるだけに、市村先生にとって、寿美は一般の患者とはわけが違う。寿美の生命がいくばくもないことを医者として知っているので、哀れでならなかったのであろう。止むを得ない涙だ、と私は感じた。

寿美は掛布団で顔をかくしながら、嗚咽していた。私は市村先生のあとを追って、リビングルームに行った。市村先生はハンカチで涙を拭いながら、私に言った。

「気の毒で、わたしには見ていられない。奥さん、駄目だっていうこと、自分で知っていますよ」

市村先生はソファーに坐って、煙草に火をつけた。気持を落着けてから、再び寿美のところへ行った。

「いやあ、さっきはとんだ醜態を演じちゃって、恥ずかしいですよ」

と市村先生は照れ臭そうに笑いながら寿美に言った。

「奥さんの涙を見たら、なんだかわたしまで急に泣けてきちゃって。でも、ほんとに帰れて、よかったですね」

「わたし、市村先生の顔を見たら、急に懐かしくなってきちゃってね」

と寿美も照れ臭そうに笑って見せた。

「ちょっと、拝見しましょうか」

と言いながら、市村先生は鞄を開いて聴診器を取り出した。

午後は郁太郎先生が看護婦を連れて現われた。

「きのう自動車で帰って来たばかりなのに、ずいぶん元気じゃないの」

と郁太郎先生は寿美の顔を見ながら、笑って言った。

「注射や何かの用意してきたけど、これじゃあ何もする必要ないや」

「きのうの夜中の二時頃に目が覚めちゃって、ずっとねむれないんですよ」

「気にすることないよ。だって、家へ帰って来たの、一年ぶりじゃないの。誰だって、ねむれないよ。今日はとにかく、ベッドでずっと寝てるといい。また明日も来ますからね」

郁太郎先生は玄関に出ると、私の顔を見ずに言った。

「間もなく、急に悪くなってくるからね。そのつもりでいて」

「間もなくって、いつ頃？」

「あと一週間か十日たつと、急に悪くなってくると思うよ」

「そう」

と私は頷き返しながら、郁太郎先生を送り出した。

なるほど、一週間たった頃から、寿美は便秘がはじまり、苦痛を訴え出した。郁太郎先生が看護婦を連れて来て、注射を打った。痛み止めの麻薬である。

「寿美さんはがまんがいいよ。今だって、相当に痛い筈だ。よく、がまんしている。でも、これからはもっと凄く痛くなってくるからね」

「入院さした方が、いいんじゃないかな」

「さあ……？　寿美さんは家にいたいだろうからね。とにかく、電話をかけてくれれば、すぐに飛んで来るよ。僕が来られないときは、看護婦をよこす。それで、間に合うことだからね」

「すみません」

と言いながら、私はいずれ入院させなければならぬと思った。

日ごとに寿美の苦痛は強まるようであった。苦痛を訴えるときの表情で分った。その度に、亀田総合病院から郁太郎先生か看護婦が飛んで来てくれた。麻薬を打ちはじめてから、三、四日後、飛んで来てくれた郁太郎先生に私は言った。

「やっぱり、入院させた方がいい。第一、こうちょいちょい郁太郎先生に来てもらっては、申訳がない」

「いや、そんな心配はいらないよ。ただ、僕がここへ来るまでの時間、寿美さんがつらいけどね」

「明日、入院さしてよ」

「じゃ、そうするか」

と言って、郁太郎先生は私と一緒に寿美のところへ行った。

「明日、亀田さんへ、入院しよう」

と私は寿美の顔を見守りながら言った。

「癒着のせいで、一時的に一週間くらい痛むそうだよ。だから、一週間ばかり入院して、また家へ帰って来ればいい。毎日、郁太郎先生に来てもらうのは、申訳ないからね」

「ほんと」

と寿美は頷き返しながら、痛そうに眉をしかめた。

郁太郎先生が看護婦に注射の用意を命じてから、寿美に言った。

「入院してれば痛いとき、すぐに注射が出来て楽だから、その方がいいでしょう?」

寿美は眉をしかめつづけながら、郁太郎先生に向って頷き返した。

翌日、私は寿美と一緒に亀田総合病院へ行った。案内された病室に一歩入った途端、私は息をのんで立ち竦んだ。応接室つきの、三十畳敷もある豪華な病室で、私には古代の王侯の壮麗な墓所が連想されたのであった。

亀田総合病院の好意であるが、その好意の裏側の真実を寿美とても敏感に察したであろう。が、私は市村先生の涙と同様に、亀田総合病院を責める気にはなれなかった。私は笑いながら、寿美に向って言った。

「いやあ、こいつは凄いな。まるで、女王さまが泊るような部屋だ。こんな豪華な病室があるとは、知らなかった。亀田さん、うちにもこんな凄い病室があるってことを、見せたかったのかしら？」

「ほんと。凄いですね。この部屋も、前のときみたいにただかしら？」

と言いながら、寿美は朗らかに笑って見せた。

寿美の笑いは見事であった。亀田総合病院の好意の裏側の真実に、気づかずに笑っているのか。私の気持を察して、気づかぬふりをしているのか。それとも、目前に迫った死を覚悟した上で、亀田総合病院の好意を素直に喜んでいるのか。私にはよく分らなかった。

その日、私は用があって上京した。次の日の昼前、亀田総合病院に電話をかけてみた。すると、意外にも寿美が電話に出て、元気のいい声で喋った。

「やっぱり、入院してよかったわ。昨日はうんちがいっぱい出てね、すっかり楽になっちゃった。今日も朝から、よく出るのよ」

「そりゃ、よかった。何か食べたいものあるか？」

「メロン、買って来て。それより、啓坊さん、いつ帰って来るの？」

「これから、帰るところさ。大事なおかあちゃんを一人にしておけないからね」

「嬉しいな」

「菊鮨へ寄って、鮨も持って行くよ」

「ほんと。文が学校の帰りに来るって言ってたから、そのつもりで持って来て」

私は元気な寿美の声にほっとしながら、電話を切った。

夕方、鴨川駅に着くと、すぐに病院へ直行した。寿美は文と一緒に笑いながら、私を迎えた。

「ほんとに、馬鹿に元気になったな」

「うんちが出たせいか、もの凄く楽になっちゃった。嬉しくって」

「さっそくメロンを食べるか？」

「メロンは冷やしてからにするわ。それより、お鮨食べたいな」

文が用意をして、鮨を食べはじめた。寿美は四個食べるとやめた。

「どうした？　もう食べたくないのか？」

「そうじゃないけど、急にたくさん食べて、また痛くなると、いけないと思って」

私は寿美の様子が気になるので、一時間近く病室にいた。

「どうだ、痛まないか？」

「全然。今日は気分がいいから、ぐっすり眠れそう」

「そうか。じゃ、お寝《やす》み」

と言って、私は文と一緒に家へ帰った。

翌日、昼近くなって病院へ行くと、昨日とはうって変って寿美の様子がきわめて悪い。顔に暗い影と苦痛の色が濃いのである。

「痛いのか？」

「朝から胃が重苦しくって、それから間もなく痛み出してね」

「注射してもらったのか?」

寿美は目を閉じて頷いた。じっと苦痛に耐えているようであった。私は病室を出て、郁太郎先生に会いに行った。

「だんだん、薬が効かなくなってくるんだよ」

と郁太郎先生は眉をしかめながら言った。

「それに、昨日と比べると、今日は急に悪くなった」

「やっぱりね。とにかく、痛みを止めてやってくれないかな」

「分っている。ただ、薬の量を増やすと、それだけ衰弱が早くなるからね」

「仕方がないよ。もう苦痛を取り去る以外に、してやることはない。そうだろう?」

郁太郎先生は黙って頷き、私と一緒に立ち上った。

土曜日なので、文が昼すぎに現われた。寿美は注射のせいで、うとうとしていた。私は文を応接室へ呼んで言った。

「お前、今日からここへ泊って看病しろ」

「お母さん、急に悪くなったみたいね」

「そうなんだよ。お母さんがちょっとでも痛がったら、すぐに看護婦さんを呼べ。注射してくれることになってるからな。お父さんは雑誌の締切りが近づいてるから、これで帰って仕事をしなきゃあならない。あと、たのんだよ」

「はい。分りました」

と文は緊張した表情で頷いた。

翌日、昼すぎに病院へ行くと、寿美は眠っていた。注射のせいである。文が勉強に必要な教科書やノートを取りに家へ帰り、私が病室に残っていると、波ちゃんと満夫婦が見舞いに現われた。

「奥さん、どう？ ちょっと瘦せたけど、顔色がとてもいいじゃないの。ピンク色で、綺麗ね」

「顔色のいいのは、どうも注射のせいらしいよ。とにかく、昨日から急に様子が悪い」

ひそひそ話をつづけていると、寿美が目を覚ました。波ちゃんを見ると、寿美は笑いかけた。

「奥さん、いかがですか」

と波ちゃんが寿美に近寄りながら言った。

「とても顔色がよくて、元気そうで安心したわ」

「ありがとう。満ちゃんも優子ちゃんも来てくれたのね。わざわざ東京から、ほんとにありがとう」

と寿美は笑いを絶やさずに礼を言った。

波ちゃんたちがソファーに戻ると、寿美は私を手招きした。私がベッドに近づくと、寿美は少し恥ずかしそうに笑いながら、私に耳打ちをした。

「おばちゃんたちに、海老や鮑をたくさんご馳走してあげて。お金はわたしが出すから」

私は声を上げて笑った。

「なあに？」

と波ちゃんも笑いながら私に訊いた。

「波ちゃんたちに、たくさんご馳走してあげてくれって。お金はわたしが出すからってさ」

「お喋り爺い……」

と寿美は私を睨んでから、波ちゃんたちに向って照れ臭そうに笑った。

「ほんとに、近藤さんたら、お喋りねえ」

と波ちゃんが寿美に向って笑い返した。

寿美は笑いながら、静かに目を閉じた。柔和な微笑の表情であった。

文が戻って来ると、私は波ちゃんたちと一緒に家へ帰った。

「わたし、あんな綺麗な微笑って、生れて初めて見たわ。あんな優しい顔って、あるのかしら？」

と波ちゃんが目を潤ませながら、私をふり向いた。

私もそう思っていた。黙って頷き返した。

翌朝、電話をかけると、文が疲れてひと眠りしたいというので、私は原稿を持って病院へ行った。

「だんだん、注射が効かなくなってくるのね。二時間くらいたつと、痛がって起すのよ」

と文が報告した。

寿美は眠りながら、微笑をうかべていた。顔は少し痩せているが、一向にとげとげしいところがなく、優しく美しい微笑の表情であった。

文の言った通り、二時間ほどたつと、寿美は目を覚まして、痛そうに顔をしかめたが、私に気がつくと、笑いかけた。

「痛いのか？」

寿美は目を閉じて頷きながら、顔をしかめた。私はブザーを押して看護婦を呼んだ。

「痛……！」

と寿美はかすかな悲鳴を上げた。

間もなく看護婦が現われ、注射を打った。寿美は暫く眉をしかめていたが、追々と苦痛が消え去ってゆくのか、私の方に手をさしのべながら笑いかけた。私は寿美の手を握りながら、片手では額の乱れ毛を直してやった。寿美は安心したように私を見返していたが、何か欲しそうな顔で片手を枕元の方にのばした。

「何だ？」

「水」

と寿美はかすかな声で言った。

私が吸飲みを取って唇に持ってゆくと、寿美は嬉しそうに何回か頷きながら水を飲んだ。

二時間たたぬうちに、また寿美は目を覚ましながら、かすかに悲鳴を上げた。

「痛……！」

私はすぐにブザーを押してから、寿美に言った。

「そんなに痛いのか？」

寿美はかすかに頷きながら、閉じた目から涙を流した。

若い看護婦が来て注射した。すぐには立ち去らず、寿美の表情を見守っていた。寿美は痛さをこらえながら、閉じた目から涙を流しつづけた。それから、ふと目を開き、私と看護婦に笑いかけた。看護婦が寿美に水を飲ました。飲み終ると、寿美は言った。

「どうもありがとう」

「楽になった？」

寿美は頷き返してから、安心したように目を閉じた。微笑を浮べながら、眠りはじめた。私は溜息をつき、ひとりごとのように言った。

「そんなに痛いのかな」

すると、若い看護婦は急に憤然とした表情で私に向って言った。

「痛いなんてもんじゃないんですよ。奥さんほど、がまん強い人、わたし、見たことありません。卵巣癌は、七転八倒するんですよ。いえ、そんなもんじゃありません。激痛に唇が歪んで、縦になってしまうほど、苦しむんですよ。地獄の責苦です。それなのに、奥さんは……。だから、わたしたちもここのブザーが鳴ると、何をおいても飛んで来るんです」

卵巣癌の母親の苦悶のさまを見て、頭が変になった娘がいるという話は聞いていた。が、寿美が常に微笑を浮べているので、ついそれも忘れていたのである。

「奥さんみたいに、こんな微笑を浮べている人なんて、わたし、見たことありません」

「だけど、それは注射のせいじゃないのかね？」

「違います。ふつうは注射が効いて完全に痛みが無くなるまでは、苦しがるものなんですよ。それなのに、奥さんはすぐに笑って見せようとします。心配をかけまいとする一心なんですよ。その一心で、眠ってからも微笑しつづけているんです」

私は郁太郎先生に会いに行った。

「だんだん、注射が効かなくなってきたようだけど、なんとか痛さを感じさせないようにしてもらえないかしら。たのむよ」

「分ったよ。点滴もやろう。それと注射と両方でやるより仕方がない。僕もつらいけどね」

「なんでもいいから、痛まないようにたのむ。たのむよ」

と私は郁太郎先生を拝むようにして頼みこんだ。

昼すぎ、恵美ちゃんが来て、私と交替した。私はいったん家に帰り、夜になって文と一緒に再び病院へ行った。

寿美が一人でベッドに起き上ろうとした。文が飛んで行き、

「お母さん、何してるの？　おしっこがしたいの？」

「いいよ。大丈夫だよ」

と言いながら、寿美は手足をわななかせ、自由にならぬ軀を動かそうとして必死になった。哀れで、見ていられない。私は文に手をかしたいが、釘づけになって動けない。

文は用のすんだ寿美を寝かせて戻って来ると、困ったような顔で言った。

「とにかく、人の世話になるのが厭なのよ。わたしにまで迷惑をかけちゃあいけないと思ってるのね」

私は原稿用紙に向ったが、書けなかった。立って寿美の様子を見に行くと、相変らず微笑を浮べている。ときどき、かすかに声を上げて笑った。ちょっと気味が悪くもある。が、何か面白い夢でも見ているのであろう。

枕元にノートがあった。東京の病院でいつか私に見せた日記であった。私は手に取って、頁をくった。癌だと打明けてしまったときのことが、何よりも気になってきた。

「十月三十一日　火。

朝、八時二十分。啓坊さんよりＴＥＬ、うれちいなあ。昨夜、高知の犬の展覧会から、帰って来たのだそうな。十一時、啓坊さん、来る。

今の今まで、(疑ってはいたものの) 他人事と思っていた。たった一枚のお見舞の名刺から、拭い切れなかった頭上の雲が、さっとはらい落された。

癌だったんだよ——。啓坊さんの一声を聞いて、涙が湧いてきた。ジワー、ジワーと。恥ずかしいから、ふとんにつっ伏した。十秒くらいの間、さまざまな想いが頭をかすめた。思い切り泣こう。いや、泣いてどうなる。啓坊さんの方が、よほどつらかったのだ。千倍も万倍も。とっさに判断して、泣き笑いをつくる。平気、平気。それから、さいそくして、いろいろときいた。

小田さんはあと一月、亀田さんもだめ。見放されたこの身体を救ってくれたのは、啓坊さんの執念だったのだ。

なぜか話を聞きながら、平静になってきた。一度死んだも同然のこの体。あとの余生は皆を悲しませない。みんな、つらい想いをしてくれたのだもの。どんなことがあっても、理性で行動しよう。

文、啓一郎、つらい事があったろうね。エミちゃん、ご苦労だったね。ありがとう。

啓坊さん、本当に、本当に感謝しきれません。

それにしても、久保Dr、木村Dr、矢野Drの何と名優ぞろいの事か。

左の卵巣はこぶし大、右もそれより少し小さいくらい。ガンがにくい。腹膜にも、胃の下部にも転移していたこの腹の中、畜生、よくも巣くったものだ。竹竿でとんぼを追いまわしたように、水すましをたたいたように、お腹の中をかきまわし、力いっぱいたたいてたたいて、たたきのめしてやりたいものだ。

でも、こんなに元気になれた。再発せぬ様、疲労に注意しよう。

今夜は大丈夫。衝撃の告白をきいたけど、泣きわめいたりするのには、理性がジャマしまーす。啓坊さん、感謝デース」

「十一月一日。

昨夜、やはりショックだったせいか、眠れなかった。

十時、啓坊さん、来る。昨夜、木村、久保Drと一緒に飲みに行ったそうな。十一時三十分頃、啓坊さん、帰る。

胃の辺が張るのは、胃への転移と考え、一日中つらかった。だけど、久保Drのセンイ化してひきつれはどうしても残るからと聞いて、本当になぜか、90%安心した。

つらい一日だったなあ。一人でくだらなく考えるのは、やめよう」

「十一月二日。

昨日は久保Drの話をきいて安心したせいか、八時二十分から五時まで、よくねむる。うれしかった。一回、小便に起きただけ。朝、気分良し。

朝食、カツオ煮一切、無理して食べたら、食欲が出た。グレープフルーツ半個、ミカン一個、ブドウ少々食べる。

八時三十分、啓坊さんよりTEL。なぜか嬉しいのか悲しいのか、涙が吹き上げてきた。無理して、ごまかす。

日記をかく。泣けて仕方がない。なぜか、全然わかんない。文や啓一郎がいたましいせいだ。

文が明日くるときいたせいか」

寿美の日記は長文、短文、その日によって、さまざまであった。

「十二月十二日——十二月十五日。だるくてかけない」

そういう箇所もある。十二月二十日から一月四日までは何も書いてない。

「一月八日。

今日から新学期の始り。ふだんなら、七時四十分頃、勇ましく車のエンジンをふかしているのに。

すっかり寝ているのが、当り前になってしまった。何と一年と半年近く寝て暮してるんだもの。思えば、また命拾いした。啓坊さんの努力、Ｄｒの熱意、誠意に感謝の言葉なし。すっかりあきらめ、とうとうこの病院で一命を終えるつもりでいたのに。

一月いっぱいもつかな。どっちにしても、寒い寒中のそう式だナと思っていた。本当に思い残す事もなく、欲も得もなく、平穏な気分で、皆に甘えて、一生終えるつもりだった。

二人の子供も、よく育っているし、啓坊さんに安心して託す事が出来たのだった。

手術後で今日は二十日目、一昨日まではダルく、元の元気にもどれる自信はなかった。腸のゆ着もはじまったみたいだし、又あの苦しいおなかにもどるのは時間の問題と思ったけど、それも今日は考えられぬくらいになった。

よかった。本当によかった。感謝します、皆さま方（啓坊さん、Ｄｒたち、文、啓一郎、ケイコ、エミ、お君さん、みんな)」

「一月九日。

昨夜、寿司を食べたので気のせいか、お腹が一晩中ゴロゴロ。昨日、点滴したため、気分悪し。

文、昼に姫のママ宅へ行き、洋服三点貰ってくる。三時すぎ、野波へ。五時の電車に乗って帰った由。

文ちゃん、ご苦労さん。後姿を見せて身支度している背に、ありがとうを言おうとしたけど、涙があふれてしまった。女親の愛情を早くに失うと思うと、可哀そうで、どうにもならなかった。しかし、涙は見せられぬ。そっと袖でぬぐって気どられぬ様にしていた。ドアをそっとあけて見てたら、記録室に入り、ナースに挨拶していた。

この二十日間、どれほど安心していられた事か。文がいなかったら、気力で立ち上れなかった事はたしか。四、五日前まで、生きる気力が正直持てなかった。

今日、矢野Drが、この調子だと一度帰れますと言う。一度ということは、疑えば、よくなりっこないので、調子のいい時一度帰したらという意味だろうか。

すでに手術前、九月頃から起っていたゆ着に似た症状がある。気にしたら、きりない。だけど、啓坊さん、文、啓一郎、久保Drの誠意に感謝するには、一時期でもよい、元気になる事だ。文の献身的な看病がどれほど、快復を早めてくれたことか。

おかげで、すっかり『病人』になり、無精をきめこんで、みんなやってもらった。下の世話、体をふいてもらうこと、食事の支度やら……。文ちゃん、本当にありがとう。涙が感謝の涙が溢れて止まらない。

六時の検温の看護婦さんが来る。はずかしいので、下をむいていて、ごまかします。主任看護婦に、矢野Ｄｒの話をする。

そうよ、早く退院した方がいいわ、結局、よくなったり悪くなったりのくり返しですからね、との事。その通りと思っていても、悲しい。やはり死の恐怖があるのか。

でも、十二月の十九日頃までは、平穏で感謝のみ。不安も恐怖もなかったけど、未練が出てきたのか。文が帰ったせいか、泣きたい。七時まで泣く。よく涙がかれない。

啓坊さんにＴＥＬしたいけど、〆切《しめきり》でだめだ。呼んで来て貰ったら、それだけ仕事がおくれるのは目にみえてるもの。そろそろ文が鴨川に着いて、ＴＥＬがあるだろう。泣き声じゃダメ。心配させるだけだもの。『奇跡』があるなら、生きのびよう」

子供のことと、私の仕事に関する記事が多い。寿美の何よりの心配は子供の将来であり、それを支えるものは私の仕事だと考えているからであろう。

「一月二十九日。

今日は朝、看護婦が、点滴を持ってくる。おかしいと思ったが、もう一度氏名を確かめに行って来て、近藤寿美さんですよとの事。とたんに息苦しくなり、午前中胸が苦しくて死にそうに嫌だった。

早くやるならやってほしいと願っていたら、午後、矢野Ｄｒが来て、まちがいとの事、うれしかったなあ。とたんに胸がスーッとして、夕食は一生懸命に調理」

「一月三十日。

今日で一月も終りかと思ったら、明日があった。啓坊さん、ＮＨＫのビデオどり。四時から。終ったらこっちへ寄ると言っていたが、来ない。どうしたのかなあ。もうすぐ七時、気になるな。今日、風呂に入った。気分いいが、気にしながら入るのは、心の安らぎを欠く。啓坊さん来たのが、七時すぎ。雑談していて、ついつい又涙が出る。啓坊さん、心配させて、ごめんなさい。九時頃、帰る。

辛いのは病人よりも傍の人達なのだと意識していながら、つい涙を流してしまう。私って、馬鹿だナー。啓坊さん、本当にゴメン。世の中は常識では割り切れぬ現実がある、と。まったくそう思えばいいのに、つい悲観してしまう。強くならなきゃあ。

文や啓一郎のためにも。とにかく、こんなに迷惑をかけた啓坊さんに少しでもお返しをしなきゃあ、いくら夫婦といえどもなさけないし、あまりにつれない事じゃないの」

退院の日は次のように記されている。

「二月十五日。

退院だあ。十時十五分、ナミちゃん啓坊さんヒメのママ。十時四十分、お君さんとテツオ。車の中で吐いて吐いて、やっと鴨川に着いた。苦しかった。

家は元のまま、きれいになっているし、慶子ネーヤンも出迎えてくれ、感激して涙が流れる。疲れているのに啓坊さん、亀田へ挨拶に行ってくれる。本当にありがとう」

家へ帰ってからの日記は、短文ばかりであった。

「二月二十四日。

ジャーッと水が出て、ウンチ出ず。なさけない。一日中、ウンチの事のみですごす。

郁太郎先生に来て貰い、痛み止めを注射、幻想を起す注射」

「二月二十五日。

朝より便でず、水のみシャー。いろいろ苦労する。かたまり、少々出る。文、よくやる。感心。

胃が苦しく、再入院か、再手術か。考えたら、ねられず」

「二月二十六日。

郁太郎先生、来診」

「二月二十七日。

市村先生来診。郁太郎先生来診」

「二月二十八日。

市村先生来診。郁太郎先生来診」

記事が書けぬ点から判断すると、よほどの苦痛だったのであろう。が、さほどはげしく訴えなかったので、私はいま、この日記を読むまでは気がつかなかった。

「三月一日。

亀田へ再入院。朝から便出る。

特Aのすごい部屋へ入れて下さる。感謝、感謝。ホテルよりすごい。

一日中、大便出る。八回――九回。今までのたまっていた分がみんな出るみたい。疲れている。しかし、あまりよくねむれず。

啓坊さん、上京」

「三月二日。

よいお天気。お腹すく。牛乳一本、ミソ汁と半熟卵。

ウンチ、朝から三回。コロンと出て、おしまい。だけど、よく出る。ウレチイ。

胸と腹の写真、心電図、血液、尿のケンサあり。

今日はとても元気。メロン、早く食べたいな。五時すぎ、啓坊さん、来る。菊ずしの寿司とメロンを買って来てくれる。大便八回、よく出る。当分楽」

「三月三日。

朝より胃が重い。まもなく痛み出す」

日記はこれが最後であった。

私はその夜、病院に泊りこんで徹夜で原稿を書き、文を眠らせた。寿美は相変らず二時間置きに痛さで目を覚まし、私はブザーを押し、看護婦が注射しに飛んで来た。

寿美は痛さとは無関係に、ときどき目を覚ますことがあった。

「おじいちゃん、来てくれないのかな。来てくれるって言ってたけど」

と寿美は久保先生に会いたがった。

翌日、私は久保先生に電話をかけて、往診をたのんだ。一日置いて、来てくれた。私は寿美の肩をゆすって起した。

「久保先生が来て下さったよ」

寿美はおぼろげに目を開きながら、傍に立っている久保先生を眺めた。

「どう? 痛いの?」

と久保先生は大きな声で言った。

寿美は首を横にふった。はっきりと久保先生が分ったようであった。

「先生……」

とかすかな声で言いながら、手をのばした。

「心配することは何もないからね。もう少したつと、またすっかり快くなるから、安心しなさいよ」

寿美はとりすがるように久保先生の手を握りながら、嬉しそうに何度も笑って見せた。それから、急にまたおぼろげな眼差を示したかと思うと、久保先生の手を握ったまま、眠りに落ちていった。

私は久保先生を案内して、鴨川グランドホテルへ食事に行った。

「思っていたより、ずっと悪くなっている」

と久保先生は目を落しながら言った。

「しかし、それは痛み止めのせいなんだから、止むを得ない」

「苦痛を感じないように、それだけを亀田さんにお願いしてるんです」

「それがいい。今もわたしの顔が分ったか、どうか？」

「でも、先生の顔見て、とても安心したような、嬉しそうな顔しましたよ」

「夢の中で、わたしに会っているのと同じようなものなのじゃないのかな。夢と現実が、もうすっかり分らなくなっているように思われるけど……」

「痛みを感じず、ずっと夢を見ている状態でいてくれるのが、いちばんいいです」

「そうだね。苦痛をあたえないことが、この際、何よりだ。本人の問題だけじゃない。痛み止めをしないで苦悶するさまを見たら、あなたやお嬢さんがやり切れない」

食事をしながら、私はつくづく久保先生は名医だと思っていた。病気を直すだけが、名医ではない。久保先生の決断の結果、寿美は家に帰ることが出来たのである。

寿美は相変らず微笑を浮べながら眠っていたが、ときどき思い出したように目を開き、手足のだるさを訴えた。私と文が揉んでやると、寿美は安心して笑って見せながら、すぐにまた眠りに入った。

夕方、啓一郎が来て、寿美の顔を暫く眺めてから、私をふり向いた。

「お母ちゃん、ときどき、少し声を出して笑うけど、なんだか気味が悪いな」

「愉快な夢でも見てるんだよ。いいことだ」

そう言っていると、寿美が突然、目を開いて起き上りそうになった。片手を啓一郎の方に突き出しながら、叱りつけるように言った。

「啓坊。お前は嘘をついていけない……！」

啓一郎はびっくりして口がきけず、怯えて泣きそうな顔になった。が、次の瞬間、寿美はもう微笑しながら、やすらかに眠っていた。

「厭だなあ……！　厭だなあ……！」

と言いながら、啓一郎はベッドからはなれた。

「きっと、お前が嘘をつく夢を見ていたんだ」

と私は笑いながら啓一郎に言った。

「そこへちょうど、お前の声が耳に入ったんで、一瞬、目が覚めたんだよ」

「お前、ふだん嘘をつく癖があるからよ。いやあい……！」

と文は啓一郎をからかい、私も言った。

「その通りだ。お母さん、こんなときでもお前のこと心配してるんだ。これを機会に嘘をつくな」

「分ったよ」

「どうだ、お前、今夜、ひとりでお母さんの看病しないか?」

「厭だよ。おれ、気味が悪いよ」

「お前は図体だけでかくて、だらしのない奴だな」

「ほんと。わたしとお父さんは疲れてるんだから、ほんとにお前、今夜は看病しなさい」

と文もからかいつづけた。

文も啓一郎も殊更悲しまなかった。一年半近くのあいだに悲しみに馴れ、覚悟が出来ていた。が、もし痛み止めの注射をしなかったら、どうであろう。がまん強い寿美もさすが激痛に耐えられず、七転八倒したに違いない。微笑を浮べることも、全く出来なかったであろう。母親が地獄の責苦に遭う凄まじい悶絶のさまを見たならば、子供にとってこれほどの悲劇はない。

次の日の昼頃から、寿美の呼吸がおかしくなった。夕方、あぶないかも知れぬという。が、それでも、寿美の微笑は消えなかった。

夜になると、看護婦がベッドの傍につききりになった。郁太郎先生もひっきりなしに病室に現われた。私は締切りの原稿を夢中になって書いていた。

「よく原稿が書けるね」

と郁太郎先生が驚きと非難の混じり合った表情で私に言った。

「あさって締切りだからね。特に連載ものだから、どうしても書かなければならない」

「でもさ」

「寿美が安らかに眠ってくれているから、安心して書けるのさ」

「そうかも知れないけど……」

「おれが原稿を書いているから、寿美も安心して眠っているのかも知れないよ」

「近藤先生らしいや」

と郁太郎先生は笑って見せた。

「いや、ほんとに……」

と言いかけて、私は黙りこんだ。

郁太郎先生がベッドに近づき、脈を取っている看護婦に何か訊きながら、寿美の容態を診た。

それから、私をふり向いて言った。

「明日の朝になりそうだね。でも、ほんとに安らかに眠っているね。こんなに優しくって綺麗な微笑、僕、見たことない」

「何を夢見ているのかしら……?」

郁太郎先生は目をしばたたき、暫く寿美の顔を見守ってから、静かに病室を出て行った。


〔1973（昭和48）年8月〜1974（昭和49）年3月「小説新潮」初出〕

P+D BOOKS ラインアップ

天使　遠藤周作　●　ユーモアとペーソスに満ちた佳作短編集

白い手袋の秘密　瀬戸内晴美　●　「女子大生・曲愛玲」を含むデビュー作品集

ゆきてかえらぬ　瀬戸内晴美　●　5人の著名人を描いた樹玉の伝記文学集

耳学問・尋三の春　木山捷平　●　ユーモアと詩情に満ちた佳品13篇を収録

青春放浪　檀一雄　●　小説家になる前の青春自伝放浪記

緑色のバス　小沼丹　●　日常を愉しむ短編の名手が描く珠玉の11編

P+D BOOKS ラインアップ

微笑	近藤啓太郎	●病魔と闘う妻と献身的に尽くす夫の闘病記
草を褥に 小説 牧野富太郎	大原富枝	●植物学者牧野富太郎と妻寿衛子の足跡を描く
激流（上下巻）	高見 順	●時代の激流にあえて身を投じた兄弟を描く
夢のつづき	神吉拓郎	●都会の一隅のささやかな人間模様を描く
貝がらと海の音	庄野潤三	●金婚式間近の老夫婦の穏やかな日々を描く
早春	庄野潤三	●静かな筆致で描かれる筆者の「神戸物語」

P+D BOOKS ラインアップ

お守り・軍国歌謡集　山川方夫
●「短編の名手」が都会的作風で描く11編

天上の花・蕁麻《いらくさ》の家　萩原葉子
●萩原朔太郎の娘が描く鮮烈なる代表作2篇

ブルジョア・結核患者　芹沢光治良
●デビュー作を含め著者初期の代表作品集

海の牙　水上勉
●水俣病をテーマにした社会派ミステリー

但馬太郎治伝　獅子文六
●国際的大パトロンの生涯と私との因縁を描く

無妙記　深澤七郎
●ニヒルに浮世を見つめる筆者珠玉の短編集

P+D BOOKS ラインアップ

魔法のランプ　澁澤龍彥
● 澁澤龍彥が晩年に綴ったエッセイ29編を収録

虚構のクレーン　井上光晴
● 戦時下の〝特異〟な青春を描いた意欲作

マカオ幻想　新田次郎
● 抒情性あふれる表題作を含む遺作短編集

浮草　川崎長太郎
● 私小説作家自身の若き日の愛憎劇を描く

街は気まぐれヘソまがり　色川武大
● 色川武大の極めつけ凄観エッセイ集

こういう女・施療室にて　平林たい子
● 平林たい子の代表作二編を収録した作品集

（お断り）

本書は1980年に新潮社より発刊された文庫を底本としております。あきらかに間違いと思われるものについては訂正いたしましたが、基本的には底本にしたがっております。また、一部の固有名詞や難読漢字には編集部で振り仮名を振っています。

本文中には混血児、気違い、男勝り、オールドミス、精神病院、業病、女中などの言葉や人種・身分・職業・身体等に関する表現で、現在からみれば、不当、不適切と思われる箇所がありますが、著者に差別的意図のないこと、時代背景と作品価値とを鑑み、著者が故人でもあるため、原文のままにしております。差別や侮蔑の助長、温存を意図するものでないことをご理解ください。

近藤 啓太郎（こんどう けいたろう）
1920（大正９）年３月25日―2002（平成14）年２月１日、享年81。三重県出身。1956年『海人舟』で第35回芥川賞受賞。代表作に『大観伝』『奥村土牛』など。

P+D BOOKS とは

P+D BOOKS（ピー プラス ディー ブックス）とは
P+Dとはペーパーバックとデジタルの略称です。
後世に受け継がれるべき名作でありながら、現在入手困難となっている作品を、
B6判ペーパーバック書籍と電子書籍を、同時かつ同価格で発売・発信する、
小学館のまったく新しいスタイルのブックレーベルです。

微笑

2024年3月19日　初版第1刷発行

著者　近藤啓太郎
発行人　五十嵐佳世
発行所　株式会社　小学館
〒101-8001
東京都千代田区一ツ橋2-3-1
電話　編集　03-3230-9355
販売　03-5281-3555
印刷所　大日本印刷株式会社
製本所　大日本印刷株式会社
装丁　おおうちおさむ　山田彩純
（ナノナノグラフィックス）

ISBN978-4-09-352483-4

P+D BOOKS